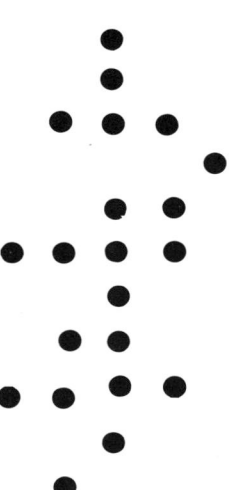

THE SECRET SIGNAL

石钟山 著

图书在版编目（CIP）数据

暗号 / 石钟山著. -- 北京：北京联合出版公司，2024.6
ISBN 978-7-5596-7502-6

Ⅰ.①暗… Ⅱ.①石… Ⅲ.①中篇小说－小说集－中国－当代 Ⅳ.① I247.5

中国国家版本馆CIP数据核字（2024）第061215号

暗号

作　　者：石钟山
出 品 人：赵红仕
责任编辑：夏应鹏
封面设计：王　鑫

北京联合出版公司出版
（北京市西城区德外大街83号楼9层 100088）
北京新华先锋出版科技有限公司发行
大厂回族自治县德诚印务有限公司印刷　新华书店经销
字数201千字　620毫米×889毫米　1/16　17印张
2024年6月第1版　2024年6月第1次印刷
ISBN 978-7-5596-7502-6
定价：49.00元

版权所有，侵权必究
未经书面许可，不得以任何方式转载、复制、翻印本书部分或全部内容。
本书若有质量问题，请与本社图书销售中心联系调换。电话：（010）88876681-8026

目录
CONTENTS

暗　号
- 001 -

左轮手枪
- 041 -

七日游戏
- 083 -

后　来
- 130 -

美丽的生活
- 175 -

陈建国的编年史
- 223 -

暗　号

一

刘岸是在后半夜被老许叫醒的。隔着门板，两短一长的敲门声。两短一长叫门，是两人早就约定好的暗号，不论白天还是夜晚，刘岸只要听到这熟悉的敲门声，总会在第一时间把门打开。

如往常一样，刘岸侧着身子把门打开，老许从门缝里挤进来，带进来一股冷风。老许挥了一下手，率先向屋内走去，这是一个普通胡同内的小院，一间堂屋，一间正房，厨房拥挤在院落内的一角，院内剩下的空间，两个人同时站立，都显得有些拥挤了。

老许擦着他的身子向屋内走去，他觉得老许今天有些特别。其实每次老许来都有些特别，匆忙又利索，总之，这次的特别和以往有些不太一样。他忙转身进门，轻声但用力地把堂屋门关上了。堂屋空地上摆了一张八仙桌、四把椅子，墙角还堆放着一些零乱的东西。以前老许每次来，总会轻扯过一把椅子坐下来说话，这次老许没有坐，而是站在暗影里，急促地道："组织内部出现了叛徒，你

 **暗号**

马上离开这里。"

他一下子怔在那里,在这之前他预想过无数次这样的场景,那会儿只是想一想,干他们这行的,随时有暴露的危险,这是老许经常对他说的一句话。他从接受发报和译电的培训,便被组织秘密地派到这座城市来,肩负起了交通电台收发报和译电的工作。说是组织,其实都是老许单线和他联系,此外他再也不认识组织上其他的人了。老许每次来,要么把一封要发的电文交给他,要么把他收到并译好的电报带走。老许比他年长几岁,但训练有素,每次见他,总是小心谨慎,来无影去无踪的样子;每次来和他的交流并不多,除了工作之外,其他时候并不多说一句话。就是上次,老许又来了,取走电报,走到堂屋门口又停下,回过头问了一句:"风铃,你今年多大了?"风铃是他的代号,每次老许都这么称呼他。老许的代号是天涯路,他们之间都不知道对方真实姓名,只记得对方的代号,其实也是一个道理,真实姓名也就是个代号,习惯了就没什么了。上次天涯路这么问他,他怔了一下,腼腆一笑道:"我二十五。"天涯路拍拍他的肩膀,小声说"你该成家了",又抬眼望着他的眼睛说:"组织上会替你考虑的。"他明白天涯路所指,脸突然就红了。天涯路走后,他激动了好一阵子。自从接受组织任务,一切都不真实起来。他真实名字叫刘岸,来到这个城市之后,为了掩护身份,他在税务局里找了一份文案工作。当然不能报真实名字,便起了一个名字叫王大草,出出进进的,人们都把他当成王大草。他二十五岁了,组织要考虑他的个人问题了,对方长什么样,年龄几何,又以什么身份出现,这一切都是谜,留给他无尽的想象。他期待着在未来的日子里,对方会突然出

暗　号

现，那将是怎样的美好呀。一想起这种神秘的美好，他就兴奋得睡不着。

可这次天涯路不是传递给他这些信息的，而是告诉他组织出现了叛徒。他对他们地下工作者的组织结构不太了解，只知道自己的上线是天涯路，自己工作的所有指令都是他传达的，既然组织上出现了叛徒，也就是说，他和天涯路上面的某个环节出现了问题，他们的工作像链条一样，一节出现了问题，运转就都卡了壳。天涯路说："为了保证我们交通站不被破坏，上级决定，让我把电台带走。"

电台就放在他床下一个装衣服的木箱子里，木箱里还有一个小提箱，提箱上有一把锁，有两把钥匙，钥匙小巧，镀了铜，黄灿灿的。这两把钥匙平时就放在抽屉的一个角落里，每到收发报时，他先把床下的木箱拖出来，再把装电台的提箱打开，收发完报之后，再复归原位。他听了天涯路的指示，很快把电台提出来，又想到那两把铜钥匙，从抽屉里摸出来，一同交给了天涯路。

天涯路把电台放在桌子上，看了眼手里的两把钥匙，想了想摘下一把，放到他手里。天涯路在暗中望着他，半晌才道："风铃，你记住，不管以后谁来找你接头，你的钥匙一定要和我手里这把对上。"虽然周遭都是黑暗，他还是感受到了天涯路如炬的目光，他用力地把那把钥匙抓在手心里，狠狠地点了点头。

天涯路又问："风铃，还记得我们的接头暗号吗？"

他想了一下答："你说的是，走尽天涯路，我答，风铃在吟唱。"

天涯路把手拍在他的肩上，他感受到天涯路的大手很重又很温暖。

 **暗号**

　　天涯路收起手，提起装着电台的手提箱，向堂屋走去，他跟在身后。在堂屋门口，天涯路停下来，回过头来说："记住，没有人和你接头，任何时候都不能暴露自己的身份。"

　　这是组织原则，他当年接受培训时，就都懂。可这次不一样，想着即将离他而去的天涯路，不知何时才能再见，他鼻子一酸，带着哭腔道："同志，咱们何时才能相见？"

　　天涯路似乎也动了几分情，侧转过身子："等一切都安全了，自然会来找你。记住，我不来，一定要对暗号和钥匙。"

　　他又重重地点了一次头。

　　天涯路把堂屋门推开，又关上，背对着他说："同志，我姓许。"说完推开门，再也没有回头。院门又轻响了一下，天涯路彻底消失了。

　　他怔了好一会儿，才走到院内把门插上，再回到里屋，他一点睡意也没有了。他们组织出现了叛徒，老许把电台拿走了，留下钥匙做接头暗号。他们的组织就像一副多米诺骨牌，倒下一块，就会砸倒一片，他是最后一片块，如果要保证自己安全，就必须做到，自己的上线，其中任何一个都不能倒下。想到这里，他恐惧起来，也许自己暂时是安全的，如果老许的上线倒下了，老许也倒下了，说不定就该轮到自己了。凭他对老许的了解，老许不会倒下，两年前组织上把他派到这座城市，就是老许找他接的头，他们当时对的暗号就是：走尽天涯路，风铃在吟唱。天涯路是老许。之前他不知道天涯路姓许，这次他告诉了他姓许，当时他也想把自己的真实姓名告诉老许，可老许没问，他就不能说，这是他们的纪律和原则。想起老许，他有种不祥的预感。

暗 号

二

　　虽然他知道，自己的落脚点只有老许知道，自从来到这个陌生的城市，他一直和老许单线联系。老许每次与他接头都很小心的样子，如果是单纯地发报，老许甚至不进门，把发报的内容写在一张小纸条上，顺着门缝塞进来，然后两短一长地敲门，他应了，老许在外面咳一声，便神秘地消失了。在这之前，他甚至不知老许姓甚名谁，只知道老许的代号"天涯路"。老许的上线他更不知道，老许住在哪里，靠什么工作掩护自己的身份他也不知道。这是他们的纪律，该知道的就会知道，不知道的就别打听。他牢记着他们的纪律。

　　老许走后，他还是留了个心眼，去税务局请了假，躲到城郊的一个客栈，只有吃饭时，他才会走出门去，其余时间，他都会躲在客栈的房间里，把窗帘拉上，掀开窗帘一角，向外察看着情况。一连几天，外面的世界一如往常，他利用吃饭的时间，在小酒馆里探听城里的动静，酒馆是消息的集散地，凡是有大事小情，都不会逃过南来北往的人一张又一张的嘴。可他没有听到任何关于老许和组织上的点滴消息。

　　一个星期以后，他回到了以前住过的小院，他担心时间久了，老许有事联系不到他。回来的路上，他无数次地想过，也许老许已经来找过他了，此时也许就站在他的院门口焦急地等待着他。他打开门锁，推开门，看见小院和走时相比没有一丝一毫的变化，又

 ## 暗号

推开屋门,除了多一层灰尘,也不见异样。他不知是该高兴还是失望。他站在屋子里愣了好一会儿神才突然意识到,老许一定是出事了,不然老许不会这么长时间不联系他。

来到税务局上班,除了几天未见的同事和他热情地打招呼开玩笑外,其他的也一如往常。沉下去的心,也渐渐平静下来,他又恢复到了以前,上班、下班,只有下班后,他坐在空荡荡的堂屋里,才体会到了孤独。以前,老许也不是每天联系他,但他知道有老许在,出其不意地就会敲响院门。他一次次顺着堂屋的门向外望去,小院的门都静悄悄的,仿佛,老许压根就没有来过,以往的一切,只是他的一场梦。

从那以后,他经常会在梦里醒来。他梦见老许又来敲他的门了,两短一长,然后他快速起床,衣服都来不及穿,趿着鞋子跑到外面,拉开院门,除了一股风兜头吹过来,让他清醒起来。并没有老许,他失落地把门关上,又查看院内地面,他打着手电,把角角落落都找遍了,连张纸片也没有。他知道,自己的梦是错觉,然而这种梦他还继续做,每次醒来,第一件事就是向外跑。有时一晚上要重复许多次,直到把自己弄得精疲力竭。

恍惚着,不知过了多久,突然一个同事凑在他耳边告诉他,东郊要杀人了,问他去不去看。他一惊,坐在椅子上,呼吸急促地说:"杀什么人?"同事就神秘地说:"听说是共产党,好多人呢。"

那是一天下午,阳光很好的样子,如果放在平时,他一定会站到窗前,让阳光照射自己,看着外面洒满阳光的风景,心里会平静得很。可这次不一样了,他眼前的世界变成了黑白的,人不由自主地随着人流向东郊走去。他发现,人们都快步走着,有的还跑了

起来，有人严肃，有人嬉笑地议论着被处决的人。虽然在这座城市里，处决人不是件稀罕的事，隔三岔五总会有几起这样的事，但每次处决人，都能引起整座城的关注，或兴奋或焦虑。终于，他在人流的裹挟下来到了东郊的刑场。不知从何时起，这里成了这座城市的刑场。一片洼地，四周是土坎，土坎上东倒西歪地长了几棵树，参观的人们站在土坎上，把洼地的刑场看得一清二楚。

不一会儿一辆卡车驶到刑场中央，车厢被七手八脚地打开，押送的士兵推搡着把几个人拖拽下来。这些人一律戴着手铐脚镣，他听到了铁器撞击在一起的叮当声。他躲在一棵树后，揉了揉眼睛，看了几遍，终于在这群人中认出了老许。老许仍然穿着那件蓝布长衫，没戴帽子，头发有些凌乱，有一绺还翘了起来，在风中飞舞着。他看到老许那一刻，吃惊地张大了嘴巴，他怕自己叫出声，把拳头塞到了嘴里。

老许和那几个人站成一排，他们似乎都很镇定的样子，用目光在人群里扫视着。他怕老许看不到他，特意从树后站了出来，挺起胸，他想招一下手，觉得不妥，只把胸脯挺了起来，似乎觉得老许看到了自己。因为离得远，他无法和老许确认眼神，他相信老许一定看到他了。因为老许向他这个方向张望以后，便把目光收了回去。

一排持枪的士兵，在这些人身后把枪举了起来，然后就是一阵排子枪声，眼见着几个人趔趄一下，向前扑倒。他看见老许扑倒的一瞬间，手还挥舞了一下。

火药气息消失在空气里，他看见看热闹的人群散去，土坎上只剩下他一个人时，才愣怔过来，乱着脚步向回走去，在迈一条小

 # 暗号

沟时，腿一软还摔倒在地上。他爬起来，趁着扑打身上灰土的空当，又向洼地方向望了一眼，那几个躺在血泊中的人，早就不动了。他已经分不清哪个是老许了。那排持枪的士兵，登上了卡车，卡车昂扬着声音消失在尘土之中。

他木木呆呆地回到了税务局，几个同去的人在议论着刚才刑场上的事。

老马说："人活着真没劲，乓的一声就完了。"

小李说："人呢，不能和铁家伙较劲，得，吃饭的家伙都没了。"

…………

同行的人，似乎在刑场上受到了一次深刻的教育，都噤若寒蝉的样子，行为处事一下子规矩起来。

他似乎听到了这些议论，又似乎没听到，他的灵魂似乎出窍了，一时不知身在何处。

不知何时，老马走过来，拍了一下他的肩膀道："大草，你是不是病了？要病了，就早点下班回去歇歇。"

老马的话，引来同事关注的目光。人们这才发现，他脸色苍白，身子还抖个不停。

小李也说："大草哇，你刚才在刑场是不是被什么冲着了？"

老马显得很有经验地说："大草，快回去吧，出了税务局大门，向东，第二个路口，有卖纸的。你买上一扎，晚上在十字路口把纸烧了，把不好的东西送走。"

他知道自己快坚持不住了，便借坡下驴地一边点着头，一边抱紧自己的身子向外走去。在路上的十字路口的墙上，他看到了白纸黑字的布告，在他之前，有几个人已经聚在那里仰望着看了。人群

没有反应，没有议论，看上几眼，便都麻木着表情离开了。他凑过去，在那张布告上看到了一长串名字，这些名字他都陌生，只有"许其中"，他认定一定是老许，老许见他最后一面时，告诉他自己姓许。或许老许已经意识到了自己的危险，才说出自己的姓氏？他不知自己在那张布告下站了有多久，目光停留在这一长串的名单上，似乎想把他们记住，可大脑一片空白，还是只记住了"许其中"老许的名字。

他回到家里，似乎真的中了邪，身子一直抖个不停，上牙磕着下牙，发出惊天动地的声响。

他信了老马的话，夜晚降临时，他真的在十字路口烧了一扎纸，纸被点燃那一瞬间，他果然不再抖了。他甚至感到了温暖，火光中似乎又看到了老许，闪身挤进门里，轻车熟路地来到了堂屋，摘下帽子，坐在他的面前。老许的目光是温暖的，表情也是热的。还有那一长串他记不清的名字，他们一起扑倒的样子。他们是他不曾谋面、不曾相识的同事，他们离开了他。不知不觉，他哭泣起来，泪水开了闸门似的流下来，又点点滴滴地落在纸灰里。

最后一片火光跳了一下，映红了他的脸，他突然觉得自己很孤独，像漂在汪洋中的一条小船。

三

老许不在了，连同那些他不曾认识的同志。在这之前，他知道自己和这些不曾谋面的人紧密地联系在了一起，老许用自己的牺牲

 **暗号**

换来了他此时的安全。想起老许最后在人群中寻找张望的眼神,老许一定看到他了。老许心里怎么想的,他不知道,一想到老许用自己的生命换取了他的安全,他就忍不住了,用拳头堵在嘴上,哀哀地哭了一回。

他知道自己还有任务在身,悲哀是没有用的。这座城市的地下组织被敌人破坏了,迟早还要建立起来的,他还是这个组织中的一分子。从那天开始,他学会了漫长地等待。老许留下的接头暗号他早已烂熟于心,但只要一有空,他还要在心里默诵几遍:走尽天涯路,风铃在吟唱。他就是在风中等待的风铃,但此刻不能发声,他要沉默,蓄势待发。他开始寡言少语,平时的轻松欢乐不见了。

办公室内的老马和小李觉得他不对劲,便不停地猜测起来。

老马说:"大草,上次我让你去十字路口烧纸,到底烧了没有?你这是被鬼魂冲着了。"

他现在的化名叫王大草,刚开始,别人叫他王大草时,他总是会愣一愣,半晌才反应过来。久了,他和王大草已长在一处了,他就是王大草,王大草就是他。

老马这么说了,他想起那天在十字路口烧的纸,记得自己的身子一直在抖,火光温暖着他,一直到燃尽,他才停止了颤抖,他用这些火来祭奠老许,还有那些他不曾认识的同志。心安了,身子不抖了,却发现心空了,被人挖去了一大块,又疼又空的那种感觉。老马当着他的面这么说,他又想到了那片火光,温暖的感觉又一次在他周身涌过。

小李和他年龄相仿,平时总爱和他开玩笑,这次又拍了拍他的肩膀道:"那天在刑场上,我看到了一个女的,又年轻又漂亮,当时我就想,要是她不被枪决该多好,能做我媳妇,这辈子当牛做马都愿意。"

小李这么说,在他的印象里似乎是有这么一个人,脖子上扎着一条红围巾,在人群中显得与众不同。那会儿他的注意力都在老许的一举一动上,他怕漏掉任何一个细节,只记得女人很年轻,人长得很白净。想到这里,他心又疼了一下。

小李就又开玩笑说:"大草,你不会是被那个女鬼缠上了吧?我看你这些天,魂都丢了。"

小李说完笑着,露出一口白净的牙齿。他盯着小李,觉得似乎做了一场梦,他又想起老许生前和他说过的那句话:"你年龄不小了,个人问题组织会考虑的。"这时,他又想起那个扎红围巾的女人,虽然这种联想有些牵强。突然他有种想哭的欲望,他没忍住,终于哀哀地哭了起来,他伤心欲绝痛不欲生的样子,把老马和小李惊住了。两人四目相对,又把目光落在他身上,一副不知如何是好的样子。

他从两人的目光中看清了自己,想到了自己的身份,突然,他止住了哭泣,用两只拳头把脸上的泪水擦去,挤出一丝笑冲着两人道:"对不起,前两天接到家信,父亲不在了。"

老马和小李释然了,冲他投来同情理解的眼神。

他这么说,真的想起了自己的父亲,他父亲是在他七岁那一年离世的。父亲是个乡间的算命先生。游走于乡间的算命先生大都是盲人,正如民间所说的那句俗话一样:上帝为你关上了一扇门,又打开了另外一扇窗。不知从何时起,民间都相信盲人算命先生的箴言,觉得只有盲人说的话才代表了某种神秘的暗示。父亲不盲,却

 **暗号**

能够心明眼亮地预测别人的命运。在他们老家，父亲被封为"神算子"，从婚丧嫁娶，到人生预言，甚至小到谁家丢了东西，都要找父亲算上一卦。在他的记忆里，他不知道父亲算得到底准不准，反正从他记事起，父亲就无数次地摸着他的脑袋说："你呀，天生就是个少小离家的命。"父亲用手指摸着他的头顶，不轻不重，他离开家参加队伍时，突然又想起父亲曾经说过的话。

一同记起的，还有父亲对自己的预言。父亲最后一次走街串巷为人算命时，还把他拉到身边说过挺长一段话，现在他也有些记不清了，只零星记得父亲说话的内容。父亲把他夹在两腿中间，摸着他的头说："爹的命是客死他乡，要是半年后爹还不回来，爹一定是不在了。你记着，不要去找爹，找你也找不到。"

之前父亲从来没有说过这样的话，那次他是看着父亲的身影消失在门前的小路上，一直到看不见。不知为什么，那一次他的心特别沉重，也特别伤感。从他记事起，自己就没有母亲，他为此问过父亲。父亲看着他许久没有说话，后来目光又躲开了他的视线。待父亲的视线收回时，他看见父亲眼里闪烁的泪光。父亲叹口气，把他揽到怀里，拍着他的脸说："你呀，是爹从野地里捡来的。"

他不信，带着哭腔说："爹你骗人，我不信。"他那次在父亲怀里又哭又闹。父亲没再解释，叹了几口气，才安抚他道："不管你是咋来的，你都是我儿子。"

父亲那次离开后，果然没有回来。半年过去了，一年又过去了，父亲一直没有出现。在等待父亲的过程中，他一点点长大了。

后来，他随着一支路过的部队走了。人头还没熟悉，就赶上他参加的队伍改编，还没等理解这次改编的意义，他就被送到一个山

暗　号

沟里集训去了。在那座皖南大山里，有一片神秘的住处，来到这里的人都充满了神秘感，纪律要求他们不允许互相打探，更不允许聊家常，每个人都有一个代号，比如他叫风铃。为了保密，他们在学习过程中，不停地重新编排学习小组，人头还没熟，就和新的一群人结合在一起。后来，他们这批电报员，被一辆卡车拉出大山。他被一个领导模样的人领着，送到了一列火车上，手里塞了一张纸条，上面写着他此次的终点。

在终点，他见到了老许，那会儿他还不知道他姓许，只知道他的代号叫天涯路，他的代号是风铃。老许说自己姓许，他怀疑过，正如自己叫王大草也叫刘岸一样，哪个是真的，哪个是假的，这一切都不重要了。

起初他对老许的神秘、小心并不理解，他一直觉得自己很安全。他表面上有一份税务局文员的工作，老许从来不在他上班时间来找他，虽然老许知道他的地址，他对老许来说就是个透明人。老许从来都是遵守两人相见时的约定，在外面敲门，两短一长，他在屋内咳一声，然后起身去开门。老许有时过来，拿起他译好的电文，不论电文长短，老许都用目光一字一句地把电文内容吃到肚子里，然后当着他的面划燃一根火柴，把译电纸烧掉，然后才会离开。有时老许会送来要发的电报，他译成电码，把电报发送出去，确认对方电台收到。老许又会重复以前的动作，把纸片烧掉，拍一拍手，步履匆匆地离开。

他多么希望老许能够留下来，陪他聊聊天，哪怕什么都不说也行。起初他对老许印象并不好，觉得老许太冰冷了，一点人情世故都没有，渐渐地他也习惯了。直到这次发生了叛徒事件，老许和战

013

 ## 暗号

友们牺牲,他突然意识到,原来他们的关系是如此紧密。平时的冰冷,就是为了以后的安全。

四

他依然住在那座小院里,天天等待有人来找他接头,一天天地等待,一次次地失望。

夜晚睡不着,就想起和老许交往的点滴。记得他第一次来到这座城市时,他从车站出口走出来,一眼就看到了老许,事前他们约好了,有人在出站口等他,穿长衫戴礼帽,左手拿一张当地报纸。他上前接头:"我要去天涯路。"老许答:"你是卖风铃的?"他再答:"是。"老许又说:"走尽天涯路。"他答:"风铃在吟唱。"老许就伸过一只手,用力地握了握他的手。头就接完了,老许并不多话,转身向前走,他随在后面相跟着。他走在老许身后,发现老许又高又瘦,长衫穿在老许身上有些宽大,风吹起老许的长衫,像一张鼓满风的帆。就是那一次老许把他带到了现在居住的小院,回头从兜里掏出一把钥匙递到他手里,交代道:"这个房子是干净的,你放心住,没人找你麻烦。"老许惜字如金,说到这里便不再说了,上下又认真地看了他一眼,又扔下一句话:"有事我会找你的。"转身快步地向胡同外走去,风撑起长衫,在后背鼓起一坨。

他有些遗憾,地下工作和他以前想的一点也不一样,在他的想象里,深入到敌后,一定是危机四伏,刀光剑影,他的日子却平静得出奇。只有老许到来下派任务,他才意识到自己在做地下工作。

电台平时就放在床下的手提箱里,外面用一个装鞋的盒子遮住,这是老许建议的。老许说:"越不安全的地方越安全。"

他记得在税务局领到第一个月工资后,又一次见到了老许,他热情地说:"天涯路同志,我想请你吃一次饭。咱们好好聊聊。"他这句话说完,没想到老许用冷冰冰的目光注视着他,又冷冷地说:"咱们是工作关系,不要掺杂其他的东西。"老许说完就走了,留给他一个冷冰冰的背影。

从那以后,老许非常有节制地和他交往着,除了工作,再也没有其他一句多余的话。

老许牺牲后,他一下子清醒过来,敌人就在他的眼前和身边,他要处处小心、警惕。小心的不仅是自己,而是他身后的组织。虽然老许和同志们牺牲了,他一直坚信自己是有组织的,组织是不会忘记自己的。迟早有一天,组织会派人上门找他接头。

几年后,这座城市解放了。仍然没有组织上的人来找他接头。解放的城市到处张灯结彩,人们兴高采烈地议论着当下的局势,还有刚刚成立的新中国。

从这座城市解放前,他就一直期待着组织会派人来找他接头,一直到这座城市解放,仍然没人来找他。他走在街上,看着穿黄军装的军人,还有穿便装在政府工作的人员,他在心底里说:"这些都是我的同事,像亲人一样的同事,也许刚解放,工作忙,还来不及找我。我要耐心等待,迟早有一天组织上会派人来找我的。"

几个月过去之后,解放这座城市的部队又一次开拔了,一路向南,又去解放其他城市去了。部队走后,留下了一个新的政府在主持工作。解放了,他再也不是地下工作者了,他要从幕后走到台前。

 暗号

新政府有许多事情要忙,也许暂时把派人与他接头的事忘了,他要主动寻找组织,亮明自己的身份。

在去找政府前,他又把自己的经历在脑子里捋了一遍,又一次想到老许,还有他早就烂熟于心的接头暗号,出门前他没忘了把老许留给他的那把电台钥匙带上。那是一把小小的钥匙,此时揣在他兜里重如千金。能够证明他身份的东西就这些了。

他被一位穿便装的政府工作人员带到了一位领导面前。这位领导是从部队转业支援地方建设的同志,仍然穿着洗得发白的军装,后来这位同志自报家门,告诉他自己姓高,是这座城市军管会的负责人。他见到高同志的一瞬间,心是热的,鼻子还有些发酸。他举起手,向高同志敬礼,又握住了高同志伸过来的手,仿佛自己是离家出走的孩子,终于又见到了亲人。

他磕磕巴巴地叙说着自己的经历,从参军又到皖南那个山沟里学习,又被组织派到这座城市,然后认识了老许——代号天涯路,一直说到地下组织的同志们牺牲。他在等待组织找他来接头,他一边说一边开始哭泣。

高同志坐在他对面,一边听一边在日记本上记录,他说完了,高同志也放下笔抬起头,摘下帽子,用手抓抓头皮,嘬着牙花子说:"同志,我是三野的部队,地下工作和我们不是一个系统。你说的情况我真的不了解。"

他满怀期待的目光,再一次暗淡下去,他站起来,无助地说:"难道组织把我忘了吗?"高同志伸出一只温暖的手拍在他的肩膀上,语重心长地说:"同志,如果你说的是真的,组织是不会忘记你的。"说到这里,高同志把眼帘垂下:"你知道,现在全国还没有完全解放,

情况是复杂的,给我们点时间,你的事,我们一定会调查清楚的。"

那次,他失落又满怀希望地告别了高同志。他相信组织,觉得自己一定会验明正身,顺利归队。他还年轻,才二十七岁,就像当年老许牺牲的年纪,新中国成立了,他还能为组织工作好多年呢。他觉得自己浑身是力气,思维敏捷,一身才华等着他奉献。

从那天开始,他又多了份期待,想象着组织派人来找他重新接头的情景,他把早就烂熟于心的暗号又在心里默背了几遍:走尽天涯路,风铃在吟唱。他是风铃,这是组织给他的代号,组织一定会找到他的。

他在期盼中一天天等待着,没过多久,他正在税务局上班,一位军管会的同志找到了他,又一次把他带到了政府机关那座办公楼。一路上他兴奋着,觉得自己的身份一定是查清楚了,他就要重新归队了,心里这么想着,双脚就像腾云驾雾一样。

这次接待他的是一位地方上的同志,穿中山装,四十出头的样子,伸出手软软地和他握了一下,告诉他自己姓林,解放前,是这座城市的地下工作负责人。他审慎地打量着这位林同志,鼻子又一次发酸,他眼前又一次闪过那次在郊外的刑场上,同志们在枪声中倒下的场景。他忍不住放声哭了起来。

林同志一直等到他平静下来,又一次仔细地询问了他的经历和身份,他这次流畅地回答了。林同志的表情很有节制的样子,在他叙述的过程中,一直用中立的目光望着他,不冷也不热。待他叙述完,林同志点点头才缓缓地说:"几年前这座城市的地下组织曾经遭到了叛徒的出卖,全军覆没,我奉上级指示,来到这座城市重新建立地下组织。关于上一任地下组织的情况,我并不了解。我了

 暗号

解到的情况是,上一届的地下组织全军覆灭。没想到还有幸存者,我这是第一次听说。"

林同志这么说,他张口结舌,他把刚才复述的重点又重新说了一遍,和老许最后一次见面,向他下达的通知,把电台带走……林同志不动声色地耐心地又听他复述了一遍,最后保证道:"同志,你的事特殊,我会向省委有关领导汇报的。关于你的身份只要有人证明,组织是欢迎你的。"林同志站起来,摆出一副送客的样子。他只能站起身来,恋恋不舍地又一次告别政府办公地点。

别无选择,他只能等待。

五

他明白要证明自己的身份,首先要找到证人,他没有证人,唯一的证人老许已经不在了。就算老许在,又有谁能来证明老许的身份呢?

老许他们牺牲后,有许多好心的市民,趁着夜色把那些被执行死刑的地下党员,草草地埋在了刑场后面的山坡上,那是个乱坟岗子,埋葬了许多没名没姓的人。那是一个月黑风高的夜晚,他也参加了埋葬同志们的队伍,许多陌生的市民完全是自发来到这里的,他们沉默不语,相互之间都不打一声招呼,冷漠又疏离的样子。他在人群中发现了老许的遗体,一个老大爷费力地拖拽着老许的身体。他忙奔过去,把老许抬起来,山岗上一排土坑,群众早就挖好了,到了坑前,他冲那位气喘的大爷小声地说了句"轻点"。大爷很怪

暗　号

异地看了他一眼，并没说什么，配合着他把老许安放到土坑里。然后就是埋土，在微光中，老许的身子一点点被碎土淹没了。那一瞬间，他竟然有了一个错觉，老许并没有死，而是在和他开一个玩笑。

一群收尸的群众，来得迅速，走得也快，在十几个坟头立起来后，他们很快就散了，不说一句话，相互保持着距离，扛起铁锹铁镐，四散在暗夜里，就像他们从没来过一样。后来他了解到，他们都是住在刑场附近的人们，山岗上的乱坟堆就是他们创造的。为了不让这些孤魂野鬼影响他们的生活，每次被执刑的人都会被他们安葬在乱坟岗上。入土为安，这些孤魂野鬼就不会搅扰他们的生活了。

那天，他狠狠地记住了老许被埋葬的位置，后来他等待组织接头人时，多次来到这片乱坟岗前，远远地注视着老许的坟。那时他不敢接近老许，老许似乎还在，立在他不远不近的地方，用冷冷的目光阻止着他。他从最初一无所知的一个电报员，成长为一名合格的地下工作者，都是老许言传身教的结果。虽然老许没和他说过除工作以外更多的话，但老许用行动教会了他作为一名地下工作者应该具备的一切。

他站在这片乱坟岗子前，不知道周围有没有目光追随着他，他是这座城市地下组织仅剩下的唯一了，他不能因小失大，让自己的组织全军覆没。想到这里，他竟有了一种悲壮感。那些日子，他多么希望有人来找他接头呀。只要有人来，他们这部地下电台就活了，他们的情报就会源源不断地汇报给上级，上级的指示也会顺畅地抵达他们的组织，看不见的地下情报网络四通八达地传递开来。那将是怎样激动人心的情景呀。可惜没人来找他接头，一切都沉寂起来，他在孤独的期待中，一天天消磨着希望。

 **暗号**

　　本以为，这座城市解放了，组织已经从地下浮出到地面，会有人光明正大地找到他，道一声"辛苦"，与同志温暖的双手紧紧握在一起，家从此就找到了，他归队了，希望领受更艰巨的任务。可他无法证明自己的真实身份。他突然心生委屈，这种委屈的情绪一产生，就像潮水一样包裹了他。

　　这阵子，他会经常来到老许的坟前，虽然在暗夜里，老许被埋的位置他不曾忘记，就在一棵歪脖树后，那棵树绿了、枯了，已经几个季节了。现在他会光明正大地走到老许的坟前坐一坐，和老许说上几句话，他说："天涯路，你走后，一直没人找我接头，等得我好辛苦哇。咱们这座城市解放了，我找过组织了，可没人能证明我的身份，我还在等，你说总会有人知道我的身份吧。"说到这里，他环顾了一下四周，没有人回答他的话，只有风吹过，还有身边草草堆起的坟头，不见一个活物。他开始想象有人和他接头，来人说："走尽天涯路。"他答："风铃在吟唱。"说完暗号，他又小声说："天涯路，我说的没错吧。咱们第一次对暗号，我就把它刻到心里了。"这时，他想起了什么似的，把兜里的那把电台铜钥匙拿了出来，攥在手心里，小心地张开五指，生怕丢失了似的，又把手指握拢。太阳下，那把小小的钥匙闪烁着一层谜一样的光芒，他似乎被这种光灼疼了，他哆嗦了一下，把那把钥匙又放到衣袋里，小心地按了按。

　　不知在老许坟前坐了多久，他站起身来，看着老许，还有那些不曾认识的同事，仿佛在开着一场秘密会议。他一步三回头地离开了，背后似乎一直有老许冷静理智的目光在望着他。他脑子也冷静了下来，他坚信老许的话，一定会有人来找他接头的，组织不会忘记他。这么想过了，他慢慢把头挺了起来，又回到了当年潜伏做地

暗　号

下工作时的样子,浑身上下每个细胞都醒着。

这座城市虽然解放了,一场看不见的战斗仍然在进行着。突然在一天夜里,他被一种嘈杂又有力的声音惊醒了。他机警地走出小院,看见胡同内,几个穿军装的人,押着两个人向外走去。那是一男一女两个人,他在胡同里上下班的时候似乎见过这两个人,有几次,在胡同里还和他们走了个对头。他们侧着身子相互礼让对方,那个男的,三十多岁的样子,还礼貌地冲他笑过。他不知道他们怎么了。

几天后,他在胡同口的墙上,看到了政府贴出的告示,有一批潜藏的特务落网了。在胡同里,他听到邻居的议论,前几天被抓的两个人,就是一对潜伏特务,他们正在发报时,被军管会的同志抓了个正着。

他的心都悬了起来,想起当年自己在夜晚门窗紧闭偷偷收发电报的情景。现在反过来了,轮到敌人潜藏在我们身边,不断盗取我们的情报,传达给他们的上级。

从那以后,整个城市就掀起了抓特务的运动。解放后的群众经过洗礼,阶级觉悟有了明显的提高,三天两头就会有心明眼亮的群众来到军管会举报可疑对象。然后就不断地有特务落网,为了震慑特务的活动,就把这些抓了现形的特务,聚在一起进行游街。他们胸前挂着一块大牌子,牌子上写着这个特务的罪行。在这种人民群众广泛参与的强大攻势下,不少小特务纷纷从暗地里走出来自首,请求政府宽大处理。

这样的运动大约持续了两年之久,已有上百名特务陆续落网了,似乎已被一网打尽。从此,很少有特务落网的消息了。

 暗号

不久,一条爆炸性新闻在这座城市里传开了。市机关的一名科长被揪了出来,他到城外一片树林中去送情报,刚把情报压到一块石头下面,便被埋伏的公安战士当场拿下了。后来他才听说,这名科长以前是个大特务,在解放前就潜伏进了我们地下组织;解放后,又以一名地下人员的身份浮出水面,赢得了我们政府的信任。然而,他毕竟是名特务,死性难改,仍积极地为台湾国民党反动派反攻大陆卖命。纸包不住火,这名潜藏多年的特务终于落网了。

六

在新中国的历史上,每座城市的解放,后续的工作都是在清理潜藏下来的特务,有的几个月、几年,有的甚至需要数十年的努力,才把深潜的特务挖出来。虽然解放了,但斗争还在延续。

他又找过政府的林同志,第一次见林同志时,林同志曾答应过他,帮助落实他的身份。林同志的口气并不乐观,但他还是抱有一丝希望。因为林同志是在他们地下组织遭到破坏后,接替他们工作的。林同志还是热情地接待了他。面对他充满希望的眼神,林同志把目光躲开了,从抽屉里拿出一沓各单位的回函,这些回函都是林同志以组织的名义依据他提供的线索,求得相关单位或个人证明他的身份的。所有回函对于他的身份都是未详,有些单位或个人,比如他曾经工作过的部队或某位首长,只能证明他曾经在此工作,并不能证明他参加地下工作以后的经历。每个阶段都有每个阶段的组织原则,尤其是地下工作者,由于他们工作的特殊性,证明起来更

为复杂。

林同志把这些回函展示在他面前,悠长地叹了口气才道:"王大草同志,目前我们仍无法证明你的身份,希望你耐心等待。一旦有同志能够证明你的身份,我们会立马联系你,恢复你的一切关系。"

在这之前,他对自己的身份是抱有希望的,林同志的话,虽然温柔也算坚定,但还是像把刀子,把他最后一抹希望刺破了。他突然想哭,眼泪在眼圈里打转,但还是忍住了。在机关门口,林同志把他送到此就立住了,伸出手,和他的手握了一下,他发现林同志的手是温暖的。这让他想起,第一次在车站出站口和老许握手的情景,老许的手也是这么温暖的。

第二次见到林同志,他彻底心灰意冷了,明白要想证明自己的身份并不是一件容易的事。他想到了那次在刑场上,看到老许和同志们一起赴死的情景,才意识到那次是自己和组织最后一次发生联系。老许在人群中寻找他身影时的眼神,永远定格在他的心里,就像他通过电台发出的最后一道电波,一切都戛然而止了。

日子还是那些日子,生活还得继续。老马早就娶妻生子了,就连岁数比他小的小李,在这座城市解放后也结婚了。然后,老马和小李就开始齐心协力地关照起了他的个人大事。

他已经三十岁了,古人说:"三十而立",不论在谁眼里,年纪都不算小了。同事关心他个人的终身大事也属正常。

先是老马在一个周末把他约到自己家里,名曰请他相聚,在饭菜快做好时,来了位姑娘。这姑娘姓张,是老马夫人医院里的同事,也是名护士。席间,老马和他的夫人齐心协力,热情地把他和那位张护士相互做了介绍。饭毕,张姑娘要走,老马自作主张地把他推

 **暗号**

出了门,让他送一送张姑娘。他在一个十字路口和张姑娘挥手告别了。看着远去的张姑娘被风吹起的裙裾一角,他一下子联想到在刑场上那位扎着红围巾的同事,当时他的注意力都在老许身上,生怕漏掉一个细节,在他的一瞥中还是记住了那位同事的形象。老许走后,他无数次想起老许留给他的话:"你的个人问题组织会替你考虑的。"他们当时是地下工作者,承担着外人难以想象的压力,还有工作的特殊性。他们的婚恋只能在自己人当中寻找。可惜,老许说完这句话不久,便牺牲了。不仅老许和同志们牺牲了,他也就此脱离了组织。

面对张姑娘,他说不出是一种什么感觉,甚至是没感觉。冥冥之中,他总觉得说不定哪一天,组织上会派人来找他接头,然后他又会领受新的任务,消失在这个城市里,到陌生的环境里继续执行特殊任务。

第二天一上班,老马就把他拉到一个角落里,热情又神秘地问道:"张护士怎么样,还满意吧?人家才二十三岁,比你整整小了七岁呀。"

他望着热情的老马,像是做了一场梦,虽然昨晚才见到的张护士,在心里却觉得那是件久远的往事了。他轻轻把手搭在老马的肩上道:"马哥,谢谢你了。"

听话听音,老马自然明白这是他不同意呀,没看上人家张护士,就又换了一种口气说:"大草,那你告诉我,你到底喜欢什么样的姑娘?"他想了一下,马上又收住思绪,笑一笑道:"马哥,别为我的事操心了。"老马就说:"你是不是心里有人了,怎么不早说。"他木然地点点头,又摇摇头。

暗　号

　　新婚的小李，熬到孩子都生了。他的个人问题，还没有一丝一毫的进展。这次是小李出面为他张罗了，小李吸取了老马的经验，在一天快下班时，从兜里掏出几张姑娘的照片，然后小李就如数家珍地介绍起了这些姑娘的年龄、工作和家庭。在这之前，他无数次提醒过自己，该成家了，自己年龄已经不小了，可不知为什么，想归想，一回到现实，他却上心不起来。在这之前，有个单位的女同事对他很热情，约他散过步，还看过两场电影，但对方见他一直没有任何实际行动，约了几次之后也就不了了之了。

　　面对老马和小李的热情，他不忍心驳了面子，又不知怎么回绝，拿起一张又一张照片，真真假假地看了，然后留下一句："容我想想。"他这一想就再也没有了下文。

　　老马和小李平日无事再议论起他时，免不了摇头叹气，在心里都把他当成了各色之人。时间久了，老马和小李的热情也不在了，每日上班下班，过自己的生活去了。

　　唯有他，还形单影只，一如当年搞地下工作时一样，到点上班、下班，回到小院里，把院门关牢，剩下的时间他就在空寂中等待。他常常出现幻觉，门又一次被敲响，两短一长的敲门声，每次出现这样的幻觉，他都还像以前一样，快速越过堂屋，冲到院里，干净利落地把门打开，然后除了一股兜头而来的风，并不见任何人出现在那里。他就又会失望地把门关上，怅然若失地走回来。有许多次梦里，又出现了敲门声，他总是很快起床，甚至来不及穿鞋，光着脚跑到门外，然后，又一次让他失望。有几次，门真实地被敲响了，有两次是找错人的，还有几次是检修电表和水表的。其他时间，那扇门就跟死了一样，无声无息地阖在那里。

 暗号

从解放后，不论单位还是户籍等，填过许多个人身份信息的调查表，他约定俗成一律填写的是王大草。那是他参加地下工作后，组织上给他起的一个假名字，他的真实姓名——刘岸，只有组织知道。他多么想在那些身份信息表格中填写上自己的真实姓名呀，可是他不能，因为没有人能证明他就是刘岸、代号为风铃的地下工作者。他不知道，全国还有多少当年的地下工作者和他一样，在隐姓埋名中等待被证明真实的身份。

当年他参加地下工作时，领导曾找他谈过话，最后问了他几个问题。领导说："你愿意为革命牺牲吗？"他答："我愿意。"领导又说："你愿意隐姓埋名甘当无名英雄吗？"他答："我愿意。"领导又问："你愿意割舍一切社会关系，到陌生环境重新开始吗？""我愿意……"他不知道回答了多少个"我愿意"，总之，他成了一名地下工作者。

偶尔，他会想起自己的身份无法被证实而感到委屈，可一想到老许等同志牺牲的样子，他又什么委屈都没有了。现在自己还活着就是最大的幸福了。

七

终于，东郊乱坟岗前来了一些政府工作人员，有穿中山装的，也有穿军装的。所有人都表情凝重肃穆，指指点点，议论纷纷。

不久，在东郊乱坟岗上修起了一座纪念碑，草草埋葬的那些同事的坟被重新挖开，又放到一起，修建了一座宏伟的墓地。墓地是

用水泥修建的，还有台阶，高大而又雄壮。碑正面刻了一行字"烈士纪念碑"，后面的碑文刻着他们这拨地下工作者牺牲的经过，还有他们的姓名。

纪念碑在修建过程中，引来了许多附近居民的围观，他也在关注着纪念碑修建过程中的一举一动，当年牺牲的战友终于得到了政府的承认，这在历史长河中向前迈出了一大步。当看到刻好的碑文，他从头到尾一连看了几遍，才找到了老许的名字，许其中。他第一次得知老许原来真的叫许其中，年龄二十八岁。他记得老许牺牲那一年，自己二十五岁。如今十年过去了，老许和他的战友们终于有了一个圆满的善终，他们的身份得到了确认。他一遍遍看着战友们的名字，突然另外一个名字扎住了他的眼睛——马妍丽，这显然是个女性的名字，名字后面写着"二十三"的字样。马妍丽就是扎红围巾的那个战友，那么年轻，才二十三岁。看着她的名字，他的思绪仿佛又回到了刑场：在死亡面前，战友们没有一丝慌乱，包括马妍丽，她站在战友们中间，小小的身躯并不起眼，唯有她脖子上那条红围巾是那么引人注目。她在枪声中，先是做出了一个卧倒的姿势，趴在地上，试着站立起来，昂起她的头，看到的人不知道她此时在想什么，又看到了什么。她终于还是没有站起来，口中吐出一口鲜血，脸不再有红晕，变得苍白，半闭着的眼睛望向天空。此刻，在她眼里，天空悠远，没有尽头的样子，她的思绪似乎就在这时飞到了天空，轻灵、自由……

他望着马妍丽的名字，没想到想起了这么多细节，当时他在远处山岗上看着，似乎什么也没看见，目光都被老许吸引了。老许倒地的瞬间，似乎目光捕捉到了他，嘴角还滑过一抹神秘的笑意，似

 暗号

乎在向他传递着一句话:"风铃,你现在安全了。"

他是安全了,可他失去了家,没人能够证明自己活着的身份。这些同志的身份被证明,完全是因为得到了当年敌人审讯他们的资料,在审讯者一方,把他们个人资料做得很齐全,真实姓名、年龄、工作、职务。他们被捕后,这一切都已经不是秘密了,因为特务早已把他们出卖了,他们不说,敌人也会掌握。他们被一次次审讯,上各种刑罚,让他们交代出他们的上线和下线。他们一定是没有交代,为了保护战友和敌人战斗到最后一刻。

老许就是为了保护他才最后走上刑场的,老许如果把他招供出去,一定能换回自己的一条性命。从老许牺牲,他就意识到了这一点。从那时起,老许的形象就像山一样走进他的内心,无论何时,他一想起老许,心里都沉甸甸的。

有了纪念碑,还有烈士的坟茔,郊外这座山岗就建起了烈士陵园。上山的路都修好了台阶,直达烈士纪念碑。

从那以后,他成了这里的常客,每天下班回来,匆匆地吃口饭,先是漫无目的地出门,一走出家门他的思路就清晰起来。一路向郊外走去,他走得迫切而又焦急,只要远远地看到了山岗上那座纪念碑,心便安静下来。沿阶而上,来到墓前,他似乎觉得自己就站在同志们中间,老许在向他滔滔不绝地介绍着战友们:任大兴、宋连成、国宏喜、江小川、马妍丽……这些名字他早就熟悉了,就像熟悉他们活着的样子。他们伸出手温暖地和他握在一起,用眼神和目光与他交流着。轮到马妍丽,她的脸颊是羞红的,羞答答地不敢正眼望他。在这座城市的地下组织中,他和马妍丽年龄最小,当初老许说:"你个人的事组织会考虑的。"到现在他才明白,组织

在考虑的一定是马妍丽。在做地下工作时，他听到了许多美好的传说，比如深入敌后，为了相互掩护身份，经常会有一男一女搭档，扮成假夫妻去执行任务，久了，便生出了情愫，就真的成了夫妻。他们的故事就成了传说。因为他们工作的特殊性，不可能去找和自己工作毫不相干的另一半，他们这种人，只能在内部解决。也许他个人的事，老许已经向组织上做了汇报，组织也找马妍丽谈过了，只是组织还没安排时间让他们两人见面，就出现了叛徒。他猜不出马妍丽会怎么想，也许她心里早就有他了，直到牺牲，还在想象他的样子。

他每天来到烈士陵园，在墓前站一会儿，也会坐一会儿，在没有外人时，他会和这些战友聊上一会儿。他一个又一个名字呼唤过了，再报上自己的名字，说当年他们从事地下工作的事，也说现在的变化。他聊得最多的，还是老许，他一遍遍地冲老许说："你当年留给我的接头暗号我还记得呢。"说到这里，他想起了什么，从衣服口袋中的一角，找到那把电台的铜钥匙，放在手心里，颤抖着身子说："老许，钥匙还在，那部电台你提走了，不知放到哪里去了。那是我用了两年的电台，都顺手了，以后再有人接头，还能找到那部电台吗？"

他和老许说上一会儿，走到碑后，盯着马妍丽的名字，就觉得二十三岁、扎着红围巾的她就站在他的面前。他先是有些腼腆，低下头，还用脚尖蹑了几下石子，才开口道："妍丽，不知组织找你谈过没有，关于我和你的事。老许是答应过我的，组织会考虑的，要是组织还没谈，我就先介绍一下自己。我的真名叫刘岸，化名王大草，代号风铃，是电报员也是译电员。我是老许的下线，比你大两岁。也许这些组织上都和你谈过了，我再说就啰唆了，咱们最大

 ## 暗号

的遗憾就是没见上面,在刑场上是第一次见你,也是最后一次见你。"说到这里,他已经潸然泪下了。仿佛,他们在诀别,抑或重逢,总之,各种滋味乱七八糟地涌遍了他的心里。这么说着聊着,仿佛和马妍丽已经熟悉起来,在他的幻觉里,马妍丽就站在他面前,不再羞怯,大胆开朗地望着他。她的眼睛会说话,似乎在说:"风铃同志,我相信你,我对你也是满意的。"

他突然从脚底下就蹿起一股热流,让他幸福得浑身打着战。他又有种想哭的感觉。

他现在隔三岔五地都会来到烈士陵园里坐一坐,聊上一会儿,他很满足,心里也很踏实。独自一人的生活似乎也有了盼头,不再孤独。

他一晃就三十六七岁了,在任何时代,一个三十多岁的男人,说小不小,说老不老,还形单影只,不能不引起别人的关注。自从同事老马和小李争先恐后、前赴后继地为他介绍过女朋友,最后都无果而终,两人的热情耗尽了,不再对他的婚姻抱有希望了。

税务局的领导又亲自出面了,这几年税务局得到了壮大,隔三岔五地会进来一批新人,大多是刚从学校毕业的大学生,有男也有女。局长出面,这次给他介绍了一个老姑娘,姑娘姓何,叫何彩莹,之前他就见过。何彩莹是几年前进到税务局工作的,别人说,何彩莹年轻时谈过几个男朋友,不知为什么都无果而终了,一拖再拖年龄就大了,如今已经二十九了。何彩莹在外人眼里,长胳膊长腿,性格开朗,没什么不好。有一次,局长热情地把他和何彩莹一起叫到了办公室。

局长毕竟是过来人,不拐弯抹角,开门见山地说:"王大草、

何彩莹，你们都老大不小了，我听同事们私下里议论，你们看着是挺合适的一对。要不你们相互多了解了解。"

局长把话说完，直白地用目光扫视着两人，还上前抓住了他们两人各自的一只手，把他们的手放到一起说："握一下，都是同事，又有什么关系呢。"

他无力地握住了何彩莹的手，反倒觉得何彩莹的手用了些力气，摇晃了一下道："局长，听你的。"说完把他的手放下，已经是满脸绯红了。

在与何彩莹暂短交往的过程中，她一直是主动的，约他轧过两次马路，看过一次电影。在一个周末，她还敲响了他的院门，自来熟地进来，要张罗给他拆被子、洗衣服，最后还是让他拦下了。

在与何彩莹交往的过程中，他觉得何彩莹没什么不好，身材好，长相漂亮，性格又泼辣。可他和她在一起时，总是会忍不住想起马妍丽，在他心里，马妍丽早就丰满具体起来了，不仅在墓地里和他交流，有几次还走到了他的梦里。她是那么温婉神秘，每次走出他的梦境时，都会留给他一抹甜甜的让人回味无穷的微笑。想起梦中的马妍丽，现实中的何彩莹怎么也让他热情不起来。他知道自己这样下去就要魔怔了，不是一个正常人的情感了。他想挣脱出来，可他又舍不得，只能在现实和幻想中挣扎着。

何彩莹与他交往几次之后，看出了他的冷漠。最后一次他与何彩莹轧马路时，他心里已经长草了。如果何彩莹不耽误他的时间，这会儿他一定在烈士陵园里，和战友们聊天、与马妍丽约会了。

何彩莹终于忍受不了他的冷淡，停下一双向前迈动的大长腿，回过身望着他的眼睛说："大草，我该做的都做了，也焐不热你这

 暗号

块冷石头。我不再上赶着了。大草同志,咱们再见吧。"说完迈开长腿,一路走去,最后消失在他的视线里。莫名地,他竟长舒了一口气,有种如释重负的感觉。

八

后来的日子就平静了许多,也经历了许多,一晃几十年过去了。先是他居住的小院拆迁了。附近居住在这一片的邻居兴高采烈地搬走了,有的搬到了新居住上了楼房,还有一部分等待回迁。人们站在老屋前,想象着几年后这里的样子,充满了幻想。他和其他邻居的心情不一样,心里空落得厉害。这些年来,他习惯了这里的一切,更重要的是,他搬走了,万一有人找他接头怎么办?几十年的日子让他当成了一天来过,每天除了上班、下班,然后早早地回到小院里,不论风雪,他一回到家,便把门关上,耳朵十二分警惕地开始关注外面的动静。直到夜晚上床,耳朵仍然留在外面,只要外面有风吹草动,他总能随时醒来,并保证足够的清醒,留意着外面的动静。天天如此,年年这样。

他有时也在劝说自己,时代变了,他们那一拨地下工作者,只有他一个人还活着,没有第二个人会来联系他了,更别说有人证明他的身份了。他一次次这么劝慰自己,总是不够坚定,很快他又被另外的一个声音否定了。那是老许的声音,老许说:"我们是有组织的人,不论何时何地,组织一定会派人来联系我们。"老许这句话,是他们认识不久之后说的。那一次,老许给他带来一个消息,

相邻那座城市的地下组织遭到了敌人的破坏，他们也受到了影响。上级领导指示，让他们暂时停止一切活动，等待危险解除。那次老许来通知他，保持电台静默，走时给他留下了这句话。不久，老许才又开始联系他。

他坚信组织上会派人联系他，后来他认识了林同志，当上了这座城市的组织部长，又一次派人把他请了过去，又一次认真地听了他叙说过往。一次又一次的回忆、叙说，让他这一次更加从容不迫，有许多以前忽略的人和事以及细节，他都想起来了，然后串联在一起汇报给了林同志，林同志让人把他的话又详细记录了下来。然后就让他等待，很长时间过去了，林同志一直没有消息，他忍不住又找了两次林同志。林同志就很耐心地把一封又一封外调回函拿了出来，顺着他自叙的线索，组织部门都按图索骥地把外调函发了出去，又一封封回来，结果都是没有任何关于他的证明人的。

那次林同志给他倒了杯茶，坐在他的对面，同情地看着他说："大草同志，组织相信你是自己的同志，曾经做过地下工作，可我们组织有我们组织的原则，现在没有人证明你的身份和过往，甚至关于你以前的经历一点消息都没有。我们组织不好定性啊……"他理解林同志的难处，更懂组织原则。比如他神秘地从部队调到皖南的大山里学习无线电技术，后来又被派到这座城市做地下工作，都是单线联系的。他以前的经手人，因为时间久远，再加上是战乱年代，人不好找，或者当年这些经手人，早就不在了。他们都像老许一样，把秘密带到了另外一个世界。但冥冥之中，他又不甘心，总觉得当年他们一起从事地下工作的同志，某个人还在，经过周折，

暗号

千辛万苦地又找到他,敲响他的那扇门。

在拆迁的日子里,他像一个失恋的少年,还经常回来。故居早已不见了,这里变成了一片繁忙的工地,他进不去,只能站在外面的马路旁看一看。工地每天都在变化,熟悉的一切早已面目全非,他心里的空落又增添了几分。

好在他还有老许的墓地,这段时间他更频繁地来到东郊烈士陵园里,坐在烈士碑前,风习习地吹来,就像当年老许敲开他的门,带进来的冷风。这么多年,他该对老许说的话早就说完了,包括他旧居动迁,当年的旧居还是组织帮他选择的。实在没什么话可说了,他就坐在战友们面前,眺望着城市,隐约间,他似乎能看到旧居的工地上高高耸立着的塔吊。眼前的城市,正日新月异地发生着变化。唯一没变的,就是这片陵园和他自己。

每当他坐在陵园里,似乎又回到了若干年前。虽然他有许多战友同志并不认识,但他知道,他们在干着同一件事,他并不觉得孤单,他和一群志同道合的人站在一起。此时,他坐在夕阳下的陵园里,也是相同的感受。战友们都在看着他,他们肩并肩地站在一起。不论他的心情是好是坏、是平静还是波澜,只要他来到烈士陵园,一切似乎都回到了当初,什么都没改变。

他每天都在关注着新居的建设情况,每天下班都要到工地上看一看,生怕漏掉某个细节,在他搬出旧居两年零几个月后,他的新居终于盖好了。这是一片崭新的楼群,院子里栽了树,种了草,每家每户都窗明几净的样子,也有许多老邻居特意赶回来,远远近近地望着眼前的变化,嘴里啧啧有声地赞叹着。

终于如愿以偿又搬了回来,依据拆迁时的面积分配,他的家并不大，只有两室一厅。他不在乎这个，迫不及待地回来，虽然还在原来的原址，但已不是原来的样貌了。他别出心裁地在自己的门口挂了一串风铃，每当他进出，风铃都会发出神秘又动听的声音。听着风铃发出的声音，便有一种情绪在心里弥漫开来。

九

后来他退休了，一直一个人生活着。在他二十几岁，三十多、四十来岁时，时不时总会有热心人，偶尔提及他的个人生活，还张罗着让他去相亲，但一过了五十岁，便没人再提及了。他一个人生活仿佛是天经地义的一件事，如果他突然和谁结婚，反而让人觉得不正常。

直到他退休，一直居住在那间两室一厅的房子里，房子早就不新了，他们这一片是这座城市第一批动迁的。当初设计者都没有建设地下车库，当初搬回来时觉得院子很宽敞，这几年私家车多了起来，渐渐地停满了院子。后来车又多了一些，把以前的绿地还有种花种草的地方都变成了停车场，不论从哪个角度望过去，都是车满为患的样子。

最初搬过来，门口挂的那串风铃还在，他没有换过。那串风铃的表面已不再新鲜，落满灰尘后，他总是时不时找块抹布去擦拭一回，久了，灰尘和水渍浸入到铜制的风铃中，满是包浆的样子。走廊里有风吹过，风铃会发出细碎的响声，或者邻居关门手重一些，风铃也会发出一阵嗡声。他习惯了这一切。

暗号

老了之后,他经常夜半醒来便睡不着了。夜还深着,一切都安静着,脑子清醒,有时也会有种时光倒退之感,躺在静静的夜里,一时不知自己在哪儿。他自从来到这个城市里便有了王大草这个名字,没有人知道他的真名叫刘岸。也许在这个城市里、这个世界上,只有自己知道吧。他工作的履历表上填写的名字是王大草,包括他的退休证上写的也是这个名字。刚开始入职单位时,总会遇到签名,比如每月领工资,工资表上都要签写自己的名字。刚提起笔时,脑子会打架,同时会浮现出王大草和刘岸两个名字,久了,不再打架,王大草已经横冲直撞地走进他的生活,他的内心从里到外已经接受了王大草。

风铃这个代号,更没有人知道了,为了风铃,他已经等了大半辈子了。最初有了这个代号,只有老许知道,他不知道组织上的人知不知道。后来老许不在了,他一直等待另外一个知道的人出现,可那个人一直没有出现。有时他就想,倘若自己也不在了,这个世界就再也没人知道了。不论他是清醒还是错乱,组织上的接头暗号一直都清醒地记得:"走尽天涯路,风铃在吟唱。"一想到这个接头暗号,他便从错乱中清醒过来,在暗夜里把眼睛睁大,注意力又转向门口。夜晚没有风,邻居也没开门,风铃也在静默着。

郊外的烈士陵园他还经常会去,每次去,他都会待上一会儿,陵园已不是新建时的样子了,一切都变旧了。墓地和碑都有了些裂纹,周遭都长出了荒草。清明或国庆,有单位或学校的人组织着到烈士陵园里看一看。有带头的人念着关于缅怀的稿子,然后就四散开来,在草地里嬉戏上一阵子,人群就散了,留下荒芜的墓地。只有他是这里的常客,几日不来,心里就空落得要死要活,丢了什么

暗　号

重要东西的样子。来了，坐在墓地旁，心一下子就静下来，一切稔熟得不能再熟了，仿佛这里是他的家一样。还有一群老朋友，围坐在一起，该说的话都说完了，就那么安静地簇拥在一起坐着，看天，看这周围的荒草……似乎世界在这里变得永恒。

　　林同志比他退休要早上几年，最初有作者要写这座城市的历史，会找到林同志采访，不知是哪一次，老林想起了他，便也把他推荐给作者或一些报纸的记者，家里就热闹了几分。男男女女的作者，簇拥着他，让他讲一讲当年的往事。最初的时候，他不知如何开口，在心里问着："我是谁，风铃、王大草还是刘岸？自己说的经历，又有谁相信。"作者们总是很急切，用尽各种办法，总是想让他开口说点什么，然后他只能舍近求远，从那天刑场上说起，十几个地下工作者，被押赴刑场，然后就是一排枪声，之后就有了烈士陵园。这段历史不仅他知道，单位的老马和小李也知道，想必林同志等人都已经说过了，作者就流露出失望之色离开了。

　　后来，再有人采访老林时，会叫上他，让他坐在一旁，老林自己讲完了，总会怂恿他也讲一讲。老林叙述当年的历史时，勾起了他对当年的回忆，每个细节都能够想起来，看着老林对着记者或摄像机滔滔不绝的样子，他羡慕着老林。因为他的身份和经历，他在家里的电视上看过老林的采访，老林出现时，总会打出一排小字：原地下工作负责人。老林讲得很全面，地下工作者的细节逼真翔实，似乎又带着他回到了过去。

　　当老林鼓励他也讲一些什么的时候，他就茫然地望着老林，心里又一次问自己："我是谁？"恍惚间，他就失去了讲一讲的勇气，像害羞的小媳妇，躲到了一旁。

037

暗号

采访的人走后,老林就会拉着他的手,满是歉意地说:"大草,我相信你就是当年的地下情报员,我没退休时,一直努力给你找到当年的证明人,可我还是没找到。我对不起你,组织也对不起你,可你知道,我们党是有原则的呀。"

他握紧老林的手,听了老林的话,他又想大哭一场,却不能哭,只是红了眼圈,眼泪汪汪地望着老林。老林当了一辈子领导,到了晚年了,还没有忘记他,他知足了,老林的手一直温暖着他。

老林在一天夜里突发心梗去世了,当时他不知道,是老林的老伴按照电话的名录查到了他,给他发了一条短信,通知他老林遗体告别的时间和地点。

他赶到老林的灵堂时,心里已经说不清是什么滋味了。他看着老林躺在灵堂里的遗体,突然发现老林是那么瘦,又是那么小。再看墙上挂着老林年轻时的照片,他有一种恍若隔世的感觉。老林走了,走得突然,也是种必然,谁都有走的那一天。

老林去世之后,他突然有了紧迫感,自己隐藏了一辈子的秘密,他要说出来,觉得再不说,就对不起老许和自己,还有那些牺牲的同志。他有了倾诉的欲望,不仅仅是为了自己,更是为了让更多的人记住老许他们。

家里有以前电视台记者留下的名片,当记者在他眼前架好摄像机时,他又想起了老林,老林活着时,就在摄像机面前,无数次地说起过去。他对着灯光和摄像机镜头,呆怔了足足有几分钟才开口说话。从到这座城市讲起,讲到第一次到这座城市时,第一次见到老许,然后把他带到住处,留下一部电台,老许是他的上线。他突然想起,当时的地下省委还有一个电报员,他发报、收报,都是那

暗　号

个电报员，他的代号是风铃，对方的代号是"燕子"。他一直认为，对方一定是个女同志，要不怎么有"燕子"这样的代号呢？以前他几乎把"燕子"忘干净了，因为他们是通过电波联系的，对方是一个人还是一个组织，他并不知道，只知道对方的代号叫"燕子"。他向老林提起自己过往的线索，几乎把"燕子"忘干净了，是眼前的摄像机让他想起了"燕子"。

记者们走后，他激动起来，"燕子"虽然没有谋面，但他至今还记得"燕子"发报的风格，每个莫尔斯电码发得流畅清晰。每个电报员都有自己的发报风格，就像个人的口音。虽然他想向记者倾诉自己的过去，以证明那些牺牲的同志，但组织的秘密他是不会说的。接头暗号和老许留给他的那把电台的铜钥匙，这是组织的秘密，也是他个人的秘密。他等待着组织派人来找他接头，他又怎么能轻易把这个秘密说出来呢？

电视台的记者录像之后，他一直没有等到电视台播出。后来他想，也许自己讲的那段经历对电视台没用吧。后来，他就忘了采访这回事。

有一天，他拖着沉重的脚步，又去了一趟烈士陵园，走了一身汗。那天不知为什么，觉得自己有许多话要对老许他们说，他抱着烈士纪念碑就说了，一开口自己都吓了一跳："老许，我累了，怕是最后一次来看你们了。"说完还嘤嘤地哭了一回。

那天从墓地回来后，被风吹着了，受了凉。他病倒了，一直晕晕乎乎的，就再也没有醒过来。

正巧原单位工会的人来看他，急忙把他送到医院，医生们抢救了几个小时，他还是走了。工会的一位老同志在收他的骨灰时，被

039

暗号

一个金属一样的东西吸引了，戴上手套，在他的骨灰里拿起一把面目全非的钥匙。说是钥匙，只是从形状上判断，经过高温已经变形了，仍然有着金属般的光泽，在骨灰中显得与众不同。这块金属吸引了众人的注意，人们七嘴八舌地议论着："老王身体里怎么还有这种东西，咱们给他换过衣服了，兜里都是干净的。"人们猜测一阵，议论几句，又把那块金属一样的东西放到了他的骨灰里。

他去世之后，在建党八十周年，电视台播出了一档"记住历史"为题的大型专题片，其中就有一段关于他的采访。在他的影像旁有一行关于他的小字：王大草，地下工作身份未经组织核实。

这部纪录片播出不久，省城里来了一位白发苍苍的女同志，联系了当地政府，指名道姓地要见王大草。还是原单位的工会人员出面，陪同着这位老同志来到了公墓，找出了他的骨灰盒。

老同志颤抖着身体，望着他的骨灰盒，声泪俱下道："风铃，我就是当年的'燕子'呀。"

左轮手枪

一

在那个秋天的午后，秋蝉躲在打卷的树叶后，单调地叫着。三四点钟的样子，又是我们放学的时间，我和朱革子、三妹等人走进军区家属院。此时的阳光正好，金灿灿的，空气里似乎还有一股太阳散发的金属味道。正是大人们的上班时间，家属院里很安静，唯有几只秋蝉高一声低一声地叫着，给世界平添了一些动静。

就在这时，我们听见二号楼一个房间里突然传出一声狼嚎一样的声音，一边号叫，一边喊叫道："不，你们不能收了我的枪，这是我哥留给我的念想呀。"其他人还有几句劝慰声，似乎在解释着什么，因为声音小，我们听不清。三妹在楼下立了一会儿，然后变了脸，撒腿就往楼洞里跑，我们这才发现，二号楼那个楼洞是她的家，刚才叫嚷的男人是她爸爸。

三妹的爸爸叫方猛，他的长相却和他的人一点也不一样。在我们眼里是一个又干又瘦的老头，其实那会儿，他也就是四十大几、

暗号

五十来岁的样子。每天这会儿都是机关人员和家属们上班的时间，院子里只有我们这些放了学的半大孩子，很少有大人走动。三妹还没跑到楼洞里，又退了出来。我们这才看见，走出来几位穿警察制服的人，他们一边走着，一边往一个木头盒子里装一把左轮手枪。那把手枪保养得很好，在门洞外的秋阳中，还闪烁着金属的光芒。我和朱革子对视一眼，我小声说："狗牌撸子。"

那会儿我们最爱看的就是关于打仗的电影，电影里经常有日伪军，还有汉奸什么的，他们手里经常挥舞的就是这种左轮手枪，于是我们就恶狠狠地把手枪起名为"狗牌撸子"，把驳壳枪称为"王八盒子"。战争电影里，我军装备都很差，经常看见我方人员扛着火枪、大刀、红缨枪什么的，冒着枪林弹雨就往上冲。这样的场面，看得我们悲喜交加，又热血沸腾。

那几个穿警察制服的人，把那把"狗牌撸子"很快放到一个木盒里，然后提上，犹豫着脚步往前走。紧接着我们看见方叔愠怒着表情，木杆子似的走出来。他的身旁还有一个警察，看模样年长一些，应该是个领导，小声说："方处长，我们也是在执行命令，请您理解。"

方处长就说："那把枪是我的私人东西，你们怎么也能收走，啊，你们是不是看错文件了？"

领导模样的警察道："怎么会呢，收枪的文件，我们学习了小半天。"

方叔走出楼门洞几步之后，脚就立住了，他脸上的怒气未消。最后留下的那个警察，立住脚冲方叔敬了个礼，小声说："方处长，对不起了，希望您能理解。"说完转过身，向外走去。

左轮手枪

　　我们看见方叔，先是直了一双眼睛，又狠狠跺了一下脚。他这才发现站在他身边的三妹。三妹是他家最小的女儿，和我们是同学，在一个班。三妹这时正抬起脸，有些害怕不解地望着父亲。方叔看见三妹，蹲下，一把抱过三妹，突然大哭起来，一边哭一边说："他们把枪从咱们家要走了，我咋对得起我哥和你妈呀。以后你妈由谁来保护？"

　　方叔的话说得云里雾里，我们不知道，这把枪有这么重要，是在保卫三妹的妈吗？我们从小就长在部队大院里，进出营区大门，总能看见有两个卫兵，荷枪实弹地站在哨位上。小时候我和朱革子不懂事，一直以为那两个卫兵是假人，我们俩为此还打过赌。有一次我夸着胆子跑到营区门口，站在哨位前仰望着纹丝不动的哨兵，哨兵的目光直视前方，连眼皮都不眨一下，我更加断定他是假人的想法，于是夸着胆子，伸出手去摸哨位上的那双鞋。我又仰起头观察哨兵，这才发现，哨兵的眼睛会动，他正垂下眼皮注视着我。我一下子蒙了，不知如何是好地定在那里，耳边响起一个梦游似的声音："小孩子别调皮。"那天，我一身冷汗地跑回院内，兴奋地告诉朱革子："卫兵不是假人，是真的，还和我说话了。"朱革子也一脸惊讶地望着我。后来我们又大了一点，进出院门的次数多了，我们看过卫兵在哨位上换岗，两个接岗的哨兵敬礼，另外两个站岗的哨兵把手里的枪仪式般地交到这两个接岗卫兵手里。我发现，他们换岗的仪式又严肃又帅。每次走过门卫时，我们就觉得非常踏实。后来上学时，我们会看一些闲书，比如说战斗故事，也有一些鬼怪的小书什么的，睡觉时总想起书里的情节，害怕万分。后来就想起院门口那两个木偶似的卫兵，我们就不害怕了，因为卫兵手里有枪，

暗号

坏人肯定不敢进门，鬼怪估计也会望而生怯。我们一直以为，我们大院里的人，都是由卫兵在保卫已经足够安全了。方叔突然说起那把"狗牌撸子"是保卫三妹母亲的，这我们就不能理解了。

那天方叔抱着三妹干干硬硬地哭了几声，我们第一次听见方叔哭。他的哭声有一种金属一样的质感，就像我们学校那口钟，上课下课被校工敲响，发出的声音就是这个样子。哭了几声的方叔，似乎清醒过来，用巴掌把脸上的眼泪抹干，又冲三妹说："回家吧，大人的事你别操心。"然后迈开步子，向机关大楼走去，路过我和朱革子时，他还伸手温柔地在我们头上拍了一下。

那天晚饭时，我把看到方叔的事和父亲说了。父亲也一脸郁闷，告诉我，收缴民间散落的枪支是公安部的命令，不仅是民间的，部队有人私藏的，也概莫能外。

我们的父母大都是军人，家里有枪并不稀奇，那会儿全国都在备战备荒，军人是可以随身携带枪支的。父亲就有一把枪，平时就别在腰里，下班之后就是个累赘了，没事就挂在墙上。我看着眼馋，总想过去摸一把，虽然它是我没见过的一把枪，但在我心里它就是一把手枪，和坏人手里的"狗牌撸子"一点也不一样，因为父亲是好人。父亲曾制止过我，他大声告诉我："那枪里有子弹，小孩不能玩，走火了，会死人的。"父亲这么说了，就阻止了我玩枪的想法，再望见墙上那把枪，就像一枚炸弹了。

父亲的枪是部队配发的，在编在列，没人收得走，可方叔的枪为什么被公安局的人收走了，他为此还大哭一场，这令我不得其解。问父亲，父亲没说明，跳过我的话题，冲母亲说："方处长的枪被收走了，也不知李敏会咋想。"母亲似乎也没有答案，叹了口气，没说什么。父亲说的李敏就是三妹的母亲，我们平时都叫她李姨。李姨平时是个严肃的人，很少笑，但她的肢体又很柔弱的样子，有一种手不能提、肩不能扛的感觉，似乎一阵风都能把她吹跑。李姨每天都会准时出现在我们的视野里，她上班时带着饭盒，下班时手里提着一些菜，虽然走路有些摇晃，但很坚忍。

结果就在那天晚上，李姨出事了。

我们第一次看见李姨展现了另外一面，当晚半夜时分，我被窗外的一片嘈杂声惊醒了，父母房间的灯已经开了，然后就听见父亲下楼的脚步声。我推开自己房间的窗户，灯影里看到李姨披头散发，赤着脚，抱着楼前的一棵树，身子蜷在树上，浑身发抖，嘴里喃喃地不知说着什么。我还看见方叔、大妹、二妹去拉扯母亲，三妹在一旁不停地抹着眼泪。方叔压着嗓门一遍遍地说："老李、老李，你倒是醒醒呀。"

父亲和同楼的一些大人都下了楼，有的人还打着手电，手电光无意中扫到李姨脸上，我发现她脸色惨白，目光散乱，和平时相比就像变了一个人。她哆嗦着身子，怕冷似的紧紧抱着那棵树。

父亲和方叔不知交流了几句什么，下楼的大人七手八脚地把李姨抱了起来，他们齐心协力地把李姨抱回了楼门洞，又抱回了家里。不一会儿，我看见门诊部两个穿白大褂的医生，手里提着药箱，慌慌张张地奔向方叔家的楼门洞。

那天夜半，父亲很晚才回到家中。我隐约听见父亲和母亲在他们房间里小声说着什么。

窗外已经安静下来，我却一直睡不着，就想起白天发生的事，方叔那句话又在我耳边响起："你们把这枪拿走了，我还怎么保护

暗号

她们。"我一直不解,那把手枪一直在保护方叔一家,他自己的枪呢?李姨变成这样,原来也是因为这一把枪?我越想越不明白,悬念似的在我脑子里萦绕。

二

在方叔的枪被收缴的日子里,李姨就像变了一个人似的。平时她脸色苍白,身子骨也弱不禁风,似乎一阵风吹过来,就要把她吹得飘起来似的。自从那把枪不在了,她突然变得力大无穷,经常从楼门洞里跑出来,赤着脚,披散着头发。有时方叔和大妹一起也不能把她拉回去,她大声呼喊着:"枪,保护我的枪,你们给我拿回来。不是你们的,是我的。"然后挣脱方叔和大妹的手,跑到院子里,风吹起她的睡衣,她奔跑起来像一只鸵鸟。方叔拖挈着手在后面追,大妹也不再矜持,迈开长腿,不管不顾地向母亲奔过去,先是把母亲拦腰抱住,母亲在她怀里挣扎着,大妹一张脸憋得通红,冲父亲叫道:"爸,你抱我妈的腿。"两人终于齐心协力把李姨抱回门洞。李姨仍然在嘶喊:"还我枪,把枪还回来……"

我们一直不明白,方叔私藏的那把"狗牌撸子"怎么又成了李姨的,那把枪又和她有怎样的联系?在别人眼里,李姨疯了。好端端的一个人,因为一把枪怎么就会发疯?

方处长家里发生的情况,引起了机关领导的重视,先是参谋长去了方叔家,后来李司令也到方叔家坐了坐。我们看见他们从方叔家里走出来时,都一脸严肃、满腹心事的样子。

左轮手枪

没过几天,由军区保卫部长出面,去了一趟公安局,居然把枪从公安局要了回来。保卫部长向方叔还枪那天,仍然是个午后,太阳仍然金灿灿的,只有一两只秋蝉发出金属一样的叫声,来配合这样的场面。部长手里擎着一个木头托盘,托盘上还盖了块红布。得到消息的方处长,从门洞里蹿出来,一只脚穿着拖鞋,另外一只脚穿着军鞋,他脚高脚低地来到保卫部长面前,仓促地向保卫部长敬了一个军礼,迫不及待地把红布揭开,又一次看到了那把熟悉的左轮手枪,一把抓过来。这时我们看见方叔整个身体都在发抖,嘴里一遍遍地说:"太感谢组织了,你们救了我一家。"

保卫部长就说:"老方,是司令和参谋长出面,联系到了省里,我又写了份证明,才把你的枪要回来。"

方叔爱不释手地把玩着那把手枪,手枪保养得很好的样子,太阳下还散发出幽蓝的光泽。听保卫部长这么说,他抬起头认真地说:"我在这里谢谢首长了。"

后来我们听说,公安局的人把方叔那把手枪的撞针取了下来,没了撞针的枪就是一件玩具了,留给方叔做永久纪念了。为此,公安局还发给方叔关于这把枪的批文。那个批文是一张像奖状一样的纸,上面写着:"此枪系烈士所赠,经上级研究决定,还给收藏人,以示纪念。"

这份由公安局出示的证书,被方处长装在一个相框里,挂在墙上。在以后的日子里,我们经常去找三妹玩,也就经常看到这张收藏证,我们几乎都能背诵出那上面的内容了。

枪被送了回来,李姨的疯病竟奇迹般地好了。她又变成了正常人,身体软软地提着一个公文包上班下班,见到我们总是亲切地和

暗号

我们打招呼。李姨在这座城市的档案馆工作,管档案的人,总有几分神秘感和书卷气。李姨在我们眼里就是这样的人。虽然她瘦弱,又病恹恹的,但从内向外散发出一种与常人不同的气场,总觉得她和我们的母亲不一样,究竟哪里不一样,我们又说不清楚。

我们还是通过一把枪的事件,知道了方叔和李姨的传奇故事。

这个故事得先从李姨说起,李姨当年是这座城市的地下交通员,她的上线就是自己的丈夫、方处长的哥哥,代号长剑。长剑当时是情报组长,手里有一部电台,负责和上级联络,上级的指示又通过李姨传递出去。之所以选择李姨做长剑的下线,因为她是女同志,还有个身份是教会医院的护士,当年的李姨经常利用这样的身份,穿梭在大街小巷,总是能准确无误地把一份又一份情报送到组织手里。后来李姨怀孕了,她孕妇的身份让她的身份更加隐蔽,如果这一切顺风顺水,故事一定是另外一个样子了。就在这时,敌人保密局的特务还是发现了我地下党的蛛丝马迹。当地下党领导在一个茶楼里开会时,潜伏在茶楼里的内线向敌人报了信。国民党出动特务把茶楼包围了,开会的地下党领导悉数被抓。

这条消息还是被李姨传送到了城外的一个联络点,上级组织决定,派出游击队去营救尚未被捕的同志,包括方叔的哥哥长剑。当时方叔是游击队的一名分队长,他领受了营救任务,把游击队战士乔装打扮。他们组成了一支卖菜卖柴的队伍,挑的挑,担的担,混进了城内。根据李姨送出的情报,他们在寻找散落的尚未被捕的地下党,找到他们,再设法把他们带到城外。

那天一早,李姨要去接应进城的游击队。长剑又把组织配发给他的电台收拾好,装在一个行李卷里,随时准备撤离。李姨出门前,

左轮手枪

长剑又把她拉住,从腰里拿出一把左轮手枪,递给李姨道:"这个你带上。"李姨望着长剑担心地问:"那你呢?"长剑说:"我在家等你,相对安全,你出门在外,处处都是危险。"这么说完,他帮李姨把枪插在她外衣的口袋里,还小声说:"子弹已经上膛,打开保险就可以射击。"

李姨对这把手枪并不陌生,从认识长剑那天开始,这把枪就一直带在长剑身上,就是睡觉也会放到枕头底下。李姨和长剑结婚后,总是睡得不踏实,一会儿醒来,就坐起身子谛听外面的动静。干他们这个工作的,就算是睡觉都要把一只眼睛睁开,随时对发生的事情做出准确的判断。后来,长剑就教会了李姨用这把枪,两人还躲到没人的地方,让李姨亲自打了两枪。从那以后,李姨的心里就有谱了。每次睡觉时,长剑总会把这把枪放到她枕头下,还安慰道:"枕着它睡,就不会做噩梦了。"从那以后,李姨的心果然踏实了不少,很少在梦里惊醒了。有几次,李姨要到城外去送情报,长剑不放心,还让她把这把枪带上,并告诉她,万一被敌人识破,先保护自己,就不要再回城里了,去山里找游击队。李姨在送情报的过程中,有惊无险地还是回到了城里,回到了长剑身边。

这一次李姨和长剑分开,她心里很乱又很特别,在门口她还张开手臂拥抱了长剑,那把手枪就僵硬地隔在两人中间。她离去时,一步三回头,一遍遍地说:"长剑,你在这里等着,我和游击队接上头,就把你带走。"

长剑咬着嘴唇,点了点头。李姨还看见了长剑眼睛里的泪光,这是她外出执行任务时从来没经历过的。以前每次送情报,两人也都牵肠挂肚,可这一次竟有了生离死别的心境。李姨转身时,眼泪

049

暗号

流了下来。她不敢再回头，怕长剑批评她婆婆妈妈，走出楼门洞，她才把脸上的泪水抹去。

在指定地点，她见到了方叔。方叔乔装成一个磨刀人，头上戴了顶草帽，正卖力地为一位顾客磨刀，看他那架势，俨然是个老磨刀人了。那是方叔第一次和李姨见面，两人接上头后，方叔又招呼了一名附近卖报的报童，那也是游击队员乔装而成的。两个人在李姨的带领下，挨个儿去解救被困的地下党员。当来到长剑居住的楼下时，方叔发现不对劲了，楼门口和院子里到处都是保密局的特务。李姨也发现了这一点，她冲方叔努了一下嘴，意思是暂停行动。

他们还是来晚了一步，这些特务鱼贯而入，逐层地搜索着长剑。李姨和方叔当时一定把心都提到嗓子眼了，长剑是他们的亲人。方叔把手伸到磨刀的袋子里，那里装着一把压满子弹的枪；李姨也下意识地去摸腰间的衣袋，那是长剑让她带来护身的枪。

长剑没有坐以待毙，他不知用什么办法跑到了楼顶上，楼不算高，只有六层，方叔还看见哥哥肩上扛了一个被子卷。方叔和哥哥前后脚参加的革命，哥哥被调走去执行特殊任务，他则参加了游击队。从那开始，两人就断了音信。几年没见，方叔觉得哥哥和以前有些不一样了，眼神犀利，动作果断，脸上还多了些文人之气。哥哥跑到楼顶，肩上还扛着那个被子卷，似乎那个被子卷已经长到了哥哥的身上。哥哥居高临下地扫视了一眼，他看到了楼下的特务，特务们追赶的脚步声一阵紧似一阵。他也看到了方叔，他做梦都没想到和弟弟会以这种方式重逢。然后他又看见了站在弟弟身边的李姨，他亲爱的爱人。此时，李姨已经一脸惊骇，随时做出要惊叫的样子。长剑站在楼顶，做出一个含混不清的手势。这个手势是冲弟弟和李姨做出的，两人就有了各自的理解。

长剑先把肩上的被卷打开，露出了里面的电台，然后举过头顶狠狠地向楼下摔去。他身后已有两个特务扑了过来，长剑头都没有回，只喊了一声："走——"然后随着声音纵身一跃，跳了下去。

李姨终于忍不住，准备发出一声惊叫，甚至下意识地做出了扑过去的动作。方叔眼疾手快，一手捂住了李姨的嘴，顺势把她向前扑去的身子拉了回来。他们转过头去，方叔苍凉地喊了一声："磨剪子嘞，抢菜刀……"他半推半就地赶快拉起李姨离开了。

那次，他们游击队救出了十几名地下党员，可是哥哥再也离不开了，连同他的电台都牺牲在了那里。这次意外让这座城市的地下党遭到了重创。

后来，组织又重新调整，地下组织才得以重建。方叔从游击队被调入城内，接替了哥哥的任务，承担起了地下交通工作。为了掩护方叔的工作，李姨乔装成方叔的妻子，有了这种身份的掩护，方叔的地下工作安全了许多。后来许多见过长剑和方叔的人都说，哥儿俩长得太像了，不仔细分辨，很难分清两人。

后来，李姨生产了，取名大妹。一家三口人生活在一起，不知内情的人都说："他们这是幸福的一家人。"

直到这座城市解放，地下工作者纷纷浮出水面。他们当时接受的任务是，成立新政府，建设保卫他们的新政权。经组织批准，方叔和李姨顺理成章地结了婚，后来才有了二妹和三妹。无独有偶，他们一家生了三个女孩，许多不了解内情的人，都觉得他们原本就是一家人。

结婚后，李姨留在这座城市工作，方叔则又重新参加了部队。

暗号

　　他们之前所在的游击队,早就被正规军收编了。这座城市解放后,部队经过休整就准备南下了。方叔临出发前,李姨把长剑留给她的那把左轮手枪送给了方叔,她低垂着眼睛说:"这把枪你用得上。"

　　方叔一直把枪带在身边,因为是哥哥留给他的遗物,并不在部队武器编制当中,部队几次改编重组,这把枪方叔一直都带在身上。后来方叔的部队从南方调回来,又参加了北方的剿匪,然后又去朝鲜,参加了抗美援朝,最后回来,终于又在这座城市落脚。直到这时,方叔和李姨才真正像一家人似的生活在一起。

　　那把随身带的枪也带回了家里,还像以前一样,每天睡觉时,方叔都会把这把枪放到李姨枕头下。当方叔第一次把枪放到李姨枕头下面时,李姨长舒一口气道:"以后再也不会担惊受怕了。"那把传奇的手枪,成了李姨的镇宅之物。

三

　　方叔和李姨的爱情是如何产生的,我们不得而知。剩下的我们只能"脑补"了,在那个特定年代,方叔领受了哥哥牺牲后的任务,脱下军装,潜入了城内。因为方叔和他哥哥长得极像,许多熟悉他哥哥一家的人并不觉得突兀,他们一直认为,两口子还是以前的两个人,只不过因为生了孩子太操劳,男人比以前瘦了一些,也黑了一点。李姨每每传递情报,怀里抱着刚出生的大妹作为掩护,穿梭在城里城外的联络点;方叔则怀揣哥哥留下的那把左轮手枪,暗中保护着执行任务的李姨。

他们每天住在一个屋檐下,可以肯定的是,在这之前,方叔并不认识李姨,甚至哥哥什么时候结的婚他都不知道,因为哥哥身份特殊,所有的一切都是保密的。哥哥牺牲后,方叔负责把李姨转移到城外,一个失去了哥哥,另外一个失去了自己的丈夫,两人的心情可想而知。据当事人胡叔说,老方当时哭得像个娘们儿似的。他还撕心裂肺地叫了一声:"嫂子——"这是他第一次叫嫂子。

李姨的悲伤也让她几乎昏死过去。悲伤总有尽头,城里地下工作遭到了破坏,组织要重整旗鼓。不久,方叔和李姨又一次领受新的任务,回到城里,仍然做地下交通员。

一眨眼大妹就三岁了,这三年的种种细节,因为方叔和李姨都在做地下工作,接触的人有限,没人能够证明他们之间发生了什么,感情又是如何递进的。就在大妹三岁那一年,这座城市解放了,地下组织也光明正大地走到了地上。胡叔和父亲所在的游击队早就被正规部队收编了,他们也喜气洋洋地随着队伍开到了城里。

不久,他们就迎来了方叔和李姨的喜事。方叔和李姨在这座城市解放三个月后,举行了婚礼。晚年的父亲回忆起当年的场景还一副乐不可支的样子,经常在喝完酒之后,眯着眼睛,把嘴咧成瓢状道:"当年你方叔和李姨的婚礼,是在新政府的广场上举行的。当年的老战友都去了,你方叔抱着大妹和你李姨站在一起,自始至终嘴巴都没有合拢过。"

可以想象得到,方叔从那时已经深爱着李姨了,这种爱情是真正的男女之情,还是因为李姨曾经做过他的嫂子,我们不得而知。在我们的记忆里,方叔对李姨的感情,堪称我们军区家属院的典范。

父亲和母亲总是为一些琐事吵架拌嘴,经常急赤白脸的,只要

暗号

父母吵架,母亲就总是抱怨说:"你看人家老方是怎么对待媳妇的,你要是有人家老方一半,我就烧高香了。"每每母亲说到这里,父亲似乎有一团气堵在了嘴巴里,他张了张嘴,想喊叫点什么,最后还是忍气吞声地把那团气咽了下去。不久,父亲就开始打嗝,一声大一声小的,似乎有一肚子怨气的样子。

方叔和李姨婚后不久,部队就接到开拔的命令南下了。方叔又重新申请归队了。李姨没参过军,从参加工作开始做的就是地下工作,因为大妹还小,她只能留在地方上工作了。

两人临分别前,曾经为那把手枪有过如下的商议。自从哥哥把这把枪留下,一直放在方叔身上,每天晚上,就放在枕头下。虽然表面上太平无事,但做地下工作的,都是步步惊心,危机四伏,他们经历过,许多同志就是在夜半的睡梦中被捕的。当时方叔已经想好了,自己和李姨不会轻易束手就擒,他要反抗,甚至和李姨商量好了,最后两颗子弹要留给自己,也就是说,哥哥留下的那把枪,不曾离开他们的左右。现在两个人就要分别了,这把手枪一定要有个落脚处。起初方叔想把枪留给李姨,出发前他把手枪擦了又擦,还把五颗金灿灿的子弹装到了枪里,然后放到了李姨的枕头下。他和哥哥想的一样,自己不在了,这把枪一定要留给李姨,让这把枪保护李姨。

他的举动还是被李姨发现了,他都走出院外了,李姨抓着枪又追了出来,把枪狠狠地塞到方叔腰间,望着方叔说:"你在外面打仗,什么事都可能遇到,这枪你带上。咱们这里解放了,我们娘儿俩有新政府保护。"

李叔又从腰间把那把枪拿出来,看了看,又把目光落在李姨的

左轮手枪

脸上,他还想劝慰李姨把枪留下。李姨再次夺过枪,不由分说地把枪别在方叔腰上,说了句:"老方,别磨叽了。记住,只有你平安地回来,我和大妹娘儿俩才有好日子过。"

方叔把想说的话咽回了肚子里,提了一口气,憋住,他怕自己当着李姨的面哭出来,然后挺直腰杆,大步归队了。

方叔所在的部队在解放海南岛时,伤亡了许多人。方叔就是在那一次登陆时受了重伤,一颗炮弹落在他身边,方叔几乎飞了出去。医护人员用担架把他抬到野战医院时,他竟奇迹般地清醒了。他听见警卫员在他身边高一声低一声地叫着:"方营长、方营长——"他睁开眼睛,第一件想到的事就是那把枪。他颤抖着手,把枪从腰里拿出来,因失血过多,手都没有拿枪的力气了。枪掉在担架上,他有气无力地冲警卫员交代:"你想办法,把这把枪送到我家里。"说完这句话,方叔就昏了过去。那次方叔一连昏迷了二十多天,父亲和胡叔都去医院看望过方叔,都觉得方叔再也不会醒过来了。他们立在方叔的病床前,千呼万唤,方叔躺在病床上连眼皮都没动一下,上级也做好了方叔后事的预案。

警卫员把那把枪送到了首长手里,连同方叔的最后一句话。所有人都把方叔的最后一句话当成了遗言。他们想方设法通过运送补给的船只,把这把枪送了出去,又辗转着送到了李姨手里。李姨看到那把枪什么都明白了,她一下子昏死过去。在醒来后的日子里,她一直捧着那把枪,看到枪就泪流不止。李姨心里想的什么我们不得而知,总之,伤心、难过是一定的。

二十几天后,方叔竟奇迹般地醒了过来,又过了一个月,他就能下床走路了。炸烂的身子骨又长到一块儿去了。父亲和胡叔都惊

暗号

叹方叔命硬,闯过了这一道鬼门关。

当父亲问方叔昏迷这二十多天都梦到什么了,方叔舔了舔嘴唇,羞怯地说:"我又梦到去搞地下工作了,和小李一次次地去送情报,情报多得送不过来。"

在以后的日子里,方叔一直称李姨为"小李",李姨称方叔为"老方"。其实两个人年龄是同岁,论生日,李姨还比方叔大上三个月。

后来,解放海南岛的部队又重新回来接受剿匪的任务。当方叔直挺挺地立在家门前时,李姨那天刚要外出上班,李姨倒退了两步,望了一眼初升的太阳,又看了一眼脚踩的地面,还跺了跺脚。方叔就说:"小李,你不认识我了,我是老方呀。"

方叔病好后,曾经给李姨写过信,在方叔的印象里,李姨应该早就收到他的信了,可李姨压根就没有收到方叔的信。当时全国还没彻底解放,邮路并不畅通,寄丢封信十分正常。

李姨把饭盒丢到地上,"哇"的一声大哭起来,然后紧紧地抱住方叔道:"老方,你没死呀。"

四

这把左轮手枪在抗美援朝的一次战役中,还救过方叔的命。

方叔的部队,从海南调回北方参加剿匪,任务刚刚完成,回到城里还没热乎几天,抗美援朝又开始了。方叔所在的部队,毫不意外又接到了赴朝作战的任务。

左轮手枪

对于行军打仗,方叔早就习惯了,他和所有人一样,平静地和妻女告别。出发那天晚上,他把大妹抱在怀里。哥哥牺牲后,大妹才出生,在他心里,大妹比他亲生的还要亲。每次看到大妹,他都要把大妹抱在怀里亲上又亲,每每这时,他都会想起自己的哥哥,骨肉亲情,十指连心。哥哥是当着他的面,纵身一跃从楼上跳下去的,每每想起哥哥跃下的身影,他的心都会疼上好一阵子。

大妹是在他眼皮底下出生的,那会儿他已经领受了新的任务,来到城里,重新建立交通站,李姨仍然是交通员。他对外的身份是李姨的丈夫,李姨生产他自然在场。当李姨被送进产房,他在门外听着李姨从产房里传出的高一声低一声的呻唤,他当然就想到了哥哥。他双手合十,冲着窗外的天空,在心里一遍遍地说:"哥,嫂子就要生了。你保佑嫂子顺利生产吧。"当助产士把大妹抱到他眼前时,他早已热泪盈眶了。

大妹从出生就没缺失过父爱,从小李姨就让大妹叫他爸爸。大妹喊出的第一句话也是"爸爸"。当时,他就把大妹抱在怀里,心里滚烫地说:"大妹,从今往后,我不会让你受半点委屈。"

出发之前,他把大妹抱在怀里,大妹一张小脸贴在他的脸上,嘴里一遍遍地叫着:"爸,你又要出发了吗?"

从大妹出生,到部队南下,他和大妹乃至李姨相处的时间并不长,可他每次见到大妹,大妹都对他亲得不行,张着手让他抱。他把大妹抱在怀里的一瞬间,心就化了。看着眼前的大妹,他用力在大妹脸上亲了一口道:"爸爸很快就会回来,来陪你和妈妈。"他透过大妹的肩头,望向李姨。李姨也是很难过的样子,但一直控制着自己的情绪。她默默地回到房间里,再回来时,那把左轮手枪已经

暗号

抓在了她手里。

他看到那把枪,愣了一下。在海南岛受伤时,他就托部队的人把这把枪捎给了李姨,在他心里,这把枪是哥哥留给李姨的信物。现在部队不比以前了,打起仗来,不再为枪弹发愁了。没想到,李姨再次把枪拿了出来。

他不在家的时候,李姨仍然保持着哥哥做地下工作时的习惯,每天晚上都要把枪放到枕头下,伸手可及,以防不测。那是每个地下工作者在特殊环境中养成的习惯。虽然解放了,李姨仍然保持着这样的习惯。在方叔眼里,他一时弄不清李姨这种做法是习惯,还是对哥哥的怀念。不论哪一种,方叔觉得都很正常。

李姨默然无声地把那把手枪又插在方叔的腰间,方叔把大妹放下,盯着李姨,他还没有说话,李姨就先说话了:"你把它带上,总有用得着的时候。"

方叔出门前已经全副武装了,腰间的右侧挎着部队配发的枪,身体左侧背的是军用水壶。出门前,李姨烧了壶热水,把军用水壶灌满了,此时,仍热热地贴着方叔的半边身子。李姨就把枪插在了背水壶这一侧。

营区里集合的号声又一遍响起,方叔听到了匆忙的脚步声,还有简短的告别声。方叔来不及细想,冲李姨挥了一下手,便向院外走去。李姨把大妹抱起来,大妹挥舞着小手,冲方叔的背影喊:"爸爸,你早点回来。"

方叔又回了一次头,看到母女俩,眼窝子一热,他扭过头,快速用手把泪水抹在脸上。

方叔、父亲和胡叔所在的部队第一批入朝,他们一口气参加了

左轮手枪

三次战役。在汉江保卫战中,部队遇到了大麻烦。汉江是平原,易攻难守,他们所在的阵地,在没有制空权、没有重火力的情况下,仍然一直坚守着。最后他们拼光了弹药,只能和敌人展开白刃战了,他们向冲上来的敌人,发起了一次又一次反冲锋。李姨给方叔带来的那把枪也派上了用场。在冲锋时,他打光了枪里的子弹,然后把手枪插在胸前的弹药袋里,捡起地上的一友长枪,再次冲了出去。

就在这时,方叔中弹了。起初他不知哪里中了弹,后来他多次向父亲和胡叔描述过,他说:"我正往前跑,迎头像被一块石头打在了胸口,一口气没上来,人就倒了下去,当时想呀,老子这回算是交待了。我躺在地上,还看见了天空中的太阳,通红一片……"

后来援军到了,又坚守了几日后,部队撤出了汉江阵地。方叔自然没事,他事后摸遍了全身,竟然没有发现中弹的地方。后来他拿出了那把手枪,才在枪身上找到了一个被子弹击中的凹点。方叔想起来都后怕,是这把枪替自己挡住了子弹,要不是这把枪,子弹一定会穿过他的胸膛。

部队休整,方叔和父亲、胡叔他们回到了国内。当方叔拿出那把枪,开玩笑地向李姨叙述整个过程时,李姨流下了眼泪。她把枪接过去,擦了又擦,当晚,又把枪放到了自己枕头下。那天晚上,方叔第一次听到李姨的梦话,李姨在梦话里说:"大刚,我知道你在保佑我们。你救了大猛,我不会忘的。"

大刚就是方叔哥哥的名字,方叔叫大猛。方叔听了李姨的梦话,顿时就清醒了。他悄悄起床,站到了窗户前,还点起了一支烟,他一边吸烟一边想起了哥哥。当年他接受任务,乔装进城,可他没有救成哥哥,哥哥就在他的眼前一跃,完成了自己的使命。哥哥在冥

暗号

冥之中，一直保护着他。从那以后，方叔似乎得到了某种暗示，总觉得有一双眼睛在注视着他，注视着他们一家人。

这次回国休整不久，方叔所在的部队又一次赴朝作战。这次方叔自然又把哥哥留下的那把枪带在了身边，虽然枪身上受了伤，但并不影响功能。在战场上，他反复试验了这把枪，还是指哪儿打哪儿，他亲眼看见，有几个敌人在他的射击下，倒在了他面前。

不久，在板门店签下了停战协议，所有入朝的志愿军开始陆续回国了。方叔这次回来，李姨送给了他更大的礼物，二妹出生了。二妹出生时，他不在李姨身边，他不知道李姨为了生二妹又经历了怎样的痛苦。这一次，他把二妹抱在怀里，另一只手抱过大妹，冲李姨涕泪交加地说："李敏，你为我们做得太多了。"方叔没用"我"，而是用的"我们"，当然包括他的哥哥。李敏就是李姨的名字。

后来一直平安无事，方叔从朝鲜战场回来，已经是某部的副团长了。后来，他又调到了军区机关，当上了处长。在和平的日子里，三妹又出生了。李姨一口气生了三个姑娘，有一次，李姨抱歉地冲方叔说："老方，都怪我，一口气生了三个丫头，没给你生个儿子。"方叔就打着哈哈比喻道："不能怪你，是我的种子品种就这样。"在方叔眼里，生儿生女都一样。在和平的年代，他经常望着三个茁壮成长的女儿，满脸幸福地说："我老方知足了。"

没料到，在1969年初，珍宝岛自卫反击战再一次爆发，机关许多人带着部队又一次开赴到了北方前线。

方叔又一次披挂出征，李姨这一次仍没忘记，把那把枪又让方叔带上。方叔没说什么，听话地把那把手枪插在腰间，出门前还拍了拍，硬硬的感觉让他感到踏实。

左轮手枪

李姨怀里抱着三妹,领着大妹和二妹向方叔告别。方叔走了两步,他觉得这次出征和以往不一样,年轻那会儿,只要听到集合的军号声,他拔腿就走,一身轻松,甚至还有种渴望战斗的感觉。可这次,他的腿重如千斤,走了几步之后,他回过头来,回望一眼,看到了李姨正一脸牵挂地望着他。他又看见三个参差不齐的女儿,睁着眼睛望着他的眼神,他竟多了许多牵挂和不舍,心里汪洋着不见天地的眷恋。他再次扭过头,向集合地点出发,不由得发出感叹:"要是天下再也不打仗该多好哇。没有战争,世界就此宁静,所有的人都安居乐业。"方叔憧憬着和平的到来。

五

由部队组织出面,属于方叔和李姨的那把手枪终于物归原主。虽然那把手枪被卸掉了撞针,但从外表看仍然是一把完好的手枪,当年在朝鲜战场上,救过方叔而被击中的弹坑还在。枪归来了,方叔和李姨的生活又复归常态。

当时我们就想,现在是和平年代了,枪炮声早已远离我们而去,方叔和李姨还对那把手枪念念不忘的意义何在?我和朱革子等人,对那把手枪都充满了好奇,真希望近距离地看看那把枪和别的枪有什么不同。我们从小就爱看战争电影,男孩子嘛,对枪炮自然感兴趣。有一天找到了机会,三妹又和我们一同放学,三妹是方叔李姨最小的女儿,和我们同班。三妹不像别的女孩子,不论放学还是在学校,总爱扎堆,聚在一起叽叽喳喳说个没完。三妹喜欢和我们

暗号

男孩子在一起，比如，周末的时候和我们一起到郊外爬山。我们爬山不是为了运动，更不是郊游，我们是为了寻找到一个虚拟的战场。在电影里，有山的地方才能建立自己的阵地，况且郊外的山上不仅有我们挖好的战壕，还有密密的树林，我们把这里当成了战场，翻腾跳跃，大喊大叫，直到精疲力竭。太阳西斜，我们才拖着疲惫的身体向城里走去，这时，不知是谁领头唱起了一支歌："日落西山红霞飞，战士打靶把营归……"三妹的声音经常出现在我们的哼唱里，显得又尖又细。在那个年纪，三妹也是我们喜欢的女孩子类型，她不娇气，脸被太阳晒得黑黑的，学着我们的样子，把一根草绳系在腰间，头上还经常顶着一个用树枝做成的伪装帽，离远看去，三妹就是我们男孩子中的一员。

我们这些男孩子一致认为，三妹就是我们的朋友、哥们儿。那天放学，趁三妹又和我们走在一起，我、朱革子、三胖子把三妹拉到一边，为了显示友谊，三胖子还把自制的火药枪塞到三妹手里，大气地说："这个借给你玩了，什么时候还，你说了算。"三妹把玩着三胖子的火药枪，脸上露出欣喜之色。三妹家没男孩，大妹、二妹都是女孩，年龄和她差距又比较大，自然没有人帮她做火药枪和其他的玩具，我们的火药枪、弹弓什么的，都是哥哥帮忙做的。平时，三妹对我们的玩具就很稀罕。眼见着三妹脸上露出难以置信的欣喜之色，我才见缝插针地说道："三妹，我们就想看一眼你爸你妈那把枪。"

三妹听了，立马怔在那里，神色也凝重起来。她摇着脑袋说："这个绝对不行，平时晚上，我爸我妈都把那把枪放到枕头底下，每天起床，又锁到柜子里。别说拿出来，我看一眼的机会都很少。"

左轮手枪

望着三妹,我们相信三妹说的不是假话,在心里就失望地叹了口气。那把神秘的手枪离我们远了起来。

那把枪方叔和李姨失而复得后不久,方叔请了一次客,参加的人有父亲、胡叔,还有麻秆叔。麻秆叔是我们起的外号,就是三胖子的父亲,姓刘,因为长得又高又瘦,我们才给他起了个外号叫麻秆叔。

那天,父亲一定喝了不少酒,他摇晃着进了门。起初父亲被方叔叫去喝酒时,我就想,父亲这一次一定能见到方叔那把手枪,我看不到,让父亲替我狠狠地看上两眼也行。见父亲摇晃着回来,果然满脸的喜色,平时父亲总是一脸严肃,只有在他喝酒后,脸上的纹路才舒展开来,这是父亲最高兴的时候。见父亲高兴,我便借着给父亲端洗脚水的当口问:"爸,你见到方叔那把枪了吗?"父亲怪怪地看了我一眼,轻描淡写道:"那把老古董,有啥看的。"说完从腰间抽出自己的佩枪,"哗啦"一下子,把子弹退出去,"吧嗒"一声又把保险关上,递给我说:"想玩就给你玩一会儿,这是六九式,最新的手枪。"我对父亲这把佩枪并不陌生,那会儿机关干部还允许把佩枪带到家里。正值备战备荒的年代,别说父亲这些正儿八经的军人,就是民兵去田间劳动,都会随身带着枪。我对父亲的枪并不太感冒,在手里把玩一会儿,便放弃了,仍然穷追不舍地问:"爸,你没看过方叔那把枪吗?"父亲嘴里"喷"了一声道:"怎么没见过,就是一把枪。"说到这里,父亲的目光悠远起来,顿了顿说:"那是你方叔和李姨的念想,它不是一把枪。"说到这里,父亲的表情又严肃起来,不再搭理我,思绪也似乎飘走了。

年底的时候,大妹结婚了。因为陪嫁,方叔受了一个不大不小

暗号

的处分。

在我们的印象里，大妹一直是个大人般的存在。记得我们上小学时，大妹就已经工作了。大妹在上山下乡运动之前就工作了，她的工作听母亲说，是个百里挑一的好工作。为了大妹的工作，方叔和李姨费了不少脸皮，最后找到了当年的战友，就是当年一起搞地下工作的老同志，才在区里给大妹谋了一个宣传员的工作。具体地说，大妹天天就是在蜡纸上写字，然后再把刻好的蜡纸油印出来。有一次母亲拿回一张油印好的小报，指着上面的字，对我们几个孩子说："你们看大妹的字多漂亮。"话说到一半又急转直下，引到我们身上，"你们要是有大妹一半出息，我就知足了。"大妹的字是很漂亮，仿宋字，标准、端庄，写上一百遍也不会走样。在那会儿，大妹就成了我们的榜样。大妹个子不高也不矮，不胖不瘦，脸庞白净，两条长辫子总是在背后甩来甩去。因为工作的关系，她经常在小臂上戴两只套袖，大妹似乎有许多双套袖，不是戴小花的就是格子的，她虽然穿的也是灰蓝黄色的衣服，但加上与众不同的套袖，人立马就显得俏皮不一样起来。因为大妹和我们年龄差距较大，在我们眼里她就是个大人，她经常以大人的神态打量我们这群小破孩。因此，我们无法和大妹有交集。

就是那一年的年底，大妹出嫁了，嫁给了区委的一个干部。听说，这个小伙子的父亲在省委工作，也是位资深的老革命。

大妹要结婚了，自然得有嫁妆相陪。大妹出嫁那天，我们看见一辆卡车，拉着一对崭新的立柜，长气又长脸地驶出了部队大院。

结果就是那对立柜给方叔带来了处分。原因是，做立柜的木材是营房部门的财产。在那个年代，什么都缺，没有相应的票证是买不来东西的。尤其是木材，许多木材都用来建防空洞了，营房部门的这批木材是准备建机关礼堂的。其实礼堂也差不多建好了，大妹的婚期即将到来，方叔和李姨一直没有拿得出手的陪嫁。大妹结婚对方叔来说是件大事，确切地说，大妹不是方叔亲生的，是他牺牲的哥哥的女儿。方叔觉得，一方面不能对不起牺牲的哥哥，另外，他一直觉得没有拿得出手的陪嫁，把大妹风风光光地嫁走，就对不起大妹。

那些日子，方叔急得像热锅上的蚂蚁。这一天他背着手来到了礼堂建设工地，看到了扔在工地上的许多边角余料，包括一些取中舍尾的木材。他的眼睛就亮了，想着大妹结婚，能给大妹做一对柜子也不错。这么想过了，他的身子和眼睛就离不开礼堂的建设工地了。正好一个负责工地的助理员是方叔的老下级，便上前问明原委，方叔见到自己的老下级，便把自己的想法说了。助理也是个性情中人，对方叔的家庭情况有所了解，便说："处长，大妹出嫁是大事，不能含糊。这是些废料，工地也用不上了，不行你就拿去，给大妹打对柜子，这陪嫁一定说得过去。"

方叔是个有原则的人，不肯白拿这些废料，一定要交些钱。助理无奈，把他带到了后勤的财务部门，交了一个月的工资，算是把这些废料买下来了。

柜子很快打好了，随着大妹风风光光地做了陪嫁。

不料，有人把方叔贪占公家木料一事反映给了机关党委。事情很快就调查清楚了，贪占的罪名虽然不成立，但方叔还是违反了纪律。大妹结婚不久，方叔受到了一次党内严重警告处分。因为两个柜子受到的这个处分，给方叔以后的晋升带来了阴影。几次正常调

暗号

级调动，方叔都因这个处分而未能如愿。后来，父亲和胡叔都是以正军职身份光荣离休，方叔才混了个副师级。

方叔受处分那天，父亲把方叔叫到家里喝酒，作陪的还有胡叔。他们三个人从参军起就一直在一支部队，摸爬滚打，成了生死之交。他们的交情不能用友谊来形容了，是过命的交情。那天，父亲端起酒杯说："老方，是谁这么操蛋，把这件小事当成了整人的法宝？"方叔一直笑着，乐呵呵地说："老石、老胡，没事，别说一个处分，就是降级我也高兴，为了大妹体面地出嫁，这点小事算啥。"然后三个人碰杯，几杯之后，三个人的舌头就有些大。不知哪句话触动了方叔的神经，他突然放下杯子，泪眼汪汪地说："我养了大妹二十五年，她终于出嫁了，我这心哪，就像猫抓的一样。"方叔这么说，父亲和胡叔也一阵唏嘘。胡叔就说："老方，你对得起大妹了，这么多年，我们都看在眼里，你对大妹比对二妹、三妹还亲。"

方叔狠狠地抹一把眼泪，又有股汹涌的眼泪流出来："我一直没忘记我哥哥跳楼前的眼神，虽然他没说话，但我明白他的意思，就是把大妹和她妈交给我了。这么多年，我没敢含混过半分。"

父亲和胡叔听了方叔的话，也流下了眼泪，父亲含混地说："老方，你够意思了，你是个有情有义的男人。"

方叔因大妹的陪嫁受处分的事，还是让大妹知道了。有一天晚饭后，我们正在楼下堆雪人，方叔和父亲老胡等人在院里散步。大妹回来了，走得又快又急，见到方叔，远远地叫了一声："爸。"方叔就怔了一下。父亲推了方叔一把，道："孩子回来了。"方叔这才迎上去，大妹一下子扑在方叔的怀里，又叫了一声："爸。"我们看见大妹白净的脸上流下了泪水，她一边哭一边说："爸，你干吗要为我犯错误呀,为了那两个柜子,还受了处分,我心里不忍,憋屈。"方叔听了,推开大妹道:"别听别人胡说八道,爸受的处分和你没关系。"大妹跺了一下脚道:"怎么没关系,我都听说了,是党内严重警告。"方叔又吼了一声:"胡说。"说完扯起大妹快步向家走去。后面发生的事情我们就不得而知了。

大妹虽然结婚了,但还是经常回来,每次回来,我们都见她步履匆匆、满腹心事的样子。

六

大妹结婚的第二年秋天,二妹就下乡了。其实二妹本来可以不走下乡这条路。去参军,在部队干上三四年,按当时复员军人政策,怎么着也会分配一个工作。方叔和李姨不知出于什么目的,非得让二妹下乡。当时我们军区大院的孩子,许多人都相继参军。俗话说卖啥吆喝啥,我们院里的孩子,父母大都是部队不大不小的军官,有许多下级、战友都在各种基层部队担任要职,就算不是每年的征兵周期,随时把孩子送到部队去,找一个名额也不是件难事。

二妹还是下乡去了,她下乡时,我们暑假还没有开学,但已经有了些秋天的样子了。蝉们躲在树叶后高一声低一声地叫着,有的心急的树叶已开始打卷了。

我们看见二妹背着行李卷,满脸忧伤地从自家楼门洞里走出来,她低着头,迟滞着脚步向大门外走去。方叔和李姨都没有出门送一送。三妹看见了姐姐,在路旁叫了一声奔过去,二妹停下来,待三

暗号

妹跑到近前,伸出一只手放在三妹的头顶上,声音不大地说:"二姐走了,你以后要好好的。"三妹就说:"二姐,你什么时候才能回来呀?"二妹抬起头,打量了一眼熟悉的院落,摇摇头又点点头,又交代一句:"三妹,你听话。"说到这里,眼里含了泪,想快步离开。

不知哪根弦触动了三妹,她突然"哇"的一声大哭,几步奔过去,用力抱住二妹的腿,涕泗横流地说:"二姐,我不让你走。"三妹在那天,响亮地号哭了半晌。后来还是二妹板起脸来,急促地说:"三妹,我再不走就来不及了,姐答应你,有空就回来看你。"直到这时,三妹才勉强放开二妹的腿。二妹头也不回地向院外走去,越走越快,没再回头,最后我们的视线里只剩下那个移动的行李卷了。

三妹平时皮实得就跟个假小子似的,从来没见她哭过。她抽抽搭搭地回到我们中间,用手背一下一下地抹着眼泪,三胖子就说:"你二姐为啥不当兵,像我哥一样当兵多好。"三胖子的哥和二妹是同学,前两天光荣参军,院里居委会的人,敲锣打鼓地把他二哥还有几个同学刚送走。三妹听了这话,更感到委屈,抽搭了半晌才道:"我爸妈偏心眼,只对我大姐好,根本不管我们。"听了这话,我们都替二妹和三妹感到委屈。

不久,父亲和胡叔都晋升了职务,只有方叔还在原来的工作岗位上。父亲和胡叔轮流请客,每次自然都会叫上方叔。那天方叔和胡叔在我家吃饭,起初气氛有些沉闷,几杯酒下去之后,父亲先开口道:"老方,你不该让二妹下乡,把孩子送到老战友那儿,不愁吃不愁喝的,锻炼上几年,提不了干,回来分配个工作也是好的。"方叔就长叹口气道:"大妹没赶上下乡,她在城里有了工作,咱也得响应号召哇。况且，咱们都是农村出来的，苦是苦了点，让孩子吃点苦，不算吃亏。"方叔的理论让父亲和胡叔不好再说什么，叹了几口心不甘情不愿的气，这话茬就此打住。他们又说到了这次晋级，要不是方叔受的那个处分，他一定和父亲、胡叔一样光荣晋职了。方叔干了一杯酒，抹一下嘴，摇摇头说："老石、老胡，我不后悔，要是当初我凑合着把大妹嫁出去，我会遗憾一辈子的。"说完这句话，我看见方叔脸上露出了欣慰的神色。

三妹开始学会写信了，她的信都是写给二妹的。我们都知道下乡的知青很苦，和农民一样种地挣工分，没有周末节假日，还经常吃不饱。许多院里下乡的哥哥姐姐经常跑回来，吃两顿饱饭歇歇身子，又回到了乡下。下乡的知青得表现好，每年知青点都会有少量的回城指标，所有人都对回城指标不敢怠慢，要拼命挣工分，还要在政治要求上表现自己。

偶尔，二妹会有信写给三妹，三妹每次读二姐的来信都眼泪汪汪的。后来我们问三妹，二妹在信里写了些啥？三妹就一脸忧伤地说："二姐骗人。"有一次她把二妹的信展示给我们看，信上大意是一切都好，有吃有穿，很开心很快乐。三妹不信二姐的话，连我们也不信。

当年的春节，二妹没有回来。三妹告诉我们，二姐来信了，说别的知青放假了，她要看知青点，就不回来了。

又一年春节时，我们才见到二妹。二妹和当年下乡之前一点也不一样了，她变得又黑又瘦，一眼便能看出是农村人。她的棉衣还补了两块补丁，粗针大线的，缝合处还露出了一缕棉絮。二妹回来那天，手里提着一只瘪沓沓的提包，犹犹豫豫地往家门方向走，正

暗号

赶上方叔出门去机关上班。他看到了二妹，迟疑了一下，又揉了揉自己的眼睛，试探地叫了一声："二妹。"二妹显然认出了父亲，含混地叫了一声："爸。"方叔几步迎上去，不认识似的又认真看了几眼二妹，湿着声音说："快回家吧，我给你妈打电话，让她早点下班，给你做好吃的。"二妹应了一声，木着身子向自家楼门洞里走去。我们看见方叔回了一下头，又回了一次头，还用手在眼睛上抹了一把。

傍晚时分，我们看见大妹挺着肚子，骑一辆自行车匆匆地也回到了家里。大妹已经怀孕了，她的肚子已经挺得很高了。她下了自行车之后，从车把上还有后坐上摘下许多好吃的，有肉有菜，我们看得很真切。

二妹回来几天之后，我们才见到三妹，见她噘着嘴，满脸不高兴的样子。我们问三妹咋了，家里发生了什么事？三妹告诉我们，二妹求爸爸妈妈让他们在城里活动一下，看能不能找个接收单位，把她从知青点调回来，遭到了父母的拒绝。二妹就和父母吵了起来。

春节过去没几天，二妹还是走了，和回来时不一样的是，她那件棉袄外套了一件肥大的军装，我们想一定是方叔穿过的旧军装。回来时瘪沓的提包装满了东西，一定是吃的用的。二妹又满腹心事地走了。

我们上高中那一年，也就是二妹下乡五年后的一个夏天，二妹终于回城了。后来我们才知道，她能回城，还是归功于大妹。方叔和李姨不管二妹，让她一切听从组织安排。下乡五年的二妹已经二十出头了，许多下乡的知青，因为回城遥遥无期，自己的岁数又大了，只能在当地结婚了。只要在当地结婚，就等于宣告彻底和回城无缘了，只能扎根农村一辈子了。

大妹嫁给的是省委一位领导家的孩子，听说她找了老公公的秘书，是秘书出面辗转着把二妹调了回来。大妹私自把二妹调回到城里，方叔为此和大妹发了一次火，因为是夏天，各家各户的窗子都是敞开的，我们在楼下就能清晰地听见方叔生气的声音："大妹，你这么做是丢老方家的人。我为你们没求过任何人，二妹在农村好好的，就是一辈子待在那儿能咋的，农村人能在那儿生活，我们怎么就不能。嗯，你为你妹妹四处去求人，违反原则，也丢人……"我们只听到大妹一句不高不低的话："爸，你别说了，二妹是我妹妹，你不心疼，我心疼。"后来他们又说了什么，我们就听不清了。反正都是拌嘴的话。

二妹回来不久，就到一家服装厂去上班了。回到城里的二妹，在悄悄发生着变化，她黑红的脸庞又开始变得白皙起来，穿着也干净利落起来。不知何时，她的刘海儿还打了卷，很妩媚的样子。

三妹一张愁容的脸也放松下来，现在的三妹已经不是以前假小子般的那个三妹了。她头发长了，还留起了辫子，经常穿着花衣服，自然也不会和我们玩了。

我们高中毕业那年，二妹结婚了。听说二妹在服装厂找了一个复员军人，她的婚礼一点也不隆重。记得那天是个早晨，那个复员军人穿着一身旧军装，骑了一辆二八自行车，车把上还系了两朵大红的纸花。他来到二妹居住的楼洞前，清脆地按响了自行车上的铃铛。二妹提着一个包袱，从楼门洞里走出来，她的身后是鱼贯而出的方叔、李姨、大妹和三妹，他们一家都在为二妹出嫁送行。那会儿的婚礼大都简朴，提倡革命化婚礼，酒席什么的都免了。二妹高

暗号

高兴兴地跳上了新郎的自行车,她挥挥手,嘴里说道:"你们都回去吧。"

新郎跨上自行车,说了句:"二妹,你坐好。"然后弓下身子,自行车就蹿了出去。

李姨这时有点动情,她抹了下眼泪,虚着声音喊:"二妹,常回来看看。"二妹远远地应了一声。

方叔一副无动于衷的样子,他似乎不是在送二妹结婚,而是去上班。二妹远去了,一家人定格在楼门洞口。

七

三妹和我是一年参的军。我们参军时,参军的热度已经没有以前那么高涨了,应届毕业生不再需要下乡,有的考学,有的在家待业。那会儿个体户这个概念已经开始流行了,总之,整个社会变了模样,呈现出一片希望之色。

我和三妹登上卡车时,送行的场面也比以前冷清了许多,没有了锣鼓喧天,只有胸前的一朵红纸花,在秋风中寂寞地绽放。

母亲来送我,她站在车下的人群中,显得有些心不在焉。二姐这几天就要生孩子了,母亲这几天一直在忙活二姐的事,我就冲人群中的母亲喊:"妈,回去吧,等我二姐生了,是男孩是女孩给我写封信。"母亲听了我这话,如释重负地舒了口气,冲我胡乱挥了一下手,转头就走,甚至头都没回一下。

我发现了送行人群中的大妹和二妹。二妹已经怀孕了,手托着肚子，一副笨拙的样子。大妹早就生完了孩子，利手利脚的样子。两人你一言我一语地冲车上的三妹交代着。大妹说："三妹，到了部队，抓紧给姐写信。需要啥你说，大姐给你寄。"二妹说："三妹，高考的复习资料都带上了吧，你要考军校，争取成为咱们家第一个大学生。"不论谁说，三妹都是一副听话的样子，不时地点头，眼泪汪汪地看着车下的大姐和二姐。当卡车驶向火车站时，大妹和二妹跑出了人群，追着车仍冲三妹在招手。车上的三妹一边哭一边说："姐，你们回去吧。"大妹和二妹磕绊着停住脚步，两人都在抹眼泪，我突然羡慕起三妹来。

　　三妹早就不是当年的假小子了，女大十八变放在她身上一点也不为过。在新兵连时，她在女兵排，住在新兵连后院的一排房子里，门口立着"男士禁入"的字样，只有在食堂开饭时，我偶尔才能在女兵队伍里看到三妹。三妹偶尔和我有目光交流，也只是一瞬间的碰撞。她的眼神在我的眼神里停留了不到一秒钟，就滑落到原来的位置上去了。

　　自从上了初中，我仍然和三妹一个班，但我们的交流戛然而止了。不仅是三妹，平时和我们一起玩耍打闹的女生，都自动和我们划清了界限。我们也懒得理这些女生，上小学时我们男女生之间似乎没什么区别；一上初中，她们一下子似乎变得和我们男生不一样了。没过两年，她们又吸引了我们男生的注意力，总自觉不自觉地偷偷瞄上她们一眼。到了上高中时，三胖子还和另外一个女生眉来眼去地偷偷谈起了恋爱。那个女生叫张芹，比别的女生发育得都早一些。我们暗地里给她起了个外号叫馒头。有一天傍晚，在院内小树林里，我们亲眼看见三胖子把张芹抵在一棵树上，张芹的身子都

暗号

让三胖子压扁了。我们再见到三胖子就和他开玩笑说:"馒头是个什么味?"三胖子一本正经地说:"你们别乱说,我以后是要和张芹结婚的。"我们从来没见三胖子这么认真过。

新兵连结束之后,三妹分到了通信连话务班工作,就是每天守在电话交换机前,负责转接电话,我在警卫连工作。从那以后,在我上岗时,偶尔会看见三妹和几个女兵从院内走出来,到院外的军人服务社去买日用品。每次三妹走过我面前,先是冲我点点头,然后轻声说一句:"又上岗了。"我在哨位上自然不能和她搭茬儿,微微点下头,目送着她们从我眼皮子底下走过去。我听见三妹冲另外几个女兵解释道:"他是我同学。小时候我们在一个院里。"有其他女兵又认真地回头看我一眼。

在部队时,严格来说我和三妹没什么更深的交往,说点头之交也不为过。事情发生在我们当满一年兵后,一起参加了部队的高考。两个月后,我收到了一所军校的录取通知书。报到那一天,在火车上我才和三妹相遇。她和我原本不在一个车厢,是中途到了一个车站,我下车溜达,听见一个女生在喊我的名字,我才看见三妹。然后,我就和她邻座一个大叔调换了座位,我们俩坐到了对面。

她随身的一个网兜里装满了橘子,她不时把橘子剥开皮,还把一个送到我面前。我拒绝了。上车时,战友送了我不少各式各样的罐头,还有酒。我一边吃罐头,一边喝酒,一路上都醉醺醺的。聊天才知道,三妹和我考上的是一所学校,她是通信系,我是指挥系。

到了学校之后,我才知道,她们通信系在学校的西侧,我们在东侧,中间隔着一个操场,还有图书馆什么的。平时上课我们也不在一个教学楼,见到三妹的机会并不多,偶尔在食堂和图书馆才能见到，也是点头打招呼的交情。

直到有一次，各系组织黑板报评比。这一期板报是我和另外一个学员编辑的，我负责文字，他负责板书。在板报的一块空地方，我突发奇想，还写了一首小诗。在板报评比中，我们出的板报获得了第一名，有机会被抬到图书馆前展览。从那天开始，我看见有许多学员站在我们的板报前，指指点点，议论纷纷。我每看到这样的景象，脸上都热热的，心跳也加快了。

不久之后的一天，我正在图书馆看书，三妹径直坐到了我对面，我照例冲她点头打招呼。她把头探过来，小声说："那期板报是你写的呀？"我咧下嘴，点点头。三妹又说："那首小诗我喜欢。"说完冲我莞尔一笑。那是一首爱情小诗，我记得有这么几句："山里的桃花开了，忙碌在花丛中的蜜蜂，回家时请你捎个信，告诉山外的他，山里的桃花开了……"

后来，我们系的板报经常被摆放在图书馆门前，供人们观赏。有两次我还看到三妹站在人群中抄着句子，板报上的每一句话，都是我的杰作。

渐渐地我的名气大了起来，被学院的报纸聘请为特约通讯员，慢慢地我开始有文章在院报上发表了。我写的不是通讯新闻，而是文学作品。那会儿，全国文坛正流行朦胧诗、美文什么的。我发表在报纸上的作品，照猫画虎，大概就是那个路子。

也就是从那开始，三妹和我交往的次数多了起来，不仅在图书馆见到她了，有时她会到我们宿舍楼下喊我。再见到我，三妹就像变了一个人，两眼有神，行为腼腆。她开始和我聊文学、哲学，我经常陪着她在操场的跑道上一圈圈地走。有时，她还主动约我在图

暗号

书馆见面。她腋下经常夹着本泰戈尔的诗集或者别的什么文学名著。我们的话题从文学作品开始，聊得多了，有一次她问我："你喜欢什么样的女孩？"问完这话还兀自红了脸，低下了头。我吭哧半天，也没说明白到底喜欢什么样的女孩。

放寒假时，也是她主动约我，定下回家的日期和火车的车次。寒来暑往，军校四年我们就是这么度过的。在学校里，许多人都相互传着说我们在恋爱，还有人说，我们天生就是一对，绝配。我知道，我和三妹从来没有捅破那层窗户纸，要说没有感情是假的，毕竟四年军校生活，经常在一起说这说那的，没有依赖是不可能的。

毕业那一年是七月份，我们先回家休假，然后就要到部队报到了。在火车上，她坐在我对面。她迎着火车行进的方向，我则背对着，风吹起她的头发，有几缕还吹到了她的嘴角，她的样子看上去又俏皮又妩媚。她探过身子，几乎伏在我耳边说："这次回家，你来我家一趟，见见我爸妈。"方叔和李姨已经在两年前退休了，每次回去我都能看见他们，每次见到我，李姨都喷着嘴说："老三出息了，像个大人了。"然后抿着嘴冲我笑。

我当然明白三妹让我去她家见她爸妈的意思，我望着三妹，点了点头。三妹也是一副幸福无边的样子。我们之间的那层窗纸就这么轻易地被她捅破了。

回到家的第三天，在三妹的鼓动下，我还是来到了她家里。这么多年，虽然我们是邻居，但这么正式地到她家还是第一次。趁她父母在厨房忙碌饭菜时，三妹拉着我走进了他爸妈的房间，变戏法似的掀开枕头，我看见了那把左轮手枪。我记得上小学时，我央求三妹许多次，让她把家里那把枪偷出来，让我们看一看。三妹的脑袋摇得拨浪鼓一样,她怕冷似的说:"那样的话,他们非得把我打扁不可。"

手枪露出来的那一刻,我有些震惊,没想到,这么多年过去了,这把手枪还在。我伸出手去,把枪抓在手里,关于这把枪的传奇又过电影似的在我眼前演绎了一遍。我放下枪时,在枪身上还看见了那个弹坑,就是救过方叔一命的那个弹坑。

吃饭时,方叔还给我倒了半杯酒,方叔第一句话说的是:"老石的儿子还说啥,祖一辈父一辈,你跟我家三妹一样,我是看着你长大的。"

李姨仍那么笑眯眯地望着我,就是吃了顿饭,什么也没多说,但大家伙心里都明镜似的。

我和三妹又回到了老部队,她在通信连里当排长,我在警卫连里当排长。两年后,我们就水到渠成地结婚了。

八

因为我和三妹结婚的缘故,我一次又一次来到方叔家。方叔和父亲、胡叔一样,搬进了干休所。父亲和胡叔住的地方和方叔家只有一墙之隔,却是两个世界。父亲和胡叔都是军职以上离休的,住的都是联排小楼,楼前还有院子,种着一些花花草草,每当盛夏,这些花草就茂盛着,很有情调的样子。

方叔在干休所住的却是公寓楼,大妹和二妹早就结婚了,都有了自己的家。这里只剩下方叔和李姨在住,四间宽大的房子,两人

暗号

住着显得宽宽大大。看到方叔的房子,我就想起若干年前,方叔因为大妹结婚,私用木料给大妹做陪嫁的事。如果不是因为那个处分,方叔和父亲、胡叔一样,一定会住到另外一个院。

此时,的方叔早就一脸平静了,隔三岔五地会把那把左轮手枪从枕头下拿出来,枪油、枪布摆放到桌子上,在阳光下,他慢条斯理地擦着枪。这么多年过去了,那把枪被方叔养护得很好,太阳照在上面,还闪着幽蓝的光,让枪充满了神秘感。

有一天,方叔正在擦枪,突然来了个电话,他起身去接电话,我坐在方叔的位置上,把枪握在手里,替他去擦枪。这是我第一次这么亲近地和这把枪接触,枪的手感很好,因为枪油的缘故,这把枪似乎有了某种生命。我又想起当年,方叔的哥哥和方叔带着它一次次去送情报,它的经历因为主人而更加神秘起来。我还看到了枪身上那个弹坑,光亮而又圆滑,让人联想起这把枪的悲壮和幸运。电话是父亲打来的,约方叔去钓鱼。很快方叔就回来了,又把枪擦拭了一会儿,用一块软布包上,捧在手里,小心地走回房间,放到枕头下,才和李姨收拾钓鱼用具。

我和三妹结婚五年后,从部队调到了机关,有更多的时间来到方叔家。

每到周末,我们都会如约回来,每次进门,都会看见方叔在吃饭桌上擦拭那把枪,李姨在饭桌的另一侧,择着菜,或者絮絮叨叨地聊着家常。电视打开着,随机播放着一些节目,让空寂的房间多了些热闹。

方叔见我们回来,便匆忙把枪收起来,又放到了老地方。然后走到电话旁,给大妹和二妹打电话,约他们两家过来吃每周一次的团圆饭。有时大妹来不了,或者二妹无法到场,方叔和李姨就显得很失落的样子,嘴里叨叨着:"忙,都忙。"

一家人团聚在一起时,是方叔和李姨最开心的时候,筹备这顿团圆饭的过程都充满了喜悦之色。吃饭时,方叔会亲自给三个女婿倒上酒,然后以东道主身份频频约请我们举杯。在饭桌上,孙子辈都不小了。大妹的儿子都上初中了,二妹的孩子也上了小学,只有我和三妹暂时还没孩子。方叔和李姨总是从两个外孙的话题入手,由他们讲到大妹、二妹、三妹小时候,每每这时,方叔和李姨脸上就浮现出神往的表情。说来说去,虽然觉得那个年代艰苦,但苦中有乐,现在回忆起来是满满的幸福。后来,我了解了方叔和李姨的内心,他们回忆的不仅仅是孩子的成长,也是自己曾经拥有的年轻时代。

父母一说到她们小时候,引得二妹总是眼泪汪汪的。她又想起年轻时下乡插队所受的苦,说一年冬天在知青点,发烧感冒,自己一个人躺在铺位上,就想吃口水果罐头,直到病好了,水果罐头也没吃上。为了自己早日回城,和男知青干一样的重活,有几次累得晕倒在劳动工地上……二妹一提起过去,想起来的都是艰难往事。

大妹就给二妹碗里夹了一块肉说:"二妹受苦了,我和你姐夫想把你早点从农村调回城里,是咱爸妈不让。"

方叔和李姨这时就把头低下,露出羞愧的神色,半响方叔才说:"当年咱们是响应党的政策,别人家的孩子还都在乡下,自己怎么好意思把自己的孩子转调回来。"

二妹往往这时就打住了,用纸巾擦了下眼睛,没事人似的说:"没事,都过去了,想起来只觉得委屈罢了。"二妹不再追究,一桌

暗号

子人的神情又恢复到了正常。方叔又频频举杯。

更多时候，这个家只有方叔和李姨，每天吃完早饭后，方叔都要领着李姨到院子里去走一走，因为他们年龄大了，总是一副相扶相携的样子。我见过几次他们遛弯的样子，李姨把胳膊挎在方叔的手臂上，两人相伴着在空地上走。每每看到两人这样，我又会联想起当年在这座城市里，两人在地下交通站传递情报的样子。那会儿，方叔和李姨还没有结婚，私下里方叔还称李姨为嫂子。大妹刚出生，有时被李姨抱在怀里，有时又抱在方叔怀里。他们利用身份掩护，一次又一次传递着重要或不太重要的情报。

有时，父亲和胡叔也到楼下来找方叔，以前一个干休所分成两个院，中间被一堵墙强隔开了。父亲和方叔找到干休所，建议把这堵墙打开，要变成一个院子，后来干休所采取了折中方案，没把中间那堵墙推倒，只在中间位置开了一个月亮门。虽然不是畅通无阻，但两个院的老战友们来往也方便了许多，从那以后，父亲和胡叔经常过来，找方叔遛弯聊天。

有时方叔带着李姨也会到父亲和胡叔的院子里走一走，看一看。父亲居住的院子，都是小楼，人口也稀疏许多，就显得空地很大。有一次遛弯回来，李姨就感慨地说："老方，要是当年你不被处分，也会住在这个院里的。"方叔把脚步停下来，大声说："小李，我不后悔，为了大妹，我做出啥牺牲都行。"李姨望着方叔，似乎又想起了当年方叔的哥哥在楼上纵身一跃的情景。李姨的眼睛湿润了，用手挎在方叔的手臂上，嘀咕道："我没说过后悔，只是替你觉得委屈。"方叔走回自己的院内，抬头看了眼自己居住的楼层道："我老方知足了。"

左轮手枪

在干休所,所有人都知道,方叔和李姨是一对恩爱的老夫妻。不论方叔干什么,都要带上李姨,就是方叔去钓鱼,李姨也会坐在一旁,寂寞了就去帮方叔捶腿捶腰。不论早晚,李姨都一副无怨无悔的样子。

父亲和胡叔等人就开玩笑地冲他们说:"你们是对连体人。"两人听了,也不说什么,总是会笑一笑,就连笑容也是那么一致。

周而复始的日子总是过得很快,转眼我和三妹都到了中年。父亲、胡叔、方叔他们一下子就老了。再到周末回来看他们时,我和三妹都要提前把菜准备好,到厨房去为他们做饭。每每这时,方叔和李姨都会坐在客厅的沙发上,电视机打开,有一搭无一搭地看着电视。李姨有时会挪动着脚步来到厨房参观我们做饭,她倚在门框上,瘪着嘴说:"前几年,这些事我都能干。"她一定又想起了当年。我就安慰道:"人都有老的那一天,这是自然规律。"方叔和李姨听了我的话,一副心有不甘的样子。

人老了就像枝头上熟透的果实,一有风吹草动,就可能被吹落下来。

那年,春节后的一天,李姨发烧病倒了,方叔急忙把她送到医院,扎了两天针,似乎好些了。出院几天之后,又一次发烧,这次比第一次重,入院之后,李姨就没再醒过来。几天后,李姨还是走了。送走李姨那天,方叔执意要去相送。方叔已经走不动路了,坐在轮椅上。在殡仪馆,我们和李姨做最后的告别。当我们推着轮椅让方叔最后一次和李姨告别时,方叔示意我们让他离李姨近一些。我们看见方叔伸出一只干瘪的手,抖抖颤颤地在李姨脸上抚摸着,又顺手拢了拢李姨的白发。在这之前,方叔没有哭,此时,无声的

暗号

眼泪从方叔脸上流下来。

后来，我们捧着李姨的骨灰盒来到了方叔面前，他示意我们把骨灰盒放到他腿上。李姨的骨灰还温热着，像她活着时一样。方叔抖着手用了半天力气，把骨灰盒打开，我们以为方叔有话要说，结果，他把手伸到怀里，掏出了用软布包裹着的那把左轮手枪。这时我们才想起这把枪。方叔把软布连同枪一起放到骨灰盒里，示意我们把骨灰盒盖好。他喃喃地说："小李呀，这回你就不害怕了。"

在李姨去世三天后，一天早晨，方叔坐在轮椅上也去了。李姨走后，我们没见方叔有多么悲伤。他的样子一直很平静，那天早餐他还喝了一袋奶，吃了一个鸡蛋，然后示意我们把他推到窗前。昨夜下了一场小雪，虽然不大，外面也是白茫茫一片，方叔就那么安静地坐在轮椅上去了。也许他是担心李姨在另外一个世界里孤单、害怕吧。

七日游戏

引子

初二那年的暑假,学校组织了一次学军活动。

我们上学那会儿,各种活动很多,例如学工、学农、学军。学校经常把我们学生组织起来,带到工厂或者农村的田间地头,向工人或农民学习,劳动锻炼上几天。每次有这样的活动前,我们的黄校长都要站在学校操场的讲台上做动员。黄校长是军人出身,参加过抗美援朝。据说在松骨峰阵地上和敌人死拼过,有半只耳朵为证。他左边的耳朵在和敌人扭打过程中,被敌人咬掉了半块。据说他咬的是敌人的喉咙。这殊死搏斗的场面,想起来就让我们热血沸腾。黄校长以前在部队时是军官,松骨峰战斗立了功后回国,便被安排转业了,到我们军区子弟学校当了校长。黄校长因为少了半只耳朵,头总是歪着,身子也有些倾斜,似乎在寻找着某种平衡。黄校长站在操场的讲台上,歪着脑袋说:"你们是未来的革命接班人。学工、学农、学军是为了你们茁壮成长,为革命续上香火。你们是初升的

暗号

太阳，这个世界还得靠你们。我们的敌人是美、苏两霸。东风吹，战鼓擂，这个世界谁怕谁。你们今天是学生，未来就是军人、工人、农民。这个世界是你们的，也是我们的，终究还是你们的……"黄校长讲话总是天上一句、地下一句，把毛主席他老人家的语录拆解开，又连缀在一起。总之话讲得很有气势，经常把全校师生鼓噪得满脸通红、热血沸腾。

我们初三毕业那一年暑假，再开学我们就要升入高中了。在暑假间隙里，黄校长别出心裁地为我们组织了一次学军活动。学军对我们这些军区子弟来说并不陌生。我们每天随着军区大院起床号起床，熄灯号吹响入睡。许多人的父母都是军人，随着号声上班、下班。父母就像时钟一样，我们军人子弟学校，上课下课不打铃，而是放军号。集合号就是上课，休息号就是下课。早自习还经常出早操，一二三四的，几乎就是支准军事部队。有一次下课时，赵小四走到我身边，指着操场上的一片学生说："你知道不，咱们就是少年团。如果有一天打仗，咱们学校拉出去，就是一个团。"

赵小四比我们大两三岁的样子。以前他和我二哥是一个班级的，如今二哥已经高中毕业了，正摩拳擦掌地等着秋天征兵时入伍参军。提起赵小四，他可是传奇人物，曾经和二哥他们一起扒火车去了云南，要支援抗美援越，结果在云南一个叫红河的地方，被边防军人拦下了，又辗转着送了回来。唯有赵小四一个人过了红河，只身潜入到越南领地。据他自己说，他参加了越南游击队。因他年龄小，不让他上战场，让他当了名伙夫。后来又给人家送弹药、抢救伤员什么的。赵小四失踪在我们军区大院可是件大事。他爸是军区保卫部长，为了找到赵小四，他三天两头给云南军区的老战友打电话，拜托组织和战友，一定要把赵小四找回来。他的原话是："活要见人，死要见尸。"经过多方努力，两年后，越南游击队的同志终于把赵小四给送了回来。赵小四回来时，整个人都和以前不一样了，斜着眼睛看人，仿佛整个世界在他眼里都变小了。他还穿着一身越南军人的制服，样子有点像个大人了。他还带回了一个炮弹壳，那是越南游击队战友送给他的礼物。炮弹壳上歪歪扭扭地刻了几个字：越中友谊万岁。虽然就是一个普通的炮弹壳，但赵小四已将它视为珍宝了。只有要好的人，他才会从家里拿出来，展示一下，很快又收走，急三火四地跑回家，藏到床底下。

赵小四去越南打了两年游击，耽误了学业。他只能留级，就到了我们班上。他不仅年龄比我们大一些，个子也高。这都不是主要的，主要的区别在于他的成熟以及傲慢。他很少把我们当朋友，就连我们班主任刘老师也经常被他气哭。我们刘老师是个女的，三十多岁的样子，是军区一个参谋的老婆，很爱哭，有了赵小四之后，刘老师哭的次数更频繁了。

赵小四在我们中间找不到朋友。每次下课，他都会越过操场去高中部找二哥他们玩。他们站在一起，个头差不多一样高，然后勾肩搭背，嘻嘻哈哈，不知道说了些什么。直到学校大喇叭里又吹出集合号声，他才歪戴着帽子，不情愿地向我们的班级走来。走进班级时，他总是鼻孔朝天，压根不睬我们。因为赵小四家在我们家楼下，他经常来找二哥玩，和我还算熟悉。在班级里，他和我来往还算多。上学放学时我们走在一起，他经常把手搭在我的肩上，语重心长地说："老三，你以后要多开眼界，走出去，越远越好。经风雨见世面，这样的人才会有出息。"我就郑重地点头，他搂在我

暗号

肩膀上的手就加重了些力气道："凭我和你二哥的关系，我把你当亲弟弟一样。以后有啥事你就找我，没什么大不了的。"他说到这里，把手收回去，把那件越南游击队送给他的上衣脱下来，甩在膀子上，像个爷们儿似的横着身子向前走去。在我眼里，赵小四比二哥还要成熟，有眼界。

我们这次军训的地点在棋盘山的后身，那里有个军营。军人外出拉练去了，军营就空了出来。我们学校就插了这个空隙，到军营里学军。我们到了军营后才发现，来这里学军的，不仅有我们军区子弟学校的师生，还有育红学校的师生。

提起育红学校，我们就有种复杂的情绪。它离我们八一学校不远，也就两站地的样子，学生大都是工人子弟。那个年代流行穿军衣、戴军帽，因为我们八一学校是军人子弟，父母、哥哥、姐姐大都参军了，我们穿军装、戴军帽，大都是正宗货。不像育红学校，他们很难弄到真的，穿的戴的大都是冒牌货。于是，育红学校高年级的同学，经常在放学的路口堵住我们，一只脚踏在自行车踏脚上，另一只脚支撑在地上，假装闲得无事，一旦我们走近，便出其不意，快、准、狠地抢过我们头上的军帽，骑上车一溜烟就消失得无影无踪了。

我们就哭着喊着找哥哥去告状，然后我们的哥哥们就集合在一起。每人一辆二八大杠自行车。他们把书包里的书本清空，放进砖头或者火药枪，有的腰上还别了把军刺。他们潜进胡同里，和育红学校的学生展开一场火并，有时能把我们被抢走的军帽再夺回来，有时不能。不管如何，我们八一学校和育红学校的梁子算结下了。只要育红学校的人进入我们的地界，高年级的哥哥们就红着眼睛追打；反之，他们也一样。时间久了，两个学校的人形成了泾渭分明的两个阵营，红眼鸡一样。

我们先是坐着军队派出的卡车行驶到棋盘山脚下，然后我们排着队，唱着军歌向部队的营房开进。从中午一直走到日落西山，我们才走到军营。因为是学军，我们班被编成了两个排，分为男兵排和女兵排，整个班级为一个连。赵小四成了我们的连长。赵小四又任命我为男兵排的排长。女兵排长是李红卫。她和我们住同一栋楼，但不在一个单元。李红卫的父亲是卫生部的部长，和赵小四的父亲关系要好，经常在一起喝酒。每次都差不多喝得不认识家门，两人相扶相携着在楼下走了一趟又一趟，就是找不到自己的单元。然后两个酒鬼站在楼下，喊自己儿女的名字，让他们下来接。每次都是李红卫去接喝醉酒的父亲，李红卫把父亲的肩膀架起来，没走两步就摔个马趴。赵小四就跑过来，帮助李红卫把她父亲送上楼，再回来收拾自己父亲的残局。许多次赵小四从李红卫家楼洞出来，父亲已把自己脱了，拍着自己满身的伤疤喊着："老子是从枪林弹雨中走过来的，死过无数回了，别说喝酒，就是再来一次冲锋，老子也不怕。"赵小四一半崇敬一半厌恶地把父亲拉扯上楼。第二天，李红卫总会找机会，红着脸对赵小四说："小四，谢谢你呀。"赵小四一脸无所谓的表情，把上衣甩在肩上，耸着肩膀大步走开。

我们这次学军，计划是三天。空下来的军营什么都有，操场上有许多训练器材，黄校长组织我们在军人的操场上摸爬滚打。育红学校则组织他们的学生在另一边，学着我们的样子，齐步、正步地走路。

我们和育红学校的学生不住在一栋楼，中间隔着一个操场，各

暗号

自军训。井水不犯河水，相安无事。第三天晚上，黄校长在操场空地上架起了一堆篝火。育红学校的学生也组织起来，两拨学生围着篝火坐成了一圈，两所学校要组织联欢。先是黄校长讲话，讲了这次军训的效果，然后语重心长地冲我们两所学校的同学讲："你们都是未来的接班人，要团结起来，试看天下谁能敌！"然后，黄校长主动拉过育红学校白校长的手，站在熊熊的篝火旁。我们两拨学生，在各自班主任的鼓动下，都站了起来，手拉手、肩并肩地围成一圈站在篝火旁。火正旺着，映红了我们两所学校学生的脸。黄校长歪着脑袋举起白校长和自己的手，大声说道："从今天开始，我们八一学校和育红学校就是一家人了。来吧，同学们，让我们唱吧跳吧。"

我们庆祝学军成果的篝火晚会还没达到高潮，一声雷响，然后就是倾盆大雨。篝火很快就熄灭了。我们四散奔逃，跑回宿舍时，每个人都成了落汤鸡。

那天晚上的雨很大，炸雷一个接着一个，天仿佛塌了下来，地动山摇。我们宿舍的男生几乎一夜没睡，听着楼道尽头的女生宿舍传来一阵又一阵的尖叫声。

这是我们有生以来见过的最大的雨，窗外的世界就像到了末日。我们缩成一团，一直担心，军营的房子随时会倒掉。

第一日

一夜的狂风暴雨，天亮时停了。就像什么也没发生一样，太阳照常从东方升起。

七日游戏

　　我们走出宿舍时，才发现外面已一片狼藉。操场上到处是水洼，还有一些树被大风吹倒，连根拔起，横七竖八地倒在地上。

　　黄校长歪着脑袋愁苦地望着眼前的景象。我们还看见对面楼前也站着育红学校的一群师生，他们同样愁眉苦脸。突然而至的暴雨，破坏了我们归去的心情。

　　三天前，我们到军营里开展学军活动，已经说好了，第四天时，军区会派卡车拉我们回去。那天上午，我们左等不来，右等也不来，校长在一间办公室里摇电话。电话线早就断了。部队营房还留下了少量的留守人员，他们住在另外一栋楼里。在我们学军这三天时间里，他们仍恪尽职守，坚守在自己的岗位上。

　　就在我们校长一遍遍摇着电话，冲着断了线的空话筒大呼小叫时，部队留守处的一个军官，手里拿着一张纸片找到了我们的校长。军官手里拿的是一封电报，电报上说："棋盘山下的路被洪水冲断了，地方正在组织抢修。"

　　当校长把我们集合在楼门前，向我们宣读这一消息时，队伍里出现了一阵骚动。我们都做好了三天回程的准备，我们一早连背包都打好了，就等着坐上部队的卡车欢天喜地回城了。突然通知我们回程的路断了，什么时候修好，何时能回去，只有天知道了。有几个女生当场哭了起来，所有人都是一副无助的神情。

　　我们对面楼前育红中学的师生们，比我们也好不了多少。当他们的白校长宣读完这条消息时，我们还看见有几个男生和女生一屁股坐在地上，号啕大哭起来，爹一声、娘一声地叫着。别看我们是初三的学生，开学就升入高中了，以前也参加过学工、学农什么的，但像这次跑到大山里，这么久没回家还是第一次。哭闹一场也很

暗号

正常。

正在我们骚乱之际,黄校长抖了抖那张电报纸,歪斜着身子,他的样子似乎在迎风站立,随时要倒下来。他突然喊了一声:"同学们,我们发生这点小意外算个屁呀,别说路被水冲断了,就是没路了,军区也会派飞机来接我们。你们是未来,是早晨八九点钟的太阳。军区首长,还有你们的父母,是不会忘记你们的。当年我们在朝鲜战场上……"黄校长每次讲话,总会讲到朝鲜战场,什么弹尽粮绝,被敌人重重包围什么的。以前听黄校长的故事,我们总会热血沸腾。但这次不一样了,不论他怎么说,仍然有女生在队伍里抹眼泪。

中午开饭时,许多人都吃不下饭。我们个个愁眉苦脸,心绪不宁地望着窗外,希望听到久违的汽车轰鸣声。黄校长就一遍遍在每个桌前巡视着,嘴里发出不满的啧啧声,一边叹气一边摇头。

一下午我们都窝在宿舍里。我们班主任刘老师,推开一间又一间宿舍的门,动员我们去操场上出操。操场上的沙石已经在水里露了出来,但我们没人动一下,我们三天军训已经完成了,谁还会去操场上受苦受累。刘老师受到了挫折,一张脸由白转红,批评我们道:"你们都是军人子弟,你们这个样子,还怎么去接过你们父亲手里的枪。"以前她在学校里也经常放这种狠话,她每次这么说,我们就脸红心跳,觉得自己给父母丢人了。这次则不一样了,我们厚颜无耻地赖在床上,大眼瞪小眼地望着我们的刘老师,反而弄得刘老师心虚地把门关上,迈着急促的步子找校长汇报去了。

快到傍晚的时候,我们突然听到了急促的哨音。这几天军训,我们已经习惯了这样的哨音。起床吹哨，吃饭吹哨，紧急集合更是要吹哨。这是紧急集合的哨声，我们不知发生了什么事，从床上爬起来，站到楼前集合了。我们走出楼门才发现，我们的校长和老师都变得和以前不一样了，他们一律穿着没有领章帽徽的军装，腰间还扎上了武装带，看上去和军人并没有两样。他们严肃地看着我们。黄校长歪着脑袋，迈着军人的步伐走到我们面前，突然发出一声口令："立正。"他的口令，干净利索，像名真正的军人。他又从兜里掏出一张纸，郑重地望了一眼我们道："接到上级通知，我们出山的路遭到了敌人的破坏，敌人就是想把我们困在山上，让我们的学军运动半途而废。根据上级情报部门的线索，敌人就在我们附近。"说到这里停下来，把目光扫向我们，又肯定地说："也许还在我们中间。"说到这里，他半天不说话，用目光在我们脸上扫来扫去。

每扫到一个人，我看见他们都把腰杆挺直了。尤其是赵小四，当校长的目光扫到他脸上时，他还来了个立正。本来就比我们高出半个头，挺直的身子比我们更高了。黄校长不紧不慢地把我们扫视完之后，缓了口气道："当然，这个破坏分子，也不能排除是育红学校的人。"说完他还用目光瞟了眼对面同样集合在另一栋楼前的育红学校的师生。他们的楼和我们楼之间隔着操场。他们的白校长说的是什么，我们听不见。我越过黄校长的肩头望过去，育红学校的师生也是一脸严肃，如临大敌的样子。

黄校长讲到这里，把手里那张纸叠好，揣在衣兜里，还按了按，低沉着声音说："为了防止敌人继续破坏，我们晚上要设岗哨，还得配备流动岗哨。我们不仅要内查，还要提防育红学校的师生，以

暗号

及外来窜访的破坏分子。"说到这里,黄校长停了停,又说:"育红学校的师生身份复杂,更值得我们警惕。"

校长动员到这里,我们已经按捺不住了。因无法回家而涣散的情绪一扫而空,我们每个人都像吃了兴奋剂一样。我看见赵小四的身体像打摆子一样抖动起来,他的脸由红转白。

校长讲完之后,各个班主任又把我们带开。刘老师把赵小四叫出队列,拍着赵小四的肩头说:"你现在是连长,找出敌特分子,保护我们自己,还得靠你们。"赵小四对刘老师态度大变,他立正站好,给刘老师敬了一个标准的军礼,然后走到队列里。

那天晚上,我们不仅在楼前设置了岗哨,还派出了流动哨。两个小时一班岗,我们男生宿舍许多人都没有睡着。不是不想睡,是紧张、兴奋,还有一种说不清道不明的使命感,让我们无法入眠,都希望尽快轮到自己上岗。我们听到外面不时传来相互对答的口令声。校长已经下达了今晚的口令——汉江。我们都期待着尽快轮到自己,不管是门洞哨,还是流动哨,都足以激动人心。我们更希望通过自己的巡逻,能发现破坏我们军训的敌人。

天快亮时,我和赵小四上岗了。我们每个人手里一支红缨枪。木头做的,一根木杆,木杆头上刻出菱形的枪头,枪头下用麻线扎成了一束披散下来的缨穗,缨穗自然用红墨水染过了。我们在电影里经常看到儿童团或者红军队伍里的战士,扛着它站岗放哨。不管怎么说,它的名字也和枪沾边,虽然是木制的,我们扛起它,仍然觉得神圣无比。

赵小四一夜未眠,他的身体不再打摆子了,而是显得心事重重。我们两人绕着宿舍楼一圈一圈地走,他突然停下来,把嘴凑到我耳边说:"你不觉得朱革子值得怀疑吗?"我一惊,望着朦胧中的赵小四。赵小四拉着我来到一棵树下,把肩上的红缨枪杵在地上,思考了一下说:"他爸是不是被调到边防师去了。"我点点头,这谁都知道,半年前,他爸接到调令,到边防师去当了参谋长。去报到那天,全家人相送,他妈带头哭得鼻涕一把泪一把的。朱革子还有两个姐姐,母亲一哭,两个姐姐也哭,最后把朱革子也弄哭了。后来被朱革子的父亲狠狠地训了一顿,一家人才止住了哭声。赵小四说完第一点,又说第二点:"他爸以前是'解放'过来的。"这我也知道,长春解放时,他爸投诚的,当时是名副团长。他们的军长叫曾泽生,原国民党60军军长,后来被改编成50军,上过朝鲜战场。赵小四说到这里,又把声音压低一些道:"咱们这次军训,他姐还想给他请假,说他发烧,刘老师没同意,后来还是来了。我看他一点病也没有,活蹦乱跳的。"

赵小四的分析让我惊出一身鸡皮疙瘩,呼吸急促地说:"朱革子是破坏分子?"赵小四肯定地点点头,又道:"我一夜没睡,一直在排除每个人。我觉得朱革子嫌疑最大。"

我犹豫着说:"要不向校长报告吧?"

赵小四摇了下头,挺起胸脯说:"我是连长,现在是非常时期,我要十拿九稳了,再把事情公之于众。"

我说:"那你想怎么审问朱革子,他要是不承认呢?"

赵小四抓过我的一只膀子,冲我耳语着传授了机密。我再看赵小四时,在我眼里他的形象又高大了不少。我那天就断定,赵小四是个干大事的人。

暗号

第二日

当天晚上，赵小四安排我和朱革子做流动哨。朱革子说话有些结巴，脑袋顶上还总有一缕头发倔强地立着。他头顶上有个"旋"，平时朱革子很在意头顶上那缕头发，不时用手掌去压。有时还吐口唾液，去安抚那缕头发。可他那缕头发就像个不听话的孩子，很快又支棱起来，这就成了朱革子的一块心病。

我和朱革子做流动哨时，我把他带到了军营一角的防空洞前。这个防空洞是我们发现的。在墙角边立了道墙垛，上面爬满了树藤。这一切我们并不稀奇，在我们军区大院也有许多这样的防空洞，洞口用各式各样的伪装掩盖起来。我们趁人不注意，经常跑到防空洞里做游戏。

这次把朱革子带到这处防空洞里，是我和赵小四商量好的。朱革子起初不想进去，站在洞口说："这……这里黑……黑咕隆咚的，有……有啥好看的。"我说："里面很干净，有许多好玩的。"我打着手电，走在前面，朱革子犹犹豫豫地跟随而来。这是一处普通的防空洞，挖得并不深，有个十几米的样子，钻进来还有一股刺鼻的气味。朱革子用手把鼻子捂上，想往回走。这时，洞口射进来一道手电光，堵住了朱革子的退路。

赵小四人高马大地堵在洞口，我看见他的身后还跟着李红卫。两个人穿戴整齐，腰间还扎着武装带，他们的样子更像战士。赵小四一进来，就狠狠推了朱革子一把，朱革子趔趄了一下身子，他回过头来望着我。我把面孔板了起来，想起他有可能是潜伏在我们中间的敌人，还有些愤怒。

朱革子急忙辩白道："我我我……咋的了？"

赵小四把一道雪亮的手电光照在朱革子脸上，我看见朱革子的脸是苍白的，头上那绺头发仍倔强地立着。

赵小四就厉声喝道："朱革子，你给我蹲下。"

朱革子不明就里，还想说点什么，我上前把他按着蹲在了地上。赵小四把脸拉长，声音也急促起来："说吧。"

朱革子蹲在那里，样子有些狼狈："我我……说……说啥呀，你……你们这是……整啥？"

我看见赵小四冲李红卫使了个眼色，李红卫上前一步，从衣兜里掏出一个巴掌大的日记本，还有一支笔，打开，随时准备做记录的样子。

赵小四用高大的身子把洞口堵住，我和赵小四的手电光束齐齐地射在朱革子脸上。看样子，朱革子有些害怕了。平时朱革子和我们交往很多，经常一起去林子里打鸟，还到一号院首长家院子里偷各种果子。我们军区一号院，住的是大首长，每家每户都有院子，院子里种满了各种瓜果梨桃什么的。每到夏季，我们就潜进一号院。有人望风，有人匍匐着接近院子。一号院有许多流动哨，三两个战士不停地巡视着。我们掌握了规律，巡逻哨兵一过去，我们就行动，每次都会有收获。有时也会被哨兵发现，他们真真假假地在后面大声嚷嚷几句，也就不了了之了。朱革子胆小，每次去一号院偷东西，他都是望风的，下手的活他干不了。干这些大事时，当然都是赵小

暗号

四指挥，我和刘振东下手。

赵小四说："校长通报了，通往山外的路是敌人搞的破坏，你说是不是你干的？"

朱革子汗都下来了，他弓起身子，脸涨得通红："怎……怎么会……会是我，我……我哪有……那个本事，再……再说了，我……我为啥……啥要破坏出山的路？"

赵小四又断喝一声："住口，我啥都知道。你爸是投诚人员，在长春城里山穷水尽了才投的诚，对不对？"

朱革子已经一脸委屈了，可怜巴巴地说："我……我哪知道哇，我……我爸参加过抗美援朝，在汉……汉江是立过功的，这……这谁都知道。"

李红卫在日记本上写了几个字之后，觉得没什么可写的，就求救似的望着赵小四。赵小四像个指挥员一样，挥了下手，意图含混不清。

朱革子突然醒悟过来："昨天晚……晚上下雨，咱们都……都在一起，雷……雷声太大，我用……用被子蒙……蒙了一宿的头，外……外面发生啥事，我都不知道哇。"朱革子的样子都要哭出来了。

赵小四在原地踱了两步，又把目光扫向朱革子："我现在是军训时期的连长，校长命令我揪出敌特分子，你现在是重点怀疑对象。你没参加破坏，这我们相信，但没人知道，你是不是勾结外面的坏人把公路破坏了，这一点，你要老实交代。"

朱革子彻底清醒过来了，他把身子挺起来，举起一只手，清楚利索地说："我向毛主席保证，这事要……要是和我有关系，我……我就死全家。"

赵小四冲李红卫努了下嘴："把他刚说的话记下来。"

李红卫就快速地在日记本上写了起来。

赵小四的目光收回来时，和我对视了一眼，我发现赵小四有些茫然，意志有些游离。最初我们把班级里的每个人都琢磨了一遍，每个人都根红苗正，怎么也找不到疑点，最后只有朱革子可疑，可他说的话，又找不到破绽。

正在我们犹豫时，朱革子站了起来，他带着哭腔说："你们不能冤枉好人，我……我要找……找校长去。"

赵小四把身体横在朱革子面前，推了一把朱革子道："你现在没权利见校长，见刘老师也不行，我现在是连长，全权处理内鬼。"

朱革子倒退了几步，躲在暗影里。我们出师不利，朱革子身上的嫌疑最大，可一开场就碰到了软钉子。正当我们无计可施时，朱革子一拍大腿道："我……我知……知道了，坏……坏人不可能是我们八一中学的人。你们想呀，我们都是军人子弟，育……育红学校的人，才有可能有坏人，他们抢……抢我们军帽，还和我们打……打架，他们恨……恨我们，破……破坏军训。"

朱革子一句话，把我和赵小四的思路拨正了，一下子清晰起来。我们怎么没想到育红学校的人呢，他们和我们八一学校的人，简直就是势不两立。从我们上小学时，八一学校和育红学校的两拨学生就经常打架。有时不仅是为一顶军帽，我们只要有学生落单，走到育红学校那一片，肯定会受到明里暗里的攻击。砖头瓦块不知从什么地方飞出来，经常把我们学校的人打得头破血流。派出所出面，都查无对证。他们学校的人到了我们地盘上，也是如此。日子久了，两所学校的人，无形中就成了仇人。这次军训不知是谁出的主意，让我们两所学校的学生到了一个军营里来搞训练。明明我们就要军

暗号

训结束了，下山的公路却遭到了破坏，不是育红学校的学生又会是谁呢？

我看见赵小四狠狠地拍了一下头，做出要拥抱朱革子的动作。进行到一半时，他又改变了动作，改成用一只手抓过朱革子的肩头。把朱革子拉向自己，两个人几乎脸对脸的样子，他说了句："朱革子同学，你的判断很重要，但是在抓到真正的坏人前，你还是嫌疑对象。"

朱革子就一脸无辜了，想说什么，张了张嘴，又把话咽了回去，梗着脖子说："真……真金不……不怕火炼。"

赵小四把朱革子放开，审视地望着朱革子道："为了证明你的清白，愿不愿意和我们一起行动！"

朱革子拍了一下胸脯道："我……我是毛主席的好……好学生，我……我死都不怕。"

赵小四的把手拍在朱革子肩上，说了声："好。"他把目光望向了我，又看了眼李红卫说："红卫，你在这里等着，我们出去，抓个'舌头'回来。"

在赵小四的带领下，我和朱革子一起走出了防空洞。在门口看到了正在警戒的刘振东。原来刘振东也是赵小四带来的，审问朱革子时，他一直在外面望风。刘振东望了眼朱革子，冲我们说："他招了吗？"

赵小四挥了下手说："我们的任务目标改变了，今天要去育红中学那里，抓个'舌头'回来。"一听说抓"舌头"，刘振东来了兴致。在电影里，我们经常看到我军侦察人员潜入敌人阵地前沿，出其不意地猛扑过去，把敌人的"舌头"抓回来进行审问，会得到很多情报。

赵小四带着我和刘振东弯着腰穿过操场，向育红学校的那栋楼摸去，到了近前，我们才知道，他们也行动了起来。门口立了两个岗哨，他们像军人似的一左一右站在门洞的两侧。楼门洞上方有一盏灯，雪亮地照着，在灯影范围之内，雪亮一片。显然，我们对这两个岗哨没有下手的机会。我们潜伏在暗影里，无计可施。正在这时，一个人打着手电走过来，那两个哨兵齐声问："口令。"对方答："战鼓擂。"打着手电的人走到哨位旁，低声和两人说了句什么，又摇晃着向另一侧的楼后走去。

我知道机会来了，果然，赵小四兴奋地说："跟我上。"我们三个人猫着腰，穿过操场，在暗影的掩护下，向着打手电的那个人摸过去。在楼角，手电被关掉了，影影绰绰的，看见那个人做出解裤子撒尿的动作，我和赵小四一跃而起，刘振东也扑了过来，什么东西掉在了地上，显然是刚才那人夹在腋下的手电，他还喊了一声："口令。"赵小四就答："战鼓擂。"那人显然放松了警惕。还嘀咕了一句："你们流动哨怎么转悠到这儿了。"说时迟，那时快，我们三个人上前，把那人扑倒在地。刘振东还伸出手，把那人的嘴巴捂上了。

并没有费多大周折，我们就把那人拖到了防空洞里。李红卫和朱革子还等在原地，当我们打开手电，照在这人脸上时，才发现，我们抓的这个人竟然是王林。

第三日

育红学校有号称"五虎上将"的王家兄弟。眼前的王林排行老四，还有个哥哥正上高中，另外两个哥哥已经毕业了。传说这兄弟

暗号

五人,根红苗正,三代都是工人。这哥儿五个齐刷刷地上学时,就有了一种气势。

记得上小学时,我们八一学校的哥哥们一直和王家兄弟斗来斗去。他们抢过大哥、二哥的军帽或别的什么,哥哥们自然不会坐以待毙,联合起八一学校高年级的同学,对王家五虎进行了反击,互有胜负。与王家兄弟斗来斗去中,大哥他们毕业了,离开了学校,到边防参军了。

王氏兄弟好斗的遗风自然也"传染"给了王林。自从上了初中,他抢过朱革子、刘振东等人的军帽。就是上个学期,赵小四领着我们,把王林堵在一条胡同里,他正歪戴着刘振东的军帽,嘴里还叼了支烟,一辆自行车歪斜地骑在身下。我们的出现,王林自然明白是什么结果,他把嘴上叼着的半截烟吐到地上,把头上的军帽摘下来,飞盘似的扔向我们。军帽的衬里上,写着大大的"刘"字。这是刘振东的哥哥参军后,寄给刘振东的一顶崭新的军帽。刘振东如获至宝地把自己的姓氏写在了衬里上。虽然洗过几次了,"刘"字仍然清晰可见。

刘振东抓起一块砖头,狠狠砸在王林的自行车上,骂了句:"王林,我操你妈,我的帽子都被你撑大了。"

身处绝境的王林并无惧色,他用手摸了摸没有帽子的头,嬉笑着说:"君子动口不动手。"

赵小四上前,把他从自行车上一个趔趄拉下来。小四比王林高半个头,他还用手卡住王林的脖子说:"你哥我都较量过,我还怕你不成,你想咋的?"

王林的脖子被卡住,他又溜了我们几个一眼,知道好汉不吃眼前亏，他并没有挣扎，更没有还手，突然用手指着胡同口说了句："我们白校长来了。"

当我们回头时，这小子一溜烟地从我们身边蹿过去，越跑越快，丢了一只鞋，他也顾不上了。

几日之后，他纠集了育红学校的十几个人，在我们放学的路上，拦住了我们的去路。

那天我们放学后，一直在学校操场上踢球，大部分学生都走光了。赵小四我们几个人，才把衣服搭在肩上，摇晃着走向学校大门外，不远处就撞上了王林一伙人。我们当然知道，他们是来干什么的。赵小四鼻子和嘴都抽搐在一起，抡起书包一马当先就冲了上去。我们知道，赵小四书包里装的不是书本，书本都留在学校了，而是两块砖头。他说，以前和我二哥他们在一起时，他们就经常用这种方法偷梁换柱。虽然我们人少，有赵小四一马当先，我们也不能贪生怕死，嗷叫一声冲了上去。王林带的队伍，很快就被冲得七零八落。王林的鼻子上挨了一下，血顿时流了出来。他正准备集结队伍，重新发起反扑时，正好我们的体育老师马驰骑着自行车驶了过来。他用那双大长腿支在地上，高喊了一声："你们要干什么？"马驰是到我们学校新来不久的老师，身材健硕，能一口气做一百多个俯卧撑。他的断喝让王林一伙立住了脚。马驰老师就立在那里，还把上衣脱下来，甩在了肩上。我们一致认为，马驰老师够意思。

王林明显有些发怵了，抹了把鼻子上的血，用手指着我们道："山不转水转，这个仇我一定要报。"说完一伙人就走了。

马驰老师像什么也没发生一样，双脚一蹬，快速离开了，留给我们一个潇洒的背影。从那一刻起，我们就深深地把马驰老师记

暗号

下了。

没料到,我们在防空洞里又一次和王林相遇了。当几只手电的光束照在王林脸上时,他把眼睛闭上了,身子缩在一起。靠在防空洞的墙壁上,一副死猪不怕开水烫的架势。

还是赵小四见多识广,他挥了一下手,说了句:"开审。"我们就立在赵小四的两侧,把手电光照在王林的脸上和身上。

赵小四说:"山下的公路是不是你们育红的人破坏的?"

王林睁了下眼睛,很快又闭上了,说了两个字:"胡说。"

我和小四交流了下眼神,我在小四的目光里读懂了他的意思:"遇到硬骨头了。"

朱革子上前踢了王林一脚。王林睁大眼睛,用手遮住迎面射来的手电光,恶狠狠地冲朱革子道:"你这一脚我记下了。"

朱革子上前,还想教训一下王林,抡圆了脚,想来个飞毛腿,没踢上,自己却摔了个马趴。刘振东没忍住,笑出了声。朱革子有些恼羞成怒,结巴地说:"我……我还怕……怕你不成,小兔崽子,看……看我怎么收拾你。"说完就在暗处摸索,他是想找个称手的家伙,教训眼前的王林。小四咳了声:"我正在审问呢。"朱革子就在暗处停了下来。

小四尽量把声音变得严厉一些道:"我们校长说了,山下的路,是阶级敌人搞的破坏,你说不是你们育红学校的人干的,那是谁干的?"

王林显然更加镇定起来,他梗了下脖子,让自己蹲得更舒服一些,翻着白眼说:"你们这些军区子弟,别自以为是。我们育红学校的人都根红苗正,一水的工人阶级,我们怎么能搞破坏。"王林说到这里还站了起来，用鼻子哼了一声道："反而是你们军区大院这些人，成分复杂。"说到这里，王林还端起膀子，扭过头，躲开我和刘振东照在他脸上的手电光亮道："你们军区有投诚的吧？他们才是埋伏在你们中间的特务，狗特务。"说到这里，他还呸了一口。

就在这时，朱革子嗷叫一声，喝了句："我操你王林的妈。"他这句骂得酣畅淋漓，一点也不结巴，随后猛扑过去，抱住王林的腿就是一口。王林大叫一声，我们看到，朱革子就像只疯狗，死死咬住王林的腿。王林一边挣扎，一边大喊："你怎么下死口。"

还是小四过去，一把拉开朱革子。朱革子瘫在地上，脸色煞白，浑身哆嗦着，有气无力地说："你……你血口喷人，投……投诚的咋了，都……都是经过组……组织审查过的。"

王林痛苦地捂着自己的一条腿，嘴里嘶哈着。眼前这个样子，显然是审问不下去了，防空洞口已露出一缕微光，我们知道，天快亮了。

李红卫又一次把日记本合上。意外地捕获王林并进行突审，显然并没什么效果。

王林嘴里一边嘶哈着，一边说："你们最好把我放了，如果天亮，我们校长找不到我，会找你们要人的。"

小四显然也没经历过这样的事，一时没了主意。他征求地望着我，又把目光投向了刘振东，刘振东已经把手电熄掉了。现在不用手电，从洞口透进来的光线足以把洞内照亮了。

就在这个当口，王林瘸着腿，从我们几个愣神的人中间挤过去，走到洞口回过头，还丢下一句："你们等着。"

王林就这么大摇大摆地在我们面前消失了。缓过神来的朱革子

暗号

突然哭了，他涕泗横流地说："咋……咋把他就……就这么放了，他……他诬陷我，我……我和他王林没……没完。"防空洞里，朱革子的哭号声被放大了，我满耳朵里都是朱革子的哭声。

"别哭了。"小四制止着朱革子。

朱革子用手捂住嘴，身子颤抖，仍在抽泣着。

小四在防空洞里踱了两步，像电影里的首长一样，一只手背在身后，另外一只手垂下来。很快他立住脚，眼神黯淡地说："看来，我们的侦察方向错了。阶级敌人也许不在我们中间。"

在赵小四的带领下，我们拖着疲惫的身子向洞外走去。洞外天光已经大亮了，操场上的积水已不见了踪影，可我们仍然没有等到下山的通知。

第四日

第四天早饭后，许多同学看见我们的黄校长，像一只受伤的狼，歪斜着脑袋，一遍遍地在操场上走。几个班主任聚在一起，不远不近，小心地望着我们的黄校长。黄校长走了一气，又走了一气，终于停了下来，和几个老师凑在一起，手在空气中指点着，激动地说着什么。

最后我们看见，两个男老师，一边点头，一边小声地议论着什么。我们还看见那两个男老师，回了宿舍一趟，再出来时，他们身上挎着背包，军用水壶也挎在了身上。一群老师相送，一直送到军营的外面，走出了我们的视线。

没过一会儿，我们才听说，不仅路断了，电话线也断了。除了

七日游戏

第一天有一封电报送进来,再无其他音讯。这两个男老师是受校长指示,下山了解情况去了。

那场突如其来的大雨之后,我们在这里已经被困四天了。何时能回家,谁也不知道。大雨过后,天早就晴空万里了,虽然天边不时还有些乌云,但在我们心里已构不成任何威胁了。

在这几天里,有些心急的女生早就受不了了,躲在角落里一遍遍地抹眼泪。还有女生来了"姨妈",出来学军前,没想到会耽误这么长时间,显然都是猝不及防的意外事件。我们班主任刘老师,红着脸,挨个儿宿舍收集卫生纸,又小跑着跑到女生宿舍去。

两个男老师步行下山了,带走了我们所有人的希望。我们期待着,他们会带来部队的卡车,隆隆地驶到山上,把我们拉出大山,让我们重见天日,一切恢复正常。

在等待两个男老师带来好消息的时间里,不仅我们学生三五成群地结着伴,走出军营的大门,站在高岗上,向那条又细又长的山路尽头遥望。就连我们的黄校长也歪斜着身子,一次次出现在军营门口,手搭凉棚,踮起脚来,向远处张望。太阳浓烈地晒在我们校长身上,他身上就像着了一团火。

一直等到傍晚,夕阳都快隐到西山后面去了,派出去的两个男老师才拖着疲惫的身子,一歪一歪地走入我们的视线。他们不仅没带来部队的卡车,还带来一个惊人的坏消息,半山腰的山路都被大水冲断了,山上流下来的积水正在扩大被冲毁的路基。

下山的路何时修好,遥遥无期。我们与世隔绝,空荡的军营,成了最后的孤岛。

消息一传开,几乎所有的人都承受不住了。我看见住在上铺的

暗号

刘振东,像个瘪了的茄子,脸色灰白地望着天棚,嘴里一遍遍地叨咕着:"我们出不去了,三天后我爸爸还要过生日,他还等我点蜡烛呢。"刘振东说到这里已经哽咽了,眼里还泛出了潮湿的泪光。

刘振东的父亲参加过红军长征,资格很老,结过三次婚,每次结婚都会生下一个孩子。刘振东是他父亲第三任妻子生下的孩子,他父亲身边,现在就他这么一个宝贝儿子。刘振东的大哥,出生在江西于都,他父亲长征时,把前妻和他大哥留在了于都。父亲长征到了陕北后,曾经试图通过地下组织把前妻和孩子接到陕北。可得到的消息是,前妻和孩子早就没了音讯,再也找不到了。悲伤过后,父亲在陕北又一次结了婚,生下了刘振东的二哥。正赶上胡宗南的部队合围延安,部队战略转移,就是在这次转移途中,后方医院遭到了敌人的袭击,父亲的第二任妻子和刚出生的孩子,都在战火中牺牲了。两任妻子和孩子都无果而终,父亲的心被伤了一次又一次,他发誓不再结婚,更不会生什么孩子了。后来,朝鲜战争爆发,年近五十的父亲又赴朝参战,战争结束后就留在了东北。

刘振东的父亲职务不高,才是名副师职干部,以前在军区分管后勤工作。但他资格老,很是受人尊敬。和平的日子终于到来了,以前的老光棍们,部队进城之后都找了媳妇,老婆孩子热炕头地过起了舒心日子。以前的老上级和下级的战友们,都开始热心地为刘振东父亲张罗起了婚姻大事。此时,父亲已年过五旬了,按刘振东父亲的话说,土都埋到脖子口了,还结个狗屁婚。说来也巧,军区门诊部有位姓李的医生,三十出头,丈夫在朝鲜战场上牺牲了,剩下她一个人,样子也是孤苦无依的。在战友们的撺掇下,两人见面了。刘振东父亲扫了眼这位年轻的医生,开门见山地说:"你不嫌我岁数大？"医生就摇摇头。父亲又说："我这个岁数怕是生不了孩子了。"女医生又摇了摇头。经过一段时间的来往之后，在一个周末，两人还是举行了婚礼。让所有人没料到的是，他们结婚两年后，刘振东出生了。父亲老年得子，对刘振东的疼爱珍惜自不必说。记得刘振东刚上小学时，父亲就退休了。我们每天放学，都能看到刘振东的父亲手里拄着一根拐杖，笃笃有声地到学校门口接刘振东放学。我们小学和军区大门只隔着一条马路，在一个胡同里，其实并用不着接。但刘振东的父亲每天都会准时出现在学校门口。见到刘振东之后，他满脸褶子就堆在一起，把手杖从右手换到左手，然后牵起刘振东的小手，一老一少向军区大院走去。在小学的五年时间里，爷儿俩的形象成了我们学校的一景。

父亲过了六十岁之后，每年的生日都会隆重地办一下。为父亲点蜡烛的任务，都是由刘振东来完成，我们没看见过，都是刘振东说的。在我们的想象里，一双小手笨拙地划燃火柴，小心翼翼地把蛋糕上的蜡烛点燃，对着父亲那一张苍老又慈祥的脸，这是一幅多么温馨又幸福的画面啊。在父亲即将到来的六十六岁生日这一年，刘振东和我们一起被大水困在了山上。想起父亲的生日，刘振东只能以泪洗面了。

在女生宿舍里，许多女生已经哭作一团了。喊爹喊娘，还有喊奶奶、姥爷的。似乎通过她们的呼喊，亲人们就能听到，于是她们一声又一声再接再厉地哭喊下去。整个宿舍楼就乱了，笼罩在一片世界末日的氛围中。

操场对面育红中学的宿舍楼更是乱作一团。我们透过窗子看见，有几个男生打上了背包，想自己独自下山回家，被白校长和几

暗号

个老师拦住了。然后这几个学生在地上撒泼打滚，后面是一群挤在一起痛哭失声的女生，样子怪可怜的。

我们的校长和老师像救火队员一样，一头扎进这间宿舍，又扑向另一间宿舍。

我们的黄校长显然是见过大场面的人，枪林弹雨他都见过，这点小阵势，自然不会放在眼里。他先是站在操场中间，歪斜着头思考着什么，半晌，我看见他背着手向育红学校那栋楼走去。白校长见了，挓挲着手迎过来，两人站在空地上，小声说着什么。他们说了什么，我们自然不得而知，只看见黄校长的手臂用力地在空气中比画着，样子坚定有力。白校长不停地点头，显然，他认可了黄校长的决定。

宿舍灯点亮之时，我们听到了黄校长吹响的哨音，然后就听见一个老师在楼道里喊："所有老师，到校长办公室里集合。"然后就是一片杂乱的脚步声。

老师们开完会之后，我们班主任刘老师神情严肃地把赵小四、我、朱革子等人带到了校长室。校长室在二楼拐角处，以前这里是个连部，有桌椅板凳，墙上还挂着比武、卫生、尖兵什么的流动红旗，样子非常连队。我们从小就在部队大院里长大，对这一切并不陌生。

黄校长像首长一样背着手立在桌子后，神情严峻。他歪着头，在灯光下，我看见他的半只耳朵也闪着一种暖色的光。他用目光依次在我们脸上扫过，最后把手拍在桌子上，像一名久经沙场的作战指挥员一样说："我们下山的路断了，一场雨不可能让路受到这么大破坏。只有一种可能，那就是敌人想破坏我们的学军运动，才想出了这么恶毒的办法。你们是未来的革命接班人，是战士，你们挺身而出的时候到了，我信任你们，全学校的师生也信任你们。你们几个骨干，要带领全年级的学生，做好自我保护，敌人能破坏下山的公路，他们就可能危及我们现在的安全。"

黄校长说到这里，又威严地把我们扫视了一遍，最后又强调："你们要把这些信息传达给每个学生，想家、哭闹没有任何用处。我们现在要自救，要保护自己。我还是那句话，也许敌人就藏在我们的身边。"

黄校长说到这里，赵小四已经热血上头了，他面红耳赤，上前一步，立正站好说："放心吧，校长，我们已经开始行动了。给我们几天时间，一定能把破坏分子找出来。我们现在首要任务是保护好自己。"

黄校长很满意，努力把头摆正，却极不自然。黄校长招了下手，赵小四又上前一步，黄校长手拍在赵小四的肩膀上，眼睛却扫着我们说："我相信你们。"

当天晚上，我们就把黄校长的意思传达给了每个同学，我和刘振东负责男生，李红卫负责女生。起初还喧哗哭闹的宿舍一下子就安静下来，被一种紧张、恐怖的气氛笼罩着。

赵小四又把我们几个人召集到一起开了一个小会，给我们做了分工。以前楼门洞的岗哨还要加强，流动哨要派出小分队，昼夜不停地在宿舍楼前巡逻，绝不能给敌人以可乘之机。

我带着一队男生，负责上半夜的流动哨，门口的岗哨改成了女生。刘振东负责下半夜的巡逻。赵小四统管全局，他现在就是一名指挥员，军壶、挎包都挂在了身上，他的样子真像一个称职的连

暗号

长了。

第二天一早,我们发现朱革子失踪了。

第五日

朱革子不见了,我们楼上楼下找了几遍,也没见到朱革子的身影。

据刘振东回忆,昨天晚上朱革子和他一组巡逻。我们都知道,朱革子这两天情绪不高,很少见他说话,他头上那绺支棱起来的头发,孤独地兀自挺立着。以前朱革子总是会把唾液吐在手心上,去抹平那绺支棱起来的头发,这两天似乎也没心情侍弄了。

我们知道朱革子受了刺激,一切都源于前两天赵小四的夜审。他父亲是投诚人员,这是许多年前的事了,最后随着大部队去参加了抗美援朝,一场汉江阻击战打得异常惨烈英勇,朱革子父亲还受了重伤。但他投诚的历史是无法改变的。朱革子父亲表面上总是和我们父亲一样,每天到军区上班下班。每天下班之后,腋下还夹着几张白天没有看完的报纸,但和我们父亲比起来,总是少言寡语。比如说,父亲们聚会,朱革子父亲也会参加,我们的父亲经常提起某次战役,谁打得英勇,谁胆子小,谁又救了谁。每每这时,朱革子的父亲总是眼神游移,一副无所适从的样子。后来,这样的聚会他参加的就少了。有几次父亲在下班路上喊他去喝酒,他就皱起眉头,把一只手捂在肚子上,做痛苦状地说:"老石,谢谢你呀,这两天我胃不舒服,改日呀。"然后挤出一丝笑。

七日游戏

有一次赵小四的父亲粗门大嗓地站在朱革子家楼下喊："老朱，下楼到我家喝酒。"朱革子父亲就把窗子打开，边笑边说："赵部长，我就不去了。这两天身子骨不舒服，腿疼。"赵小四父亲大大咧咧地挥下手："你这个老朱，就是泥捏的，经不起磕碰。"然后甩着手就走了。

久了，就没人再找他了。朱革子父亲就离群索居起来。他跛着一条腿，低着头腋下夹着报纸，上班下班。从那时起，我们就知道了朱革子父亲和我们父亲不一样，他是投诚人员。

黄校长说下山的路遭到了阶级敌人的破坏。赵小四第一个怀疑对象就锁定在了朱革子身上，我们同仇敌忾，在当时一致认为，山下的路被大水冲毁，一定和朱革子有某种联系，虽然我们并没有审出任何破绽。最后把育红学校的王林抓来，王林的话又刺激了他，他还像只猎狗一样，咬了王林的腿。

据刘振东回忆，他们巡逻是在下半夜，当时巡逻的有十几个人。赵小四把全班的人都组织了起来，女生负责在楼门洞站岗，男生分成两组，分上下半夜巡逻。口令、脚步声不时传来，俨然是一副进入敌占区的氛围和状态。白天还哭鼻子、想家、绝望的我们，一下子都灵醒起来。我们现在的身份是战士，军营成了我们最后的阵地，我们要不惜一切代价去坚守。

刘振东说，他们这组巡逻队伍，绕着操场和宿舍楼走了几圈之后，朱革子说要方便一下。关于方便一下，我们的理解就是小便，在黑灯瞎火的军营里，随便找个地方解决一下，也就完事了。后来，他们就没太留意朱革子。早晨天亮才发现，朱革子不见了。

正当我们楼上楼下、大呼小叫地寻找朱革子时，李红卫在楼门

暗号

口接到了育红中学一个人传来的字条。李红卫气喘吁吁地跑到我们跟前,把字条递给赵小四道:"朱革子被育红学校的人抓了俘虏。"那张字条上是这样写的:八一学校的小子们,你们看好了,你们的朱革子昨天夜里想偷袭我们,他现在已经成了俘虏。我们断定,他是破坏军训的最大嫌疑分子,我们要对他进行审讯。落款是育红学校学军连连长王林。

我们在寻找朱革子时,就有了一种预感,朱革子八九不离十被王林抓走了。王林在防空洞里被朱革子咬伤,当时王林拖着腿离开时留下了狠话,让我们等着,还把目光落在朱革子脸上,狠狠地看了一眼。

朱革子似乎也记着对王林的仇恨,王林说我们军人的队伍不纯洁,有投降的人混在革命队伍中。他说者无心,朱革子听了却恨在心里。他一定是借着巡逻的机会找王林单挑去了,没料到正中王林下怀,阴差阳错地成了人家的俘虏。

朱革子成了俘虏,这对我们来说是件大事。我看见赵小四拿着那张字条的手在颤抖。在我们眼里,那不是一张普通的字条,是育红学校向我们下的战书。赵小四的神情严峻起来,他的眉毛还向上挑了挑,拉了我一下道:"石排长,咱俩去向校长汇报。"从学军出发时,黄校长就选中了赵小四为连长。他又委派我和李红卫分别为男生、女生的排长。

我和赵小四走进校长室时,门半掩着,看见我们的黄校长欠起屁股,弯着腰在一遍遍摇着办公桌上那部手摇电话。摇上一会儿,把听筒拿起来在耳边上听一听。他抬起头见到我们时,把电话听筒摔在办公桌上,半歪着脑袋,望着我们。赵小四上前,立定站好,把那张字条递给校长。黄校长一目十行地把字条上的内容看了，坐在椅子上，抓了抓头皮，把目光定在赵小四和我身上说："你们是军人子弟，是未来的战士。"说到这里停了一下，纠正道："不，你们现在就是战士。"然后把目光定在赵小四脸上，一字一顿地说："你是这次学军的连长，考验你们的时候到了，班级里的一切，都听从你的指挥。"

校长说完，抓起桌上那张字条，重新又递到赵小四手里。赵小四颤着声音说了句"是！"，又给黄校长敬了个军礼。我和赵小四走出校长室时，我看到他的身子一点点地挺了起来，走路的样子和真正的军人差不多了。

赵小四回到宿舍后，把我们男生和女生集合在楼道里，男生站一排，女生站在男生身后，也列成一排。赵小四站在我们面前，很近地看着我们，他的呼吸有些急促，胸脯起伏着。半晌，他终于开口道："我们的朱革子同学，被育红学校的人抓了俘虏。"然后就停下来，目光热辣辣地又望向我们，"你们说怎么办？"

一个男生喊了一嗓子："把人抢回来。"还有人说："我们也抓他们的人，然后交换俘虏。"最后就静了下来，赵小四很是沉得住气，他的目光不再投向我们，而是投到了我们身后的白墙上。他在思索判断。我们身后的李红卫突然说："要不我们找他们谈判去吧？"她的声音虽小，但还是引起了一阵小小的骚动，不时有男生女生窃窃私语地议论着。

赵小四突然挥了一下手，在空中又把手指并拢，呈拳头状，举过头顶道："血债要用血来还。"赵小四喊出这一句耳熟能详的口号，队列里的同学也振臂高呼起来，口号声整齐，响彻整条走廊，震得

暗号

我们的耳朵嗡鸣声一片。

赵小四以连长的名义,把我们男生分成了若干个战斗小组。我负责尖刀班,刘振东负责战斗班。女生也有任务,除了在楼门前站岗、放哨之外,还成立了救护班、担架班。经赵小四这么一布置,我们就是一支临战的部队了。

我们走出宿舍楼时,发现操场对面的育红学校,在楼门前已筑起了防御工事,用防水的沙袋垒起了一道环形工事。他们有几个值班的学生,露出半个脑袋,把红缨枪展露出来,壁垒森严地朝向我们。

赵小四看到这一幕,狠狠地拍了下大腿,立马指示我们,把堆放在墙脚的防水沙袋也码放起来。他在楼后的拐角处还扯过一段生锈的铁丝网。经过这样一布置,我们宿舍楼门前,简直就是铜墙铁壁了。

为了防止像朱革子做了俘虏这样的意外再次发生,赵小四还对学生出楼做出了规定,每次出门不能少于三个人。他让李红卫找来几张硬卡片,做了几张出门证,每一张上都有赵小四的签名。然后把出门证郑重地交给李红卫,用指挥官的口气说:"没有出门证的人,一律不准出门。如果违反战时纪律,我拿你是问。"李红卫郑重地接过出门证,挺起胸来,向赵小四敬了个军礼。李红卫穿了件略显肥大的军装,这身军装是她姐姐参军后寄给她的。她从初一就穿,现在已经不怎么宽大了,我们看见李红卫挺起的胸脯,已经有些显山露水了。我们想看,又不好意思,就把目光移向别处。

傍晚时分,赵小四连长就给我们布置了任务,要在今晚抓几个育红学校的俘虏。有了人质,我们才能和他们谈条件,把朱革子换回来。我们尖刀班负责抓俘虏,战斗班负责断后。交代完任务,赵小四连长把目光落在刘振东身上,有些不放心的样子。刘振东的父亲因为老年得子,平时对他关爱有加,上学时刘振东长得白白胖胖,总爱哭鼻子,一哭就有鼻涕泡从鼻子下冒出来,随着他的哭声,鼻涕泡跟着一鼓一瘪的。我们当时给他起了个外号就叫"鼻涕泡"。上了初中后,刘振东哭的次数少了,但仍然是白白胖胖的样子。刘振东显然看出了赵小四的担心,就挺了挺胸脯道:"赵连长,你放心。你们抓俘虏,断后的任务交给我,我就是拖也能把他们拖死。"赵小四就拍一拍刘振东的肩膀,语重心长地说了句话:"你爸是红军出身,我相信你。"刘振东的胸就挺了起来,在以后的几天时间里,再也没有塌下去。

那天夜里,我们在赵小四连长的带领下,趁着夜色出发了。我们穿过操场,绕到一片树林后,静等着育红学校的人出来。结果让我们大失所望,育红学校那栋楼里一点动静也没有,在沙包后面倒是不时有换岗的人影来回走动。他们宿舍房间的灯都黑着,只有楼道的几盏灯昏黄地亮着。

刘振东从隐身处爬过来,冲赵小四说:"赵连长,朱革子是不是被他们打死了?"

这也是我一直担心的,朱革子平时虽然说话结结巴巴,但我们还算是朋友,平时放学、上学的总是相约着一起走。有一次,我的军帽被育红学校高年级的学生抢了去,他还跟我追出去两条街。虽然没有追回来,但我一直认为,朱革子这人很够意思。想到这里,我心里就潮潮的,很不是滋味,没有征求赵小四的意见,突然冲那栋黑乎乎的宿舍楼喊了一声:"朱革子,我们就在外面,你还好吗?"我还想喊点别的什么,赵小四一只手把我的嘴捂上了,气急败坏地

暗号

说:"你暴露我们的行踪了。"

意外发生了,三楼的一扇窗子突然被推开,露出朱革子半个头,他冲我们的方向喊了一声:"我我我……在这里,你你们要救救……""我"还没喊出来,他的嘴巴就被堵上了,然后听到几声训斥,似乎还有骨肉撞击在一起的声音。我意识到朱革子挨打了,掰开赵小四的手,气喘着说:"朱革子受苦了,我们冲过去吧。"

赵小四似乎正在思考着。就在这时,从育红学校的楼道里冲出来一群人,先是男生,有的光着膀子,有的只穿了一条短裤。他们手里,每人一杆红缨枪,他们齐聚在沙袋后面,红缨枪的枪头林立。然后,就是一群女生,她们穿着整齐,有人手里还拿着砖头,她们和男生一起,人头攒动,一副招之即来、来之能战的样子。

我意识到,我们今天的行动失败了。我们隐在树林里的行动小组,已经没有意义了。赵小四恼怒地下达了命令:"撤。"

第六日

经过一夜的谋划,营救朱革子的行动还是失败了。

第二天一大早,我们被一个人的歌声所吸引,歌声是操场对面那栋楼里传出来的。我们循着声音望过去,看见朱革子站在三楼的一扇窗户后面,张着大嘴在唱《国际歌》,他的歌声一点也不结巴,流畅得很。我们被他的歌声吸引着走下楼,绕过楼门前堆放的沙袋,走到操场上,朱革子的形象就清晰可见了。他神情严峻,眼睛里似乎还有泪水在打转。我们还发现,他的脸上有一块擦伤。他就立在窗前，不屈不挠地一遍又一遍高唱着《国际歌》。

　　赵小四站在我身边，我听见他手指的关节有了响动，他的两只手攥成了拳头。李红卫等几个女生，先是红了眼圈，有一个叫王大梅的女生还轻声啜泣起来，喃喃地说："朱革子同学真可怜，他成了俘虏。"她的抽泣引来更多女生的哭泣，汇成一个悲泣无助的气场，在我们身后搅动。

　　赵小四突然扭过头来，大声说了句："闭上你们的嘴，朱革子不是俘虏，他是一名勇士。"许多女生都被赵小四这句话震慑住了，她们把嘴唇咬了起来，可眼泪还是管不住，任性地从脸上流下来。

　　之前，朱革子在我们心里就是一个结结巴巴的跟屁虫，我们从来没把他当成过人物。更多时候，他永远属于起哄架秧子的一员，还有他曾经在长春城下投诚的父亲，朱革子的角色就被一种悲剧色彩所笼罩了。

　　朱革子一遍遍地高唱《国际歌》，当然遭到了王林等人的反对和阻止。他被几个人粗暴地扭揉着拉离了窗子前，还被按到了地上。我们听见王林大声说："让你唱，用袜子把他的嘴堵上。"我们看不见育红学校的人是怎么用袜子堵住朱革子的嘴的，只听到朱革子大骂了一句："我我日你们的娘呀……"然后就没了声息。

　　赵小四又一次把我们集合在楼道里，他的样子有些激动，不停地在我们面前走来走去，最后终于在我们面前站定，声音哽咽地说："我们的同学，不，我们的战友朱革子，已经遭到了敌人的毒手。"这是赵小四第一次把育红学校王林等人形容为敌人。说到这里，他把话停住，胸脯剧烈地起伏着，重新又把目光投向我们道："我们的战友深陷囹圄，我们不能见死不救。现在我们的敌人闭门不战，

117

暗号

我们就要虎口拔牙。"此时,赵小四真的像一名指挥员了,他把袖子挽了起来,挥了一下拳头说:"尖刀班的随我上,战斗班的掩护。"赵小四的战斗动员很起作用,不仅我们男生群情激奋,就连李红卫她们这些女生也积极请战,要随我们男生一同出征,越过敌人的封锁线和堡垒,把朱革子抢回来。

赵小四毕竟是指挥员,冲李红卫挥了下手说:"你们坚守最后一道防线,别让敌人断了后路。"

任务就是任务,从我们学军那天开始,赵小四就被黄校长委任为我们的连长。我们当然得听连长的话。李红卫挺起胸脯,洪亮地应了声:"是。"女生们都把胸挺起来。平时她们可不这样,总是含着胸,怕人发现她们有什么秘密似的。

我们尖刀班和战斗班鱼贯着冲到楼外时,在李红卫的带领下,女兵排的人也在环形沙袋后占据了有利地形。她们把手里的红缨枪齐齐地亮出来,枪头后面的红缨在晨光中漫舞着。

经过昨天一夜的潜伏,我们并没有找到机会,今天我们改变了策略,直捣黄龙。我们以迅雷不及掩耳之势,冲向了育红学校的那栋楼。此时,早饭还没吃,许多人正在刷牙洗脸,他们楼前的沙袋后面只有几个男生和女生。红缨枪横七竖八地立在一旁,他们正倚在沙袋上打盹。我们穿过操场,飞奔而来的身影显然把他们惊吓到了,有两个女生向楼门里跑去,她们的身体还撞到了一起,摔倒在门前。另外两个男生想操起身边的红缨枪,枪还没在手里拿稳,赵小四就带领尖刀班冲到了他们面前。我们这次的任务是抓俘虏,抓得越多越好,用俘虏交换朱革子。

我们一口气抓到了两个男生,还有一个黄头发的女生。女俘虏我们本来不想要，这个女生见我们冲过来，已经吓麻爪了，抱着头蜷缩在沙袋的一角，顾头不顾腚地扎在那里，我们的人还是把她从沙袋后面抓了出来。其余的人已经作鸟兽散了，有的跑进楼里，有的跑到楼后的树林里躲了起来。一下子抓了三个俘虏，已经超出了我们的预期，我们开始撤退了。

我们还是低估了王林他们的战斗力，正当我们拖拽着三个俘虏向后撤退时，那两个男生并没有束手就擒的意思。他们不断挣扎，双脚不停地在空中踢腾。这就延误了时间。那两个男生，我们得四个人对付一个，抬着向前走。王林带着人已经追了出来，在操场上，两伙人相遇了，为了争夺俘虏展开了一场抢人大战。最后的结果是，那两个被俘的男生挣扎着跑走了。那个瘦小的黄毛女生被刘振东背着，另两个同学掩护着，勉强跑到了我们楼洞里。这时，李红卫带领一群女生也从沙袋后冲了出来，把一支又一支红缨枪亮出来，森然地对着王林一伙人。王林见我们已回到楼门洞，只能遗憾地带着自己人，一步三回头地撤了回去。

赵小四指挥着我们把那个女生带到了一个空房间。那个女生的确很瘦小，长得小鼻子小眼的。一进门她就哭泣不止。我们把这个女生带回来后，我们班主任刘老师来过一趟，把赵小四叫到走廊里，交代道："不能欺负人家。"赵小四的初衷是想抓两个男生当俘虏，却未遂。正沮丧着，听刘老师这么说，他心不在焉地挥了下手说："我心里有数，这个女俘虏就是哭，麻烦得很。"

刘老师离去，赵小四又重新进门，我和刘振东等几个人站在这名女生面前，显得无可奈何的样子。黄毛女生用手臂挡在眼前，抽抽嗒嗒的，不知是委屈还是害怕。赵小四看了她一眼，不耐烦地说：

暗号

"哭什么哭，我们又没打你骂你，我们把你抓来，就是想换回我们的人质。你放心，我们不会打你，也不会往你嘴里塞袜子。"

女生听了这话似乎镇定了下来，把挡在眼前的胳膊放下，红着眼睛说："那你们什么时候送我回去？"

赵小四叉着腰在空地上走了两步道："你们的人把我们的人放回来，我就把你放走。"

女生听了，又有要哭的意思，歪着嘴角道："王林是不会把朱革子放回来的。他说，朱革子是真正的敌人，他父亲是潜入革命队伍里的特务。"

"胡说。"赵小四大吼了一声，吓得女孩一激灵。

半晌女孩抽抽搭搭地说："我们连长王林说，你们那个同学的父亲是投诚过来的，他就是潜伏在军队大院里的敌人。王林他们正让你们的同学交代罪行呢。"

我看见赵小四的脸白了，嘴唇哆嗦着，发狠说："那个王林，落在我手里，我要亲手剥了他的皮。"

赵小四把我们叫到走廊里，商量着如何用这个爱哭的女孩换回朱革子。最后达成一致意见，让我去对面楼一趟，把这一消息传达给王林。我犹豫了一下还是答应了，想起朱革子唱歌的样子，我心里就不是个滋味，希望朱革子早日回到我们中间。

正当我准备出发去充当这个使者时，有两个女生慌慌张张、连滚带爬地从楼下跑了上来，上气不接下气地说："不好了，王林带着人冲过来，把李红卫给抓走了。"

我们没想到，正当我们男生商量营救朱革子的对策时，王林却带着人下手了。和我们的办法一样，他们硬生生地把李红卫抢走了。

当我们还没反应过来时，赵小四在那里呆立着，他的脸上一点血色也没有。半晌，他嘴里喃喃地说着："为什么是李红卫，怎么会是她？"我们跑到楼下时，经过激战的女生，个个披头散发，惊魂未定。有的手里的红缨枪拦腰断掉了，还剩下几支完整的，也横七竖八地倒在一旁。她们七嘴八舌地议论着刚才的遭遇战，最后把过程终于捋清了。王林带人来抢人，李红卫带着女生们冲出了沙袋，和对面的男生展开了一场抢人大战，最后终因寡不敌众，李红卫成了俘虏。

赵小四此时就像一头疯牛，他团团乱转，双眼充血。我们都知道，赵小四和李红卫两家人的关系不一般，两个人的父亲不仅是生死战友，更是和平时期的酒友。每次喝酒都要拼出个胜负，结果，两个人经常双双烂醉如泥，磕绊着走到自家门楼下，大呼小叫，让家人来认领自己。奔出门来的往往就是赵小四和李红卫，有时，他们一个人不能担负烂醉如泥的父亲，两人就合作，分头把他们的父亲抬到楼上去。为此，赵小四和李红卫结下了说不清道不明的友谊。两人的友谊，随着他们年龄的递增，变得更加意味深长。有时两人的目光碰到一起，总是黏黏糊糊，剪不断理还乱。

李红卫被抓走，打乱了我们的计划。赵小四疯牛似的乱转一气之后，终于冷静下来，冷着脸冲我和刘振东说："把那个黄毛丫头带下来。"我们不知道小四要干什么，但还是上楼把那个瘦小的女生领到了楼下。那个女生仰起头，一脸惊喜地说："你们要放了我，是吗？"小四这时把断了一截的红缨枪捡起来，又脱掉自己的上衣，里面只穿了件背心，背心前面印着几个字：保卫祖国。字是红色的，很醒目。那个年代，我们穿的大都是白背心，总要印上几个字，我

暗号

们军区大院的孩子印得最多的就是毛主席语录，与备战和战争有关。比如：保卫祖国、备战备荒、为人民服务什么的。一件普通的背心，因为有了这几个字，就让我们显得别样起来。上体育课，或放学的路上，我们就把衣服脱下来，随便搭在肩上，露出背心上醒目的红色语录，我们的胸脯就挺了起来。

赵小四把那半截红缨枪插在背后的裤腰带里，伸手可及的样子。又回过身，把小黄毛拉过来，迈着大步向对面楼走去。我和刘振东要跟过去，被赵小四的一个手势制止了。我们眼里的小四像个英雄，瞬间我在脑子里想起了一串英雄的名字：赵子龙、黄继光、罗盛教、邱少云，还有岳飞……，总之，眼前的小四在我眼里就是个英雄，他牵着那个瘦小的女生，横着膀子，无所畏惧地向对面走去，头都没回一下。

我们看见，对面楼前的沙袋后，红缨枪林立，王林站在中间，抱着膀子。他们学校的男生女生都出来了，横眉冷对的样子。我把我们的男生也集合在一起，把完好的红缨枪抓在手中，随时做好突发事件接应的准备。我们的女生们也镇静下来，虽然她们头发散乱，衣衫不整，但也加入了我们男生的队伍中间。

最后我们看到，小四站在他们的沙袋外，不知说了什么。他似乎在和他们争论着什么，高一声低一声，却听不见他们在说什么。又是半晌，有两个男生从楼道里把李红卫推了出来，又有两个男生过来，把小四手里拉住的那个女生领了回去。不知为什么，李红卫却不走，最后还是小四上前，把李红卫扛在肩上，然后转过身向我们走来。他的步子迈得又大又急，一副坚定不移的样子。近了一些，我们才听见李红卫的哭诉声："为什么要换我，我不怕死，你应该把朱革子换回来。我不要回去……"她在赵小四的背上踢打着、挣扎着。

第七日

　　被交换回来的李红卫一直在哭泣,她伤心欲绝的样子,让我们每个人心里都潮潮的。

　　小四木着脸,也是一副要哭的样子,他的目光不知放哪里是好,犹豫着还是投向了窗外。对面三楼某扇窗子里,依稀又能看到朱革子的身影,我们又一次听到了他流畅的《国际歌》吼声。朱革子嗓子哑了,但他还在一遍遍地吼着。听见朱革子的歌声,我们的心更乱了。

　　李红卫突然停止了哭泣,抹了一把脸上的泪水,狠狠地冲向小四道:"为什么不把朱革子换回来,我说过,我可以当人质。我不怕。"

　　小四不说话,咬着牙,腮帮子上一鼓一鼓的。我们就忙安慰李红卫,讲了一些换回她的道理,比如说她是个女的等理由。

　　李红卫听不进我们的话,仍冲着小四狠歹歹地说:"我不怕流血,更不怕牺牲,朱革子是我们的战友,这时候我们要舍生取义。"我们谁都想不到,李红卫能说出电影里英雄的话,瞬间,我们都对李红卫刮目相看了。

　　这时,小四也说出一句石破天惊的话:"你们等着,今天我要是不把朱革子抢回来,我就不姓赵。"

　　说完转身下楼,我们看到小四的背影像只鼓起来的气球。我们

暗号

跟着小四一起下楼，小四开始默默整理那些毁坏的红缨枪，他找来砖头、石块，磨着刀枪。在这个过程中，他一句话也不说，一绺头发耷拉下来，他的样子变得和以前不一样了。

先是我们男生默默加入了整理红缨枪、棍棒的队伍中，不久，李红卫也把女生带下楼。大家都不说话，有几个女生在操场一角，搬来了许多施工剩下的砖头、瓦块什么的，堆放在沙袋前，一副大战临近的样子。

朱革子嘶哑着声音还在唱着，他几乎把自己会的歌都唱了一遍。什么《小螺号》，最后又唱响了《桥》的主题曲："啊，朋友再见，啊，朋友再见……"朱革子的歌声深情又悲壮。电影里的一幕幕画面在我们脑海里展现出来，游击队长带领他的游击队员们，和凶残的德国鬼子殊死搏斗的场景，让我们热血沸腾。我们在小四的带领下，成排成列地坐在我们楼门前的沙袋后面，我知道这是大战前的宁静。以我对赵小四的了解，他肯定不会轻易放过育红学校王林这些人的，对朱革子更不会见死不救。

晚饭时，我们没有去食堂。小四让两个人用水桶装了馒头，然后依次把馒头发到我们手中。每人两个馒头，我的手触碰到小四的手指时，我发现他的手指冰冷。我们很快把馒头吃完了，浑身上下似乎有使不完的劲。

小四歪着头看了眼西方的天际，太阳已经西沉，晚霞染得半边天火红一片。小四这时抓过一支红缨枪，站了起来，回身看着我们男生女生说："不怕死的跟我上，今天要是不把朱革子救回来，我就再也不进这个楼门。"说完，他率先跳出沙袋的包围，一马当先地向对面楼冲了过去。

七日游戏

　　我们的情绪从早到晚已酝酿了一天，早就按捺不住了，高呼一声，纵身一跃，随着小四不管不顾地冲了出去。紧随其后的就是李红卫带领的女生。她们早就不顾自己的形象了，披头散发，喊声尖厉。我们冲锋的队伍还没有跑过操场，王林带领的育红学校男女也鱼贯着从楼门里冲了出来。

　　我的耳畔，朱革子的歌声就在这时戛然而止了。两伙人碰撞到了一处，棍棒击打在一起的声音，像下了一场冰雹。女生们厮滚在一起，相互扯着头发，尖叫着、哭喊着。两拨人在操场上激战，男生不喊也不叫，不时有衣服被撕裂的声音，还有木棍击打在肉体、骨头上传来的声音。这些声音混杂在一起，我突然理解了什么叫肉搏。

　　我们厮打正酣时，突然听到了黄校长的叫声："你们都给我住手。"随后还有刘老师、张老师，各位老师的声音。他们一边叫喊，一边奔跑而来。然后就是对面楼里的白校长，还有一群老师，他们同样用叫喊制止着他们的学生。如果这种情况放在以往，我们早就作鸟兽散了。可现在不一样了，我们打红了眼，积蓄在心里的怨气正无着无落，我们把他们的喊叫声当成了耳旁风，或者是冲锋号角……我们越战越勇，把生死早就置之度外了。

　　就在这时，我们听见一阵玻璃碎响，我们抬头去望时，朱革子已经站到了窗沿处，他嘶喊了一声："你们别……别打……打了，我……我回来了。"他喊完这一声，从三楼跳了下来。

　　我们所有人都停止了动作，就像电影镜头定格一样。几秒钟后，我们听见小四喊一声"朱革子"，然后飞奔过去。他的衣服已被撕烂，头上还流着血，他奔跑起来的样子，又悲壮又滑稽。朱革子

暗号

在地上挣扎了一下,似乎要站起来,最后还是倒在了地上。

所有人都停止了打斗。两拨人分开,各自回到楼里。黄校长和相关老师在同学面前针对自己的失职做了深刻的检讨,参与打架斗殴的同学也都受到了应有的批评、教育和处分。

第二天,我们就接到了下山的通知。说是舟桥部队把被雨水冲毁的路段修好了。

我们坐上部队派来的卡车时,谁都不说话,目光也无处安放。朱革子坐在卡车车厢的中间,他的腿上缠满了纱布。由于颠簸,他龇牙咧嘴,但一声不吭,坚强地挺着,样子像个英雄。我们所有人都一声不吭,目光望着远处,其实我们眼里空无一物。

回去几天后,我们就开学了。我们成了高中生,不久,朱革子拄着拐又回到了我们中间。在我们眼里,朱革子也变了,他变得爱笑了,脸上经常掠过一丝得意的笑容。

在棋盘山上,因为一场突然而至的大雨,我们经历了一场人生意义上的演习。从那一刻开始,我们都长大了,从一群平日里嬉戏打闹的少年,变成了稳重的准青年。我们从相互凝望的眼神中,都能感受到对方的变化。这就是我们这次军训的收获。

后记

高中毕业那一年,小四、刘振东、李红卫,还有我,我们一起参军了。

朱革子本来也要参军,部队接兵首长初试时,就发现了他有结巴的毛病，初试都没过。他从队列里被叫出来时眼泪汪汪的，之后便头也不回地走了。

接我们新兵的卡车开到军区大院时，许多同学，还有家长，都来送我们。我们看见朱革子一直躲在人群后，隔着众人肩膀在偷看我们。他的样子，弄得我心里挺不好受的。小四冲他挥手，大声叫他名字，他也没再往前迈一步。

卡车开动时，我们突然看见我们的校长气喘吁吁地跑了过来，一边冲车上挥手，一边喊着我们的名字。我们也一起冲校长招手，校长歪斜着身子，在车下一边跑一边喊："同学们，你们要做海燕，在风浪里翱翔……"卡车越开越快，人群模糊了，校长也模糊了，校长歪斜的身子是最后一个在我们眼前消失的。许多年过去了，校长送我们参军的身影，一直在我心底盘踞着。

到了部队不久，我就接到了朱革子的来信，因为没能参上军，他只能下乡插队去了。他在信中跟我说，他一生有两个梦想，一个是参军，第二个就是当警察，可是因为结巴，两个理想怕是都难以实现了。

我们参军后第三个年头吧，突然听说朱革子考上了警察学院。那会儿高考已经恢复了。我纳闷，结巴很严重的朱革子怎么能考取警察学院。后来才听说,朱革子为了治他的口吃毛病,下了不少功夫，中医、西医看了个遍，也试过不少偏方。最后，还是让他爸打了两个耳光彻底好了。传说，朱革子看遍了医生也治不好口吃，就有了破罐子破摔的意思。有一次，已经当了师长的父亲回来探亲，看到朱革子这个样子，摔锅打碗地训斥他。朱革子不服，梗着脖子和父亲争辩，父亲抡起巴掌就给他来了两下。就这两巴掌，奇迹出现了，

暗号

朱革子口吃的毛病竟奇迹般好了。

后来我见到朱革子,当面向他求证,那会儿他已经毕业,成了一名正儿八经的警察了。听我问,他红了脸,没说是,也没说不是,找个话题岔开了。

我和小四、李红卫在部队提干了,刘振东复员了。我们提干不久,就赶上了去南疆轮战。我和小四都是排长,李红卫是师卫生队的护士。参军不久,赵小四和李红卫就好上了。这事当时只有我和刘振东知道。我们觉得小四能和李红卫好上,是水到渠成的事。上学时,在两人的关系上,我们就能看出苗头。

到了南疆不久,为夺回被敌人抢占的高地,我们师成立了一支敢死队。在一个漆黑的夜晚,我们喝了壮行酒。小四的壮行酒是李红卫送给他的,我们把一碗酒喝光,把碗摔在地上。炮兵阵地就响成了一片。炮击过后,我们敢死队出发了。在队列里,我听见小四大着声音冲李红卫喊道:"红卫,注意安全。"李红卫回敬道:"你也是,保重。"那晚,是场激战,炮兵把山头表面的敌人消灭了,暗堡里的敌人向我们开火了……火光中,我看见小四倒在了冲锋的路上。我扑过去,小四一把推开我,大叫道:"别管我……"

天亮之后,我们才夺下高地。这时我才听说,李红卫为了抢救负伤的小四,牺牲了。

小四在那场战斗中被炸断了一条手臂,伤好后,他就转业回到了地方。李红卫被安葬在南方某省的烈士陵园里。每年,小四都穿上当年的军装,去南方的烈士陵园里看望李红卫,还有其他战友,一直坚持到现在。

刘振东复员后,先是在工厂里当了两年工人,后来赶上了下海潮，就下海了。那几年他什么都卖，服装、电子表、冰箱、电视机什么的，后来刘振东就成了老板。倒爷的劲儿过去后，他又成立了一支施工队，到处招揽生意，成了名副其实的老板。

我每次从部队回去，差不多都是刘振东张罗，把我们这些同学召集在一起聚一聚，每次他都会邀请我们的校长到场。

我们参军不久，校长就退休了，他现在是民政局负责的退休老干部。校长每次都坐在我们中间，眯着眼睛歪着头，笑眯眯地望着我们，并不多言。几杯酒之后，校长就站起来，颤抖着手端起酒杯道："看到你们现在这个样子，真好，你们是雄鹰，是海燕，未来的世界是你们的……"说到这里，人就醉了。

又是几年后，我在部队接到朱革子的电话，他告诉我一个消息，校长不在了。校长的追悼会是民政局工作人员操持的，军区也派来了代表。参加追悼会的人，除了他家人外，剩下的就是我们这些八一学校的学生了。当主持人念校长的生平履历，念到松骨峰战斗，校长咬住敌人的喉咙……我们所有人都开始哭泣，许多女生捂着脸，呜咽成一团。我们送走了校长，许多人又回忆起那次棋盘山的军训。我们终于明白，校长多么希望我们所有的学生，都像雄鹰、海燕一样，在生活的浪涛中练就一双坚强的翅膀，在狂风暴雨中展翅翱翔。

后　来

后来我们都老了。

——题记

演习

整个营院的人马似乎是一夜之间开拔的，第二天早晨起床号依旧吹响，然而整个营院没了往日的喧闹。出操队伍只剩下稀拉的留守人员，口号声也没有了往日的洪亮。

父亲是昨天傍晚时分离开的家门，父亲出门前把自己打扮成战士模样，武装带系在腰间，那把挂在墙上的枪，此时也挂在了父亲腰间。父亲收拾自己时，母亲也没闲着，急三火四地拉开抽屉，把各种各样的药塞到父亲公文包里，一边塞一边交代着："这个是降压的，那个是消炎的……"父亲不时抬头瞟一眼忙碌的母亲。

父亲和母亲收拾停当，站在客厅里告别，此时的父亲干净又利落，脸上更不见一丝笑容。他盯了一眼立在一旁的我，伸出手似乎想在我脑袋上摸一把，手伸到了半空又停了下来，侧过身子冲母亲

后　来

说:"我走了,这个家就留给你了。"不知为什么,母亲的样子似乎要哭出来,盯着父亲,嘴唇颤动,不知她要哭还是要说点什么。父亲快速环顾着眼前这个家,表情松弛下来,冲母亲挥下手道:"不论发生什么,都要把孩子带大,让他们成人。"

母亲听了这话,眼泪终于落了下来,她颤着声音说了声:"嗯。"父亲招了下手,我过去,立在父亲面前,仰着头望他。父亲的手终于落到了我头上,父亲的手又热又厚,父亲似乎还用了些力气,低下头说:"老三,你要平安长大。"父亲不再磨叽,转身打开房门,警卫员立在门外,还是那个姿势。母亲忙把公文包递到警卫员手里,小声叮嘱道:"小关,照顾好首长。"警卫员小关一个立正道:"放心吧,我会用生命保护首长的安全。"

父亲在前,小关在后向楼下走去,我看到了挂在小关屁股上的短枪。父亲和小关在楼道里消失不见,我又扒着客厅的窗子向外望去,我不仅看到父亲和小关走出楼门,还看见叔叔伯伯也从各自楼门走出来,他们挥着手打着招呼,匆匆向机关大楼方向走去。

在我记忆里,部队经常搞各式各样的演习,每次演习,父亲都是这么披挂整齐地出门,整个营院就空了。三五日之后,最多一个星期,演习的队伍就又回来了。整个营院又恢复了往日的生机。

第二天到了学校之后,听高年级的同学说:"队伍这次不是演习,而是拉到了前线。"前线在哪里,我不知道,但是明白,前线就是敌我双方交战的地方。许多同学都有些亢奋,交头接耳地传递着他们知道的消息,然后他们表情神秘,眼神迷离。

第一节课是语文,教语文的老师姓张,四十出头的样子,也是我们这个班的班主任。张老师以前是军人,在炮兵学校当过文化教

131

暗号

员,后来转业,就到我们学校当了老师。今天张老师很特别,神情不仅严肃,还穿上了洗得发白的军装。他不停转身在黑板上写字,粉笔不时在他手里断开,弄得我们也心烦意乱。

突然,楼道广播里响起刺耳的防空警报声。以前这种警报也多次响起过,每当警报响起,我们全班人就会列着队,顺着班级门口,跑向楼道,再顺着墙角跑向楼下的操场。那会儿我们就知道,我们防空演习就是防备美苏两霸的原子弹。以前的演习都是学校做好计划,定好演练的时间,几个班级依次进行演习,每次都显得有条不紊的。这次却不一样了,不仅没有事前通知,还是全校同时进行,场面就有些乱。几个班级同时拥出来,拥挤在楼道里,有几个低年级的同学,还在楼梯处跌倒,发出尖叫和哭喊声。这种情绪像瘟疫似的传开,后面的同学不知发生了什么,拼命往前挤,楼道里就乱作一团。张老师站在人群中,一边挥手一边大喊:"都别急,听我口令。"其他年级的老师也在拼命喊叫着。

好不容易跑出楼门,看见操场上已卧倒了一片学生,以前防空演练时,我们要依据各班级划出的指定地点,趴下身子,双手抱头,如此这般,就算完成了演习任务。这次来得突然,我们不知道这是演习,还是原子弹真的正朝我们这里飞来,总之一切都是战时状态。有几个同学为争夺一个趴下的位置,头撞在一起,似乎都能听到清脆的响声。有几个女生一边哭泣着,一边卧伏在地上,把手抱在头上,仍止不住她们的哭泣。总之,慌乱一阵之后,我们终于各就各位,都伏倒在操场上。我偷眼看去,看见胡八一把一条手绢捂在了鼻口处,眼神痛苦又绝望。

这当然又是一次演习,演习结束后,我们以班级为单位,站在

后　来

　　操场上。我们的校长隆重地出场了。这所学校是军区子弟学校，校长是军人，平时他很少出现在我们面前，偶尔路过他办公室门口，从校长室的门缝里我们经常可以看到身穿军装的校长，不是伏案写材料，就是读毛主席著作。校长的形象在我们眼里神秘又高大。

　　校长姓于，于校长在这一天，威风凛凛地出现在我们面前，我们发现校长腰间还多了一把枪，全副武装的样子。看到校长那一刻，我们悬着的心似乎有了着落，场面顿时安静下来。接下来就是校长讲话，从校长嘴里我们知道，北面一个叫珍宝岛的地方发生了战争。全军区部队，包括机关首长，全部开赴了前线。党中央和军委正调集华北、华东的有生力量前来增援。那天我们从校长嘴里还知道，也许第三次世界大战就此打响，还有敌人的原子弹，说来就来……那天校长讲完话，我们又列着队向各个班级走去，我发现自己的腿都是软的。我想起了昨晚和父亲告别的场景，又想到了两个哥哥还在北面的边防团当兵，我不知道珍宝岛离他们有多远，他们是否参战了。大哥参军第四个年头，已经当了排长，二哥刚参军不久，才几个月时间。我又想起看过的那些战争题材的电影，炮火连天的场面，虽然我军英勇无畏，但在炮火的猛攻下，还是一片片地倒下。想起两个哥哥，还有昨晚出征的父亲，我鼻子一热，有种想哭的欲望。

　　在楼梯的拐角处，胡八一拽了一下我的衣角，然后冲我挤眉弄眼，我不知道他要表达什么，他急不可待地把嘴巴凑到我耳边说："你知道尿是啥滋味不？"我愕然地望着胡八一，奇怪他此时，怎么想起了尿的滋味。回到班级，他的座位在我后面，我们相挨着，他把身子伏在课桌上又伏在我耳边，说了句："是咸的，还有点苦味。"我回头看他，他一脸神秘，眼神透着亮光，仿佛发现新大陆一样。

133

暗号

那天放学，胡八一从后面追上我，从书包里掏出手绢，展览似的冲我说："不信你摸摸它。"我伸手去摸，果然是湿的。胡八一就一脸坏笑地说："这是尿。"我眼前又闪现出演习时，他把手绢捂在口鼻处时的样子。我眼神里流露出不可思议的神情，胡八一一本正经地把我拉到一旁小声说："知道我姐干啥的不？"我知道胡八一的姐在防化团当兵，和大哥是一年入伍的，刚开始在团卫生队当卫生员，现在成了护士。胡八一就一脸神秘地说："这招是我姐告诉我的，在手绢上撒尿，然后把嘴和鼻子捂住，这样防毒。"胡八一的话一边让我觉得不可思议，一边又让我觉得他的话不无道理。胡八一的姐又浮现在我眼前，他姐叫胡丽，腿长腰细，以前学校开运动会，胡丽出尽了风头。两条大长腿，在赛道上一马当先，把同伴远远地甩在身后。还有跳高，她总是能跳到最后，她用的是背越式，一双长腿飞快地跑到杆下，扭过身子，双腿一蹬，后背和整个身体就越过了横杆，跌落在沙堆上。很快又从沙堆上爬起来，唇红齿白地冲裁判老师挥挥手，冠军就轻松到手了。她潇洒的姿态，引起高年级男同学一致喝彩，有人鼓掌，还有人吹口哨，总之，胡丽不论走到哪里，都会引起一片骚动。我从大哥他们眼睛里，看到一个叫垂涎欲滴的成语。

当兵前一天，大哥兴冲冲地回来，用手拄着我的脑袋说："老三，你觉得胡丽漂不漂亮？"我说："漂亮，她的腿长。"大哥就神往地一笑，又说："让她给你当嫂子好不好？"我咽口唾液，不可思议地望着大哥。大哥咬了腮帮子，发狠说："我早晚得把她拿下。"后来我把大哥的话冲二哥说了。二哥刚上初中，挺着小胸脯，一副小公鸡的模样，天天打了鸡血似的在外面疯跑，他撇着嘴说：

后　来

"老三，你别听老大胡咧咧，他吹牛呢，他的话你别信。"直到不久，大哥和胡丽一起参军，坐着卡车出发那天，大哥站在胡丽身边，幸福地冲我们挥手告别。他的样子一点也不难过，仿佛当新郎官去了。那天和大哥告别完往家走，二哥又说："老大这人重色轻友，不是个东西，以后要小心他。"我不知道二哥为什么要这么评价大哥。四年后，二哥高中毕业了。二哥原本不想参军，母亲在街道的火柴厂给二哥联系到了一份工作。后来，二哥的同学中有个叫马雅舒的女生，宣布参军，二哥立马辞了母亲给他联系的工作，屁颠屁颠地也去参军了。马雅舒和胡丽不是一个类型的女生，长得圆乎乎的，像一个成熟的水蜜桃，走到哪里都是一副鲜艳欲滴的样子。我知道就是因为马雅舒参军，二哥才去参军的。我不知该用什么来形容二哥参军的动机。

胡八一那天用手绢沾了尿，捂到口鼻处防原子弹，我觉得这办法很科学，因为是胡丽传授给胡八一的方法。胡丽是防化团的护士，况且，腿又那么长，她的话一定有道理。回到家后，我让母亲找了一条手绢，揣在怀里，以备不时之需。

防空洞

军区家属院搞了一次演习，这是我们第一次进入真正的地道，我和胡八一等人被震撼到了。军区院内的地道并非漆黑一片，而是四通八达，且灯火通明，不仅有厕所，还有上水下水，这里简直就是地下天堂。之前，我们就知道军区有地道，在隐蔽处有许多铁门，

暗号

铁门上了锁,用红漆写着"军事重地,闲人莫入"的字样,还经常看见有巡逻的士兵,端着枪在这些门前走来走去的身影。对"军事重地,闲人莫入"的字样,我们早就见怪不怪了,军区门前,也竖着这样一块牌子,我们每天进出军区大门都能看到它。我们书包里都装有进出军区的出入证,上面有照片,还有保卫部门的钢印。有时我们路过门岗时,把出入证掏出来,在哨兵眼皮子底下晃一下,哨兵用余光注视着我们,后来,我们再进出大门时,有时都懒得掏出入证了,有的干脆把出入证忘在家里了,也能顺利地进出大门。胡八一就说:"卫兵都认识我们了,咱们这张脸就是通行证。"说完还用手拍了拍自己的脸,一副骄傲的样子。但有一次例外,我们班的小炉匠有一天放学被拦了下来,小炉匠是张德旺的外号。我们玩游戏时,他总是当叛徒,见风使舵,墙头草,两面倒,于是我们就想起《林海雪原》中的小炉匠,顺便就把这个外号安到他身上了。那天放学,小炉匠张德旺因为值日落单了,一个人晃晃悠悠地出现在门岗处,鬼鬼祟祟地冲门岗仰起脸,展露出皮笑肉不笑的一张脸,当下就被门岗警卫拦住了,让他出示出入证。他拿不出来,还硬要往里进,最后被门口的警卫战士,提着膀子拉到警卫室里,好一顿盘查,最后还是给他爸打了电话,门口的警卫才放行。张德旺他爹是组织部的副部长,说话有些结巴,但材料写得好,一套一套的,上级就让他在组织部工作。那次事之后,张副部长还特意到门岗处看望了那位警卫战士,我们以为结巴的张副部长要冲警卫战士发火,我们就都一同去了。没料到的是,张副部长当即表扬了那个警卫战士,说他警惕性高,有原则,还给那个战士敬了个礼,弄得那个战士在哨位上手忙脚乱地还礼。最后,张副部长一边挥手一边和警卫

后　来

战士告别道:"你你要……要坚守……守哨兵的责责任。"哨兵又冲远去的张副部长敬了个军礼,这次样子从容不迫得很。从那以后,小炉匠把出入证用一根绳子套在了脖子上,便再也没发生进不了大门的情况。但小炉匠似乎留下了病根,每次走到门岗处都有些紧张,不敢抬头看哨兵,贼眉鼠眼地从一旁溜过去。

因为有"军事重地"的字样,地道口我们从来没有近距离打量过。军区演习,那一扇又一扇铁门打开了,我们鱼贯着从军事重地的入口处钻了进去。机关和部队是在前些日子的晚上开拔的。整个大院里只剩下一些留守人员,大部分都是家属,这次演习也主要是对我们设立的。躲进灯火通明的地道,我们说不出来是恐惧还是兴奋,总之,我们走进了一个崭新的世界。望着眼前纵横的地下道,遥遥没有尽头的样子,小炉匠就凑过来,盯着一盏燃着的灯泡就说:"要是永远不出去该多好哇。胡八一似乎有了心事的样子。"

那次我们在地道里并没有待多久,就被负责演习的军官给送了出来。铁门在身后"咣当"一声关上,又被锁上了。我们所有人都意犹未尽,眼巴巴望着身后被关上的铁门,怏怏不乐地往回走。我的衣服突然被胡八一拉了一下,他小声冲我说:"跟我来。"我和胡八一去了他家,他家在一楼,他父母也都随部队去了前线。胡八一有两个哥哥,一个下乡,一个参军,家里只剩下他和姥姥。姥姥耳朵有些背,我们进门时,姥姥弓着身子,把收音机的音量调到最高,把脑袋伸到收音机前,正在听广播。广播声音很大,播音员正洪亮地说:"亚非拉人民要坚定地团结在一起,抵制霸权,保卫我们的胜利成果。"后来胡八一对我说,自从他父母连夜开赴去了前线,他姥姥的身子就长在了收音机前,天天收听关于珍宝岛前线的消息,

暗号

有的没的都听，生怕漏掉一个字。我们的到来压根没有引起胡八一姥姥的注意，她的心思都被那台老旧的收音机吸引了。

胡八一示意我把他们家的一张吃饭桌移开，脚下是地板，他蹲下身，手在地板上摸索着。有一块地板被他掀开了，一个黑洞洞的入口呈现在我眼前，我吃惊地问："这是什么？"胡八一激动地打着战说："这是地道口。"胡八一说，以前看见父亲移动过这块木板，把冬天储存的萝卜、白菜放到里面过。有一次，他也想去掀动地板，被他爹打了一个耳光，告诉他，这是军事重地。他爹从那以后再也没往里面放过萝卜、白菜。那天我们俩相跟着，小心翼翼地踩着梯子下到了洞底，这里果然是地道，不同的是，这里漆黑一片，伸手不见五指。胡八一不知是紧张还是别的原因，在黑暗处空洞地说："灯被关上了，要是找到灯的开关，这里一定通明一片。"

从那一刻开始，胡八一就多了心事，眼睛盯着一个角落一动不动，就像走火入魔一样。那些日子，关于珍宝岛的消息不断地从收音机和报纸上传递过来，某某连被记了大功，某某战士肠子都流了出来，仍在冰天雪地里向敌人射击……一天放学，胡八一找到我，神情严峻地说："我们该做点什么了。"胡八一这句话，让我有些摸不着头脑，我问："做什么？"胡八一的目光从远处收回来，下定决心似的说："我们要成立一支少年敢死队。"我一下子想到看过的电影和小人书里的故事，战斗在危急关头，连队总要召开一次党员骨干会议，然后成立一支敢死队，敢死队的任务就是去完成那些不可能完成的任务，虽然惨烈，但总能在最紧要关头让大部队起死回生。每每看到这样的故事，我们浑身上下都热血澎湃，涌出一股不可战胜的力量。胡八一的提议让我的血液往脑袋上涌。胡八一仍

后　来

一脸严肃地说："我们生在红旗下，长在红旗下，现在国家正是用人之时，该轮到我们了。"说完还伸出手，和我的手紧紧握在一起。我发现他的手心是湿的，都是汗。

　　胡八一的提议得到了许多人的支持，那一年，我们刚上小学五年级，再有几个月就该上初中了。自从有了成立"敢死队"的想法后，世界一下子在我们眼里变小了。在这些人中，也有例外，小炉匠听到这消息后，首先提出了反对意见。他瞟瞟这个，又斜眼那个，小声说："咱爸、咱哥，都上了前线，咱们还小，这会儿上前线，会给大人添麻烦。"他说到这里，胡八一就给了他一脚，踢在他屁股后面的书包上，胡八一非常生气地说："你这个胆小鬼，贪生怕死，你知道新中国是怎么来的，没有那些烈士的流血牺牲，怎么会有我们的今天？"经胡八一这一上纲上线，小炉匠的神色不再犹豫，他下了决心似的说："那好吧。"说完站到我们的队列里。

　　后来小炉匠随我们又下过一次地道，我们这次经过了准备，把家里的手电筒，还有蜡烛什么的都带来了，地道里也被营造出了许多生气。我们围在光亮周围，就像在前沿阵地上开骨干会议一样，气氛神秘而又悲壮。此时，小炉匠又提出了一个想法，他望着我们说："咱们这敢死队咋一个女的也没有哇。"我也想学着胡八一的样子踢他一脚，觉得他这话说得有些不合时宜，这么严肃的事，他怎么还想着女的。他马上又补充说："我们上前线，一定会流血牺牲，怎么也得有护士、卫生员啥的吧，到时好抢救我们。"我和胡八一对视一眼，觉得小炉匠说得有道理。班里那么多女生，让谁参加合适呢？胡八一学着电影里指挥员的样子，用手托着下巴，另一只手抱在胸前，然后说："那就让马雅琴来。"马雅琴就是马雅舒的妹妹，

暗号

姐妹俩像一个模子刻出来似的，虽然刚上五年级，个子在女生中长得最高了。马雅琴虽然不像她姐长得像水蜜桃一样，却也有了些征兆。胡八一的提议，得到了我们一致的认可。

第二天在放学的路上，我们把马雅琴团团围住了。胡八一郑重地把我们成立敢死队的想法冲她说了，她先是翻着白眼依次瞟了瞟我们，我怕她临阵当逃兵，便上前一步说："想想你姐，她在前线正流血牺牲，你好意思见死不救吗？"她又白了我一眼，红口白牙地说："你怎么知道我贪生怕死，呸，我参加可以，我要叫上张小红、白娟一起参加。"她说的张小红、白娟都是我们的同学。她的提议，得到了我们热烈的掌声。

在马雅琴的影响下，张小红、白娟终于加入了我们的敢死队。我们又鱼贯着从胡八一家的厨房里钻进了地道。人员整齐地召开了一次敢死队成立大会。这件事是胡八一挑的头，他理所当然地成了敢死队队长，我是副队长，小炉匠是参谋，马雅琴和张小红、白娟是随队护士。十几个人的敢死队就此成立。

胡八一还从怀里掏出一面红旗，展示在我们面前，他擎着那面旗，激动地说："这就是我们敢死队的旗帜，人在旗在。"我们也齐声附和道："人在阵地在。"

向北

北方的四月天，还是有些冷。

我们少年敢死队出发的时间，是一个周末的早晨。之所以选择

后　来

周末，是不容易被人发现。为了这次北上，我们已经准备几天了。出发的头天晚上，我让母亲烙了两张饼，还煮了几个鸡蛋。我的理由是，明天学校组织野外军训，母亲对我的谎言没有异议，因为之前，学校也不时组织我们学生学军、学农什么的，况且，现在又在褙节上，整个营区都空了，上了前线，学校组织军训也纯属正常。早晨出发时，我把烙饼和鸡蛋装在书包里，想和母亲郑重地做一次告别。这是我从小到大第一次出门远行，又是敢死队副队长的身份，想起来就有些悲壮。这次去前线不知还能不能回来，我想说两句感谢母亲养育之恩的话，又怕被她发现而走不出去，于是什么都没有说，打开屋门，冲母亲挥了挥手，母亲抬头说："别在外面疯得没够，现在是战备时期。"母亲的目光中还是流露出了担忧之色。我转回头时，眼泪差点流出来，飞跑着向楼梯口奔去。

我们十几个敢死队队员在院外集合，胡八一不知从哪儿弄了条皮带扎在腰上，那把与他形影不离的火药枪此时也堂而皇之地别在了腰间。小炉匠戴了顶军帽，我猜一定是他哥戴过的，虽然有些大，但不失威严，看上去他也是个意志坚定者。马雅琴、张小红、白娟，她们的头发都扎了起来，比平时干练了许多。胡八一从包里把那面旗子擎在手上，说了句："出发。"我们就出发了。胡八一走在最前面，手上的旗帜迎风招展。许多路过的行人纷纷侧头看向我们。

在人们的注视下，我的汗毛都竖了起来，竟有了壮士一去不复还的壮烈感。我看着眼前熟悉的街道和匆匆而过的人流，突然发现，他们是那么亲近。我瞪大眼睛，让这些熟悉的一切刻在心里，也许以后再也见不到了。

太阳偏西时分，我们才走出城市。胡八一又从挎包里掏出一个

暗号

指北针，我们就顺着北方一路走去。我们爬过了一座山，又踩着即将融化的冰面过了一条河，又爬上一座山时，眼见着太阳在西天滑落下去。暮色便笼罩了四野。

一天的行军，大家都疲惫不堪了，马雅琴几个女生，东倒西歪地半躺半坐在山坡上，山坡上还有残存的积雪，半融半冻的样子，踩在上面嘎吱声响成一片。胡八一环顾左右道："咱们应该生一堆篝火。"他的提议得到了男生的拥护，走了一天了，又饥又饿，太阳一落山，冷风飕飕地吹过来，直入骨头。虽然又累又饿，我们还是挣扎着四散开到林子里去捡干树枝。

篝火燃起来时，四周已经漆黑一片了，有了火，周身就感受到了温暖，早晨各自从家里带来的干粮还剩下一些，我们就着火光大口吃了起来。胡八一还学着在电影里看到的红军长征时的样子，在地上抓起一把半硬的残雪填进嘴里，一边吃还不忘鼓励我们道："苦不苦，想想红军二万五；累不累，想想革命老前辈。"经胡八一这样一鼓动，我们似乎又有了力气。马雅琴这时也站起来，两眼晶亮地冲着火光说："我们唱支歌吧。"说完便起了一个头。她竟起了个《游击队之歌》的开头，于是我们就一起参差地唱了起来："我们都是神枪手，每一颗子弹消灭一个敌人。我们都是飞行军，哪怕那山高水又深……"歌声嘹亮，激情而又高亢，从开始的参差最后整齐起来，我们唱得气势如虹，旁边林地里还有几只鸟被惊飞了。

半夜时分，篝火渐渐熄灭了，我们东倒西歪地躺在山坡上。半睡半醒中，我被冻醒了，艰难地爬起来，活动着四肢，抬起头时，竟看到了远方城市的灯火，心里顿时温暖起来。我想起以前这个时间，自己睡在热被窝里的样子，想起了温暖的家，竟有种想哭的

后 来

感觉。此时,又冷又饿,望着星星点点的残火,又想到自己即将奔赴前线的壮烈,刚涌起的软弱就被战胜了。

又过了一些时候,胡八一等人也跳了起来,他们也被冻醒了,众人都开始痛苦地活动四肢。既然大家都醒了,再睡肯定也睡不着了,我提议立即出发。我的提议得到了大家的响应,胡八一又掏出指北针,确定了方向,我们就又一次上路了。

马雅琴几个女生体力明显跟不上节奏,没走多远,就掉队了。胡八一在树上折了一根树枝,少年敢死队的旗帜此时被他扛在肩上,山风很有劲道的样子,把那面旗帜吹得猎猎抖动。因为三个女生掉队,走在前面的胡八一不时停下来,让男生的队伍慢下来,等待她们,待她们走近,才又加快步伐向前走去,结果,三个女生就又被落下一截。几次反复之后,胡八一就把火气发泄到小炉匠身上,冲他鼻子不是鼻子脸不是脸地说:"都怪你,什么需要狗屁护士,这仗还没打呢,我们都快成担架队员了。"小炉匠面子上挂不住,又不好反驳胡八一,就梗着脖子说:"要不你们先走,我等她们,就是落也不能让她们掉队。"说完慢下脚步,在等她们。我和胡八一等人喘了一会儿,还是向前走去。

就听身后的小炉匠说:"你们还行不行了,难道想当逃兵不成。"马雅琴说:"你别站着说话不腰疼,我们又不是男生,又没吃的,天又这么冷,我们怎么走?"小炉匠软下声音道:"别忘了,你们是护士,战斗打响时,你们是要负责抢救伤员的。"

因为我们走在前面,逐渐又和他们拉开了距离,他们是如何打嘴仗的便听不见了。没多久,太阳就从东方的天际冒出了头,不一会儿,整个天地就明晃晃一片了。我看见胡八一的头顶上冒着热气,

暗号

再看其他人的头顶上也是,整个男生队伍里粗重的喘气声响成一片,全不见出发时意气风发的场面了。胡八一走路的身子也歪斜起来,有几次扛在肩上的那面旗险些掉下来,我几次表达要替他扛那面旗,都被他拒绝了,胡八一咬着后槽牙说:"人在旗在。"胡八一铁了心要与旗帜生死在一起了。

我们男生又爬上一座山坡,回头去望,看见小炉匠和几个女生刚从对面的山坡上下来。小炉匠和那几个女生全然没有了斗志,松垮着身子,连滚带爬地从山坡上滚落下来,用溃不成军来形容一点也不过分。

不知是谁,肚子咕噜响了一声,男生们的肚子这种咕噜声音便接二连三地响了起来,我第一次知道,饥饿是可以传染的。昨天出发时,我们各自从家里带来的干粮早就吃完了。胡八一肚子响成一片时,他的脸上露出羞愧的神色,一脸的坚定也在摇摆着。

刘振东凑过来,瞅着胡八一的脸就说:"队长哇,这样走下去不行呀,肚子没食了,就等于战士手里没有了子弹。这仗是打不赢的。"刘振东和胡八一家住对门,胡八一的父亲是部长,刘振东的爸是副部长,不知怎么搞的,父亲的形态传染到了他们身上,刘振东在胡八一面前总是摆出弱者心态。我们报名参加少年敢死队时,刘振东本来有些犹豫,缩着脖子,袖着手躲在人群后,不停地用叹气质疑我和胡八一的提议,最后胡八一的目光落在刘振东脸上,刘振东的腰板才一点点直起来,脸上的神色也坚定起来,大声说:"去呗,谁怕死呀。"

刘振东的提议让胡八一左右为难起来,胡八一把插着旗帜的树枝抱在胸前,伛着身子倚在一棵树上,等了一会儿,小炉匠带着三

后来

个女生摇摇晃晃地走到我们面前,马雅琴叫了一声:"妈呀,累死我了。"她就不管不顾地坐在地上,那两个女生也随后坐下,张小红一边揉着腿一边说:"我真走不动了,你们爱走就走,反正我是不走了。"白娟还抹开了眼泪,一张缺血的小脸煞白。

刘振东又不失时机地冲胡八一说:"胡队长,再这样下去,队伍就要垮掉了。还没到前线,我们就都得壮烈牺牲了。"

胡八一的目光望向了我,显然,他的意志也在一点点地瓦解。于是我提议,要先找吃的,肚里有粮,心里不慌。胡八一终于下了决心,挥了下手里的旗子道:"我们下山,去找吃的。"众人听说去找吃的,一下子都振作起来,纷纷从地上站起来,随着胡八一的旗帜趔趄着向山下走去。

我们之所以翻山越岭,出发前我们想过了,有两点好处:第一点,这样向北走路最近;第二点,也是重要的一点,就是不容易被人发现。我们都知道,要是被发现,后果意味着什么。我们趔趄着,东倒西歪地终于出现在一个村子里。我们的出现引来了一众孩童的参观。一个四十多岁的男人担着一担牛粪正要出村,见到我们一脸诧异,放下担子大声问:"小同学,你们这是要去哪里?"胡八一把肩上的旗帜又向上举了举,声音虽然发虚,还是大声答:"我们要去前线,我们是少年敢死队。"中年汉子目光在我们七零八落的队伍里扫了一遍,叹了口气。刘振东凑过去叫了"叔",然后就说:"我们要去前线,万里长征刚迈出第一步,我们断粮了,能不能给我们找点吃的。我们有纪律,不拿群众一针一线,我们可以打借条。等我们从前线胜利凯旋,我们一定还给你们。"

这会儿已经从村子里拥出来不少人,乡亲们把我们团团围住,

暗号

一边打探着一边七嘴八舌地议论着。有几个好心的大婶，见我们如此这般狼狈，当即转身回家，不一会儿工夫就拿出了玉米面饼子。几个大婶，有的端来了水，还有煮熟的鸡蛋，热乎乎地塞到我们手上。我想起了电影里经常出现的场景，战士们要开赴前线了，老乡们来送行的场面。马雅琴被一个大婶塞完鸡蛋后，还哭了起来。她敲碎鸡蛋，一边往嘴里狼吞虎咽地塞，一边流泪。我们看着眼前的场面，鼻子也有些发酸。我在心里就想："多么好的老乡呀，绝不能让敌人打进来，就是牺牲十回，也要保护我们身后的乡亲们。"

刚才担粪的那个叔叔在一旁有一句没一句地和刘振东、小炉匠聊了起来，很快两个人就把我们学校的名字和我们此行的目的告诉了他。我们又吃又拿地告别了一群热闹的老乡，重新北上，我们的目标是前线。我们这两天没听收音机，更没看报纸，不知前线又发生了什么，依据我们的想象，一定是炮声隆隆，杀声震天。前线的部队一定希望援军的到来，我们就是他们期盼的救兵，我们要马不停蹄地奔赴前线。

我们走出村口，这才发现队伍里多了四五个年龄和我们相仿的少年。胡八一警惕地走过去冲他们说："我们要上前线，你们不要再送了。"其中一个人就立定站在胡八一面前说："我们也要参加敢死队，保家卫国我们也有责任。"

胡八一想把他们赶走，他们却不听，一路尾随着。小炉匠就替这几个少年求情道："八一，就带上他们吧，这一带他们熟悉，给我们带带路也是好的。"胡八一见赶不走几个人，也就随他们去了。有了老乡的款待，我们身上有了些力气，胡八一带头唱起了歌："我

后　来

是一个兵,来自老百姓……"我们齐声唱了起来,后加入的几个少年也和我们一起合唱,歌声有了力气,嘹亮得很。

我们走走停停,吸取了走山路的教训,我们这次沿着国道走,一是路好走,寻找吃食也方便,胡八一不时拿出指北针校对着方向。

大约又走了两个时辰,太阳偏西了一些,我们正坐在路边休息,突然看见了几匹马从后面追了上来,到了近前,我们才发现端坐在马上的几个年轻人,身上都背着枪。领头的就是我们上午见到的担粪的中年男人。他们从马上下来,拦着我们的去路,中年男人从兜里掏出一张字条宣读道:"你们军区子弟学校的校长命令你们马上回去。"我们一听到这消息立马傻眼了。我们最担心的事情还是发生了。

我们被迫让这几个民兵又带回了刚才途经的村子里,我们垂头丧气,就像从战场上打败仗溃退下来的逃兵。傍晚时分,军区的一辆卡车驶来,我们的校长从驾驶室里钻出来,挥了一下手,狠狠地说:"上车。"胡八一还想最后挣扎一番,上前道:"校长,我们上前线有错吗?前线需要战士,我们不怕死。"我们也站在胡八一身后,齐声说:"我们不怕死。"校长眼圈红了,挥了一下手说:"前线有你们的父母,有你们哥哥姐姐,你们现在的任务就是跟我回去。"

我们被逼无奈只能爬上了卡车,车便风一样往回驶去。我们的梦破碎了。许多人都流下了眼泪。刘振东蹲在车厢的一角,一边流泪一边抽打自己的脸说:"都怪我嘴欠,是我说出了咱们学校的名字。"胡八一此时已把敢死队的旗帜收起来了,他手扶着车厢板,

暗号

目视前方,咬着腮帮子说:"留得青山在,不怕没柴烧。"他说完这话,我看见他脸上流下了两行泪,很快又被风吹干了。

追悼会

  天气又暖和了一些,院内树的树梢绽开树芽时,父亲在一天夜里突然回来了。他还是走之前的装束,只是长出了满脸胡子,比走之前黑了瘦了。父亲回到家里,卸下身上的行头,梳洗过后,仍然显得很亢奋的样子,叉着腰站在窗前,望着漆黑一片的窗外。母亲催了他两次,父亲才转过身,两眼还冒着光,母亲就盯着父亲说:"老石,你咋了?"父亲就皱起眉头道:"还不困,以往这时候,正在阵地上盯着呢。"父亲说完才伸了个懒腰,不紧不慢地向卧室走去。
  我的眼前又浮现出前沿阵地上爬冰卧雪的一群士兵,他们身后是一门又一门竖起来的火炮,还有他们握在手里的枪,成排成列黑洞洞的枪口。一想到这些,就觉得血往脑门上涌,整个人晕乎乎的。我们去前线的梦想夭折了,可我们的梦想还在心里滋长着。
  父亲回来两天后,开赴前线的大部队凯旋,士兵们又填满了院子,军号声和列队的口号声又飘荡在军区大院上空。日子似乎又回到了从前。
  周日那天,父亲换了身新军装,我突然发现他手臂上多了一个黑箍,我震惊地望着父亲。从母亲嘴里我知道,李勤牺牲了,今天军区要给他开追悼会。听到李勤牺牲了,我脑子嗡的一声,人就傻在了那里。

后　来

　　李勤和大哥他们是同学，几年前参的军。他父亲是后勤部的政委，一只眼睛看不到了，说是在抗联时，为了突破日本人的封锁，被一颗流弹击中。我们记忆里，李勤的父亲总是戴副眼镜，一个镜框是空的，看不见的那只眼睛被一片墨色的镜片遮挡住了，整个人的样子就显得很幽默。见到李勤父亲，我们就想起电影里经常出现的汉奸独眼龙，也是这种造型。李勤父亲的形象自然高大无比，我们须仰视才能看见他的脸，他的脸似乎永远都黑着，不见一丝笑容。李勤随他父亲，从小就长得高大威猛，比大哥还高出半个头。有一次大哥他们和外校的一帮人打群架，我们远远地躲在树林里看，只见大哥他们号叫着冲了出去，与对方战在一处，李勤是最突出的那一个。说他突出不是因为他个子高，而是他的勇猛。他手握两根木棍，如入无人之境，一边大叫一边挥舞着木棍，外校那帮学生望而却步，很快败下阵去。李勤很快有了"野狼"这个外号。

　　从那以后，只要我们院里的同学被外校的人欺负了，李勤和大哥他们都会替我们出头，李勤这只野狼在我们心里就是神一样的存在。李勤和大哥他们参军时，被一辆接兵的卡车拉走了。我们一群大小孩子为他们送行，只见李勤手扶在车厢的栏杆上，一边冲车下挥着手，一边大声喊着："再见了，我不混出个英雄，不会回来见你们。"我不知道李勤这话是冲我们喊的，还是冲车下他父母喊的。我在人群中找到了李勤的父母，他母亲踮着脚向远去的卡车望着，他父亲转过身，嘟囔一句："这兔崽子。"

　　李勤当满两年兵时，回来过一次，他的个子似乎又长高了不少，身穿着军装，他的眼神和神态已然是个大人了。他是在一个春节前回来的。大年三十那天，他找到了在林子里用弹弓打鸟的我们，把一

暗号

些鞭炮扔给我们。见我们蹦着高地玩起了鞭炮，李勤冲我们露出满意的微笑，拍拍手就走了。春节期间，他父亲带他拜年，他站在父亲身后，逢人就敬礼，叔叔伯伯地叫上一声，然后很有耐心地听父亲和叔叔伯伯说话。不少叔叔就夸李勤，说他出息了，成熟稳重了，他父亲用一道目光扫了他一眼，便笑着说："这小兔崽子还早着呢。"虽然李政委这么说，我们还是看到了李政委流露出的自豪和骄傲。

大约又是两年后吧，我们得知李勤已经提干了，成了边防团的一名排长，他便再也没有回来。没料到，李勤在珍宝岛这次反击战中牺牲了。

我挤进礼堂时，就看到了挂在礼堂舞台正中间的李勤的照片，那是一张放大的照片。李勤神情严肃地望向我们，似乎在问我们，受谁欺负了。照片上方还有标语，写着向李勤烈士学习、致敬等。在人群中我看到了胡八一，他不远处还有马雅琴。自从上次我们去前线未遂之后，不知为什么马雅琴对胡八一热情了起来，看他的眼神也有了不小的变化。我们就开玩笑地冲胡八一说："马雅琴看上你了。"胡八一就一脸正色地说："别胡咧咧。"我和胡八一的目光短暂地对视了一下，我看到他似乎要哭，我的眼泪已经涌到眼眶处了，但还是忍住了。

第一个上台讲话的，是李勤的连长。在连长的讲述中，我们了解了李勤牺牲的经过。李勤副连长身背反坦克火箭筒，怀抱冲锋枪，带着一个排的战士，迎击冲上来的敌人。他先是左肩被敌人的子弹击中，他轻伤不下火线，带着战士们向敌人发起了冲锋。他的腿又一次中弹，他爬不起来，跪在地上，摘下后背的火箭筒瞄准了敌人冲过来的一辆坦克。那辆坦克被他击中了，冒起了大

后　来

火。他又拿起冲锋枪向敌人射击,突然一发炮弹在他身边爆炸……李勤的连长在汇报李勤英勇牺牲的事迹时,几度哽咽。在短暂的间隙里,我听到了人群中发出的啜泣声,眼泪终于止不住,模糊了视线。

最后是李勤父亲上台讲话,他从台下走到台上的过程中,几欲站不稳,似乎随时要摔倒,有两个战士上前欲搀扶李政委,又被他甩开了。他用一只眼睛望了眼台下,嘴角牵起一缕笑说了一句:"这兔崽子,没给我们这帮老家伙丢脸。"说完这句话,再也忍不住,突然放声大哭起来,他的哭声通过扩音器在礼堂里回荡着。哀乐就在这时响了起来。

我看到人群里有一阵小小的骚动,我泪眼模糊地望过去,看见胡八一倒在了地上,马雅琴手足无措地站在他一旁。我挤过人群奔过去,和马雅琴齐心合力地把胡八一拖出礼堂,门在身后关上的那一刻,我仍能听到身后低沉滚动着的哀乐。我和马雅琴把胡八一放到礼堂的台阶上,他嘴里"呀呀"叫了两声,才长出一口气,青灰色的脸才有些血色。他戛然止住了哭声,看看我又看了眼马雅琴,恨恨地说:"我为啥不再长大几岁呀。"

从那以后,胡八一似乎比以前成熟了,经常把两只手插在裤兜里,目光盯在某一处,满腹心事的样子。我们似乎也长大不少,把以前视为珍宝的火药枪和弹弓都扔了。我们集体远离了嬉戏打闹,都变得沉默不语起来。

胡八一经常走神,经常看见他的头发被风吹起来,他的目光在远处的什么地方游移着。在众多的目光中,我看到了马雅琴投向胡八一的与众不同的目光。

暗号

保卫北京

我们上到初二时，北京又有一件大事发生了，我们全军的副统帅叛逃，最后摔死在一个叫温都尔汗的地方。军区接到了中央军委的命令，又一次进入了一级战备状态，军区指挥所再一次开进了防空洞。军区门岗，平时有两个持枪战士站岗，一下子增加了一个班。他们全副武装，戴着头盔，在大门口还拉起了铁丝网，防止外面的车辆闯入。

那天上课，胡八一就神色不安，不时偏过头神色凝重地望向我，我知道他有话要说。果然，一放学胡八一就急急地走过来，把我拉到一边，沉痛又焦急地说："北京现在有危险了，我们要去保卫北京。"他一说到北京，我心底里就生出莫名的神圣和兴奋。在小学课本里，我们学到过一篇课文《我爱北京天安门》，从那时开始，我们就和北京有了千丝万缕的联系。我们知道，北京是我们伟大祖国的首都，伟大领袖毛主席就住在那里。北京成了我们心中最神圣的象征。

保卫北京就是保卫我们的伟大领袖毛主席，我浑身发冷地望着胡八一。眼前的胡八一上唇上长出了一层茸毛，一顶军帽歪戴在头顶，他的胸脯起伏着，激情澎湃的样子，我立马拍着胸脯道："保卫北京，就是粉身碎骨也心甘。"我又想起了电影里还有许多文学作品中的那些英雄人物，他们都是大义凛然地走向战场，连头都

后　来

不回一下。

　　那天傍晚，小炉匠、刘振东等人，我们聚集在院内的小树林里，很快达成了一致意见，那就是，我们要去北京，誓死保卫毛主席。我们这次秘密集合快结束时，马雅琴气喘吁吁地跑了过来，她的胸脯起伏着，一双好看的眼睛从我们每个人脸上扫过，然后说："为什么不叫上我？"我们把目光齐齐地对准胡八一，胡八一把双手插在口袋里，歪着脖子不看她，而是望着树梢上落着的一只鸟。一年半前，我们去前线未遂之后，胡八一曾经对我们说过："以后有什么事，千万不能带女生，事多。"说完这话，他脸上还流露出毅然决然的表情。胡八一把上次去前线未遂的原因都归结到了那几个女生身上，如果没有女生，我们就不会从山上下来，不暴露自己的行踪，就不会被于校长抓回来。那次，我们被于校长用一辆卡车拉到军区院里，天早就黑透了。我们垂头丧气地依次从卡车上爬下来，于校长阴着脸一句话也没说。直到第二天，我们来到学校，才由班主任带着来到了于校长办公室里。于校长狠狠地拍了一下桌子站了起来，我们以为他要发火，没料到他说："孩子们，你们初心是好的，你们想报效国家但还不是时候。你们现在还小，等你们长大成人了，有的是机会报效国家。"那天，我们望着于校长伟岸的身躯，听着他激昂的话语，眼泪差点流了出来。

　　一年半以后，我不仅看到胡八一上唇长出了茸毛，小炉匠、刘振东的上唇也多了层茸毛。我回家照过镜子，在灯下，发现自己也和他们一样，我心头一震，就想：我们终于长大了。

　　那天，我们离开小树林时，谁也没和马雅琴说一句话，都挺着

暗号

胸脯从她身边经过。快走出小树林时,听见马雅琴在身后带着哭腔说:"你们要是不告诉我你们的行动,我就找于校长揭发你们。让你们什么也干不成。"

走在最前面的胡八一停下脚步,我们随之也立住,扭过头望着马雅琴,她的脸涨得通红,一副鱼死网破的模样。胡八一扯了一下头上的帽子,让帽檐变正。他说了句:"明天晚上八点在车站集合。"说完大步向前走去,我们跟上,浑身上下有一种叫血性的东西在周身奔涌,心里一遍遍地说:我们是即将出征的勇士。

第二天傍晚,我们聚集在火车站售票大厅时,在人群中果然看到了马雅琴。她还是白天上课时的装束,腰间多了一条腰带,肩上还多了个挎包。我们想起了她的姐姐马雅舒,她姐参军时,差不多也是这种装束。她和她姐长得越来越像了,像一个即将成熟的水蜜桃。

我们身上都带了钱,想通过售票口买票坐火车去北京,结果到了售票口,售票员听说我们要买到北京的火车票,眼睛立刻瞪圆了,伸出一只手来说:"介绍信?"我们立马傻在那里,我们什么困难都想过,就是没想到去北京还要介绍信。

票是买不上了,胡八一把我们带出售票大厅,站在广场上,冲我们说:"买不上票,咱们就是扒货车也要去。"他的话得到了我们的响应,我们又一起扭脸看马雅琴,她也一脸坚硬如铁。我们绕了好大一圈,钻进了货场,一列列火车卧在铁轨上,我们不知道哪列火车是向北京方向开的,胡八一琢磨了一会儿道:"只要车头向南就是往北京方向开的。"不多久,我们发现一辆火车在铁轨上正慢慢启动,方向果然是向南。我们不由分说地爬上了车厢。马雅琴是

后　来

　　最后一个上来的，拉她的是胡八一。胡八一把她拉上来，没头没脑地说了一句："你就不该来。"马雅琴喘着粗气，在暗中盯着胡八一说："你们男生做得到的事，我们女生照样能做到。"列车越开越快，我们这才发现，车厢里装的都是煤，为了不被人发现，我们平躺在煤车上，望着天空一掠而过的星星，想着我们去北京的使命，心里不由得又庄严了几分。

　　胡八一的判断是正确的，天亮以后，火车还在风驰电掣地开着，我们先是看到了山海关站台的牌子，然后又看到了"唐山站"字样。神圣又伟大的北京首都离我们不远了。我们纷纷从煤车里坐了起来，这才发现我们脸上都是煤灰，胡八一只剩下了一口白牙，兴奋地说："我们就要成功了。"

　　货车在夜半时分驶进了北京南站，停在货场上，车站上的站牌我们反复确认过，就是"北京南站"的字样。小炉匠激动得上牙磕着下牙说："北京南站也是北京。"车停稳后，我们从货车上纷纷跳下来，拍打着身上的煤灰。我们又转了好大一圈，才从货场上走出去，找到了一个厕所，把自己的脸洗干净。

　　天亮时分，我们在一个早起遛弯的大爷的指引下，来到了一个公共汽车站牌下，我们的目标是天安门。在我们的印象里，伟大领袖就应该在城门楼里面办公。太阳升起后，我们终于在天安门广场上下了车，远远地就看见了天安门城楼。此时，天安门泊在东方初升的一片阳光中，金灿灿的，我们还看到了车流、人流。北京的天安门并没有我们想象的危在旦夕，似乎什么事情都没有发生，人们如常顶着初升的太阳在上班。我们有些失望。北京压根不需要我们保卫，她安好如初。

暗号

我们一步步挪到金水桥畔,金灿灿的天安门城楼已近在咫尺了。我们仰头凝望着,似乎大气都不敢出,恐惊了在里面办公的伟大领袖毛主席。后来,我们看到了一辆拉满学生的校车从我们眼前驶过,那些学生透过车窗也在惊奇地打量我们。太阳又升高了一些,还看到两辆挂着军牌的汽车从我们眼前驶过。

刘振东望着长安街上的人流车流失落地说:"看来我们这次扑空了。"胡八一副壮志未酬的模样,又领着我们来到了广场,回身再望天安门城楼时才说:"我们要是有照相机就好了,和天安门城楼合个影。"我们也觉得无比遗憾。许多年之后,小炉匠、刘振东、包括马雅琴,我们都站在广场上与天安门城楼合过影,只有胡八一例外。

我们离开北京时,居然买到了火车票。起初售票员也管我们要介绍信,我们自然拿不出来,我们不想再扒货车了,把几颗脑袋凑到售票处的窗口,高一声低一声地求售票员把票卖给我们。售票员板着脸,一副雷打不动的模样。

后来,来了一个警察,把我们叫到了站前派出所,核实我们的身份。当听说我们来北京的目的,这位警察眼睛亮了一下,后来又听说我们是军区子弟,态度又好了许多。马雅琴为了证实自己的身份,还从挎包里掏出了军区出入证。那位警察想了想,站起身来说:"跟我走吧。"在这位好心警察的帮助下,我们顺利买到了回家的票,他还一直把我们送到了列车上,我们自然是千恩万谢地感激他。他却淡淡地说:"我以前也是名军人。"送我们的好心警察走了,我们站在车门口,一起给这位警察敬礼,他停下脚步,给我们还了一个标准的军礼。我们顿时热泪盈眶。

后　来

参军

高中一毕业，胡八一就对我说："我要去参军。"其实早在两年前，我们那次从北京回来的路上，他就说过类似的话。这次他说完，盯着我的眼睛问："你是怎么打算的？"确切地说我没什么打算，下乡的事似乎没有考虑过，大哥二哥都先后参军，两个人还算争气，相继在部队提干。另外一个出路就是接班，父母都是军人，不存在接班工作这样的好事。想来想去，似乎也只有当兵这条路。这么想过了，便对胡八一说："估计咱们的命运殊途同归。"胡八一就咧着嘴笑，把手掌拍在我的肩上说："要是咱们能在一个连队就好了。"

马雅琴接了她母亲的班。她母亲在区政府工作，为了马雅琴提前两年就退休了，马雅琴有一个哥哥，还有一个姐姐马雅舒。哥哥在部队已经当了连长，姐姐马雅舒前几年和我二哥一同参军，但因为和二哥被分到了不同连队，两人刚萌芽的爱情夭折了。二哥发誓一定要在部队混出个人样，一下子成熟起来。几年后我们得知二哥提干的消息，都替他高兴，二哥却一副壮志未酬的样子。马雅舒在当了三年兵之后就转业回来了。三年后的马雅舒越发鲜艳欲滴，嘴唇饱满，总是红红的，样子就像抹了口红。她复员回来，并没有上班，时间不久，就把自己的东西收拾成一个包，提着东西去了南方。

后来我们才知道，马雅舒是为了爱情离家出走了。她在部队时，

暗号

爱上了一位排长。有一次他们去营部看电影，在回来的路上，两人脱离队伍，在一条小河边谈起了恋爱。当队伍回到连队发现二人失踪时，连长派人将他们找了回来。据说发现二人时，他们还躲在一棵树后紧紧地抱在一起。他们的爱情败露，依据部队条例，干部不允许和战士谈恋爱。他们被处理的结果是，那位排长被宣布转业，马雅舒复员。那位排长的老家在南方，马雅舒从部队回来后，魂不守舍地在家住了几天，便急三火四地到南方寻找她的心上人去了。母亲哭天抢地地追到了火车站，仍没能挽留住马雅舒。马雅舒给母亲留下一句话："妈，等我混好了就回来看你。"马雅舒坐上火车，车轮铿锵有力地向南方驶去。

眼见着马雅琴高中毕业，母亲再也不想失去女儿马雅琴，便急三火四地提前退休，又忙不迭地给马雅琴办理了接班的手续。我们那些同学中，最先有着落的就是马雅琴。

马雅琴出落得和她姐姐一样，饱满得就像秋天挂在树上的石榴，动人也馋人，一双水汪汪的眼睛总是顾盼流转。我们都知道，马雅琴已经爱上了胡八一，从那次去前线未遂回来之后，马雅琴望向胡八一的目光就变了，不像以前那么清澈，变得黏黏糊糊，似乎有两簇火苗在她眼底处燃烧。我们就经常开玩笑冲胡八一说："马雅琴那丫头喜欢上你了。"胡八一当时的表情是不屑一顾的，把手插在裤兜，甩了一下脑袋，让帽子歪斜起来，嗤了声道："别整那些没用的。"那会儿，胡八一完全是一副没长开的样子，更是一副少不更事的模样。可到了高中之后，胡八一就不一样了，我们经常可以看到，他的目光越过我们的肩膀，千里迢迢地去寻找马雅琴那双让人着迷的眼睛，然后两对目光就蛇一样地缠绕在一起，看得我们脸

后　来

红心跳，欲罢不能。

高中最后一个学期，胡八一总是离群索居地躲着我们。刘振东就说："胡八一这小子和马雅琴约会了。"两年前，刘振东的父亲离开机关去部队任职了，不再给胡八一的父亲当副手了，他在胡八一面前的腰杆子似乎也坚挺了起来，总是揭胡八一的短。因为他们两家住在对门，总是比我们先一步了解胡八一的险情。比如胡八一又遭到了他妈的咒骂，他爹何时又抡了他两皮带。上高中以后，胡八一似乎叛逆感越来越强了，总是把头发留得很长，好好的帽子总不能正儿八经地戴在头上，还爱斜着眼睛看人，不了解他的人，都会错把他当成二流子。有一次，我们周末没事去逛市场，一个人的钱包丢了，还叫来警察。警察一眼就看到了人群中的胡八一，上前盘查。胡八一望着两个警察眼里冒火，当即就和人家吵了起来。胳膊拧不过大腿，他被当成嫌疑犯带到了派出所，搜遍他的全身也没找到失主的钱包。从那以后，胡八一总是想找机会去找抓他的那两个警察，被我们劝住了。胡八一似乎有许多邪火，在家里不仅顶撞父亲，还和母亲大吵大叫的。母亲就向父亲告状，父亲就用皮带抽他。如果不是刘振东告密，我们眼里的胡八一就像没事人似的。到了高中最后一个学期，胡八一就神秘起来，我们很少能看到他的人影。有一次，小炉匠突发奇想，要去林子里打鸟，以前我们经常干这事，一人打手电，另一个人手持弹弓，向林子里睡着的鸟偷袭，这样打鸟比较容易得手。那天晚上，我和小炉匠偷偷摸到了林子里，当小炉匠的手电突然打开时，我没看到树梢上的鸟，却看到了一棵树后的胡八一和马雅琴，两人脸对脸地抱在一起。手电光亮起那一刻，我看到胡八一转过头那双愤怒又惊慌的眼睛，小炉匠似乎也看

暗号

到了,他马上关闭了手电筒,我拉着他快步跑出树林。跑出好一阵,我的心还咚咚跳着,仿佛偷情的人不是胡八一,而是自己。小炉匠气喘着说:"这小子和马雅琴搞上了。"我狠狠地拽了一下小炉匠的衣袖,莫名有些烦躁,口气生硬地说:"胡八一和谁好和你没关系。"说完大步向前走去。半晌,小炉匠才追上来,在后面辩解道:"我又没说你,你发那么大火干什么?"

我们第二天见到胡八一时,他像个没事人一样,该干什么还干什么,他的目光经常越过我们的头顶和马雅琴的目光又蛇一样地缠在一起。从那开始,我们班级所有人都知道,马雅琴和胡八一好上了。

高中毕业没多久,我和胡八一、刘振东就参军报名了,小炉匠下乡插队去了。我们的入伍通知书还没有收到,小炉匠就出发了。一同下乡的还有班上其他的同学,他们大包小包地提在手上,街道为他们举行了一场热闹又隆重的欢送仪式,我们也给这些同学送行。他们嘻嘻哈哈地跟闹着玩似的。小炉匠还跑到我们面前,做着鬼脸说:"你们参军,几年也不能回家,我们说回来就回来。"小炉匠笑呵呵地走了。那天,胡八一红着眼圈认真地冲我和刘振东说:"你看他们多好,下乡也能在一起,咱们仨到了部队上,一定不要分开。"我和刘振东都被胡八一的真诚打动了,冲他用力地点头。

我们是在这座城市飘雪的一天晚上,登上运送新兵的专列的。站台上站满了送行的家长,父母大呼小叫地喊着孩子的名字,然后千叮咛万嘱咐。胡八一、刘振东我们三个人没人送,在我们离开部队大院时,父母已经送过了。我们各自家庭有太多的孩子参军了,似乎一切都习以为常了,他们挥挥手,说几句鼓励的话,潦草地就

后 来

把我们打发走了。我和刘振东没事人似的,相互打量着各自穿上军装的样子,我们的心态似乎不是去参军,而是去旅行。胡八一坐在靠窗的位置上,不时把双手拢在一起向外面望着,月台上到处都是雪,雪花仍然飘着,我们顺着他的视线望过去,突然看见马雅琴走了过来。她穿了件灰色呢子大衣,脖子上系了条红围巾,雪花落在她的头上和肩膀上,她站在站台上左顾右盼地寻找着。胡八一也看见了她,站起身,用力把车窗打开了,探出头冲她喊了一声:"我在这儿呢。"马雅琴向前跑了两步,一张脸不知是风吹的还是别的什么原因,绯红着。窗子被胡八一打开,一股冷气扑面而来。胡八一把头探出车窗外,两人都没有说话,就那么四目相对,目光似乎在冒火。直到接兵的军官登上车,车门关上,列车启动的汽笛鸣响了三声,两人仍然是那个姿势。列车启动了,马雅琴随着列车奔跑着,此时两人仍然没有说话,直到列车加快,驶出站台,我们看见胡八一用力朝车窗外挥了一下手,马雅琴的身影消失在我们的视线里。胡八一的目光还没有收回来,他的目光被拉得越来越远,半晌转过头时,发现我和刘振东盯着他的目光,他才回过神来,冲我们含混不清地笑了笑。

特务连

入伍后,我和胡八一、刘振东如愿以偿地分到了一个连队。

胡八一似乎变了一个人,以前身上那种痞气一扫而空,被一种正气所代替了,军帽戴在头上总是一丝不苟的样子,眼神中又透着

暗号

某种坚定。

我们所在的连队,是师特务连。所谓特务连,是指执行特殊任务的连队,平时训练要求就比其他连队严格了许多。我们三个人之所以能够分到一个连队,是因为进入特务连的新兵要求高中毕业。在我们那届新兵中,高中毕业的新兵并不多,于是我们三个人名正言顺地被特务连选中了。

神情冷峻的胡八一一副天降大任于是人的模样,经常提醒我和刘振东说:"别忘了我们是特务连的人。"他的话说得我们俩一愣一愣的。平时五公里越野以及各种军事训练,胡八一总是一马当先,不久,他就成了全连训练标兵。然后他又神情严峻地冲我和刘振东说:"养兵千日,用兵一时。"

连队有一次生存训练,几辆卡车把我们拉到山里,像沙子似的散落在荒无人烟的大山里。我们随身携带的是一把防身匕首,还有指路的一个指北针,然后就是一袋干粮,我们的任务是要在这荒无人烟的山里待上十天。我们各自为战,一百多号人散落地被扔到各处。

第二天我和刘振东走到了一起,我发现他时,他正在树林的小溪边往军用水壶里灌水。我们俩相见,相互都又惊又喜,两个人在一起生存,总比一个人有智慧。到第三天时,我们所带的干粮就已经耗尽了,以防万一我们只能依据指北针的指引向山外撤退。我们试过吃树皮、草根,学着当年红军长征时的样子,可树皮和草根,我们实在吃不下去。刘振东咧着嘴,把嚼了一半的树皮吐在地上,干呕两声道:"我吃不下去。"我又何尝能够吃下去呢?我们空着肚子向山外走去,训练前,连长告诉我们:"如果坚持不下去,可以向山外走,山外有几个接应点。"

后　来

　　没料到的是，我们还没走到接应点，刘振东就饿得晕死过去，一头栽倒在草地上。我去拉他，自己也躺在了他身边，眼前冒着金星，明明太阳就在头上，我的眼前却是漆黑一片。不知过了多久，发现有人在我嘴边给我喂水，我挣扎着睁开眼睛，看见了胡八一那张熟悉的脸，他蹲在我们面前，正用水壶给我喂水。我一激灵坐起来，有气无力地说："咋碰上你了。"胡八一嘴角微微上扬一下，用一只手扶起刘振东，另一只手把水壶又喂向了他，不一会儿刘振东也醒了过来。胡八一冲我们一人伸出一只手，把我们从地上拉起来，解下腰间的干粮袋递给我们道："拿去吧。"我和刘振东睁大眼睛，不相信地望着眼前的胡八一。我们到林子里已经有四天整，到第五天头上，他的干粮居然没有动过。我问他："你一口干粮也没吃，是怎么过来的？"胡八一又把嘴角上扬，摆一下头说："你们别管我，我自有办法。"说完强行把那袋干粮塞到我们手上，又交代道："你们已经坚持到第五天了，已经够了不起了，从这里向南再走十公里，那里有连队的接应点。"我和刘振东担心地冲他道："那你呢？"他把手竖在嘴上，做出"嘘"的动作，然后说："我有办法。"那次，他陪我和刘振东又走过一座山头，站在山头上，指引出了一条通往山外的路，他才从我们身边消失。因为有了胡八一送给我们的干粮，第六天头上我们走出了大山，远远地看见连队的接应点。那是一顶搭建好的帐篷，空地上支着两口锅，蒸腾地做着饭，两个炊事员在忙碌着，远远地我们就闻到了肉的香气。刘振东像只饿狼似的跌跌撞撞地向前奔去，其间我和他摔了几个"狗吃屎"，当炊事员把米饭和红烧肉端在我们面前时，我的耳朵里轰鸣一片，端饭碗的手都在哆嗦。我们吃饱喝足之后才知道，我们坚持到第六天，还不算出

暗号

来最早的，有的人在第四天头上就坚持不住，找到了接应点。后来又陆续有人从山里出来，他们的样子比我和刘振东还狼狈，有的刚走出林子就跌倒再也爬不起来了。我、刘振东还有先出来的一些人成了接应他们的运输员，有的战士在我们的搀扶下就能走，有的则需要抬。连长很有经验，先不让这些人吃干饭，而是给他们喝米汤，缓过来之后，才允许他们吃少量的干米饭。

到了第九天时，几乎所有人都陆续从林地里走出来了，我和刘振东一次次手搭凉棚向林地里张望，希望能看到胡八一的身影。可惜他却没出现。刘振东把我拉到一边小声说："我咋感觉不好呢，胡八一到现在还没出来，会不会出啥事呀？"刘振东所担心的，也是我所忧虑的，只是没敢说出来。他把所有干粮都给了我和刘振东，如果没有他的干粮，也许我们两人都没有力气坚持到第六天。

连长把我们走出大山里的人集合在一起，点了一次名，发现只有胡八一没有出来。此时已经是第九天晚上了，离我们训练任务还差一天。

连长、指导员召集连队干部在帐篷里开了一次会，他们开会的议题就是去不去寻找胡八一。连队的干部分成了两派，以指导员为代表的一派，认定胡八一出事了，一定要去寻找，否则对不起胡八一。另一派以连长为代表，坚持不找。理由是这次训练任务是十天，期限没到，这时候去寻找，对胡八一是种侮辱。两拨人两种意见，他们在帐篷里争吵的声音越来越大，我们在帐篷外都听得真真的。最后指导员那一派妥协了，定在明天中午十二点，如果胡八一还没出来，就全连出动到山里去寻找。

我们露营在山外，指导员命令我们早早休息，他的理由是，要

后　来

养好精神,明天去寻找胡八一会很艰苦。我和刘振东好半晌也没睡着,我起来上了一次厕所,看见一个人蹲在不远处,那人在吸烟,烟头一明一灭的。我走过去想看个究竟,那人不回头道:"快去休息。"说话的人是连长,我立住脚,转身又向营地方向走,心想,连长虽然坚持不找胡八一,看来他心里也没有底。我又躺到铺位上,刘振东翻了个身,冲向我说:"我这眼皮咋老跳呢,胡八一会不会出啥事呀?"我没有说话,想起胡八一毅然决然把那袋干粮塞给我们的情景,万一胡八一真的遇险,我和刘振东这辈子心里也不会安宁。这么想过了,鼻子一酸,眼泪差点流出来。刘振东又翻着身子说:"胡八一要是走不出来,可都是为了咱俩呀。"我哽着声音说:"别乱想了,咱们的任务就是休息好,明天时间一到,胡八一还没出来,咱俩要第一拨冲进山里,就是背也要把胡八一背出来。"说到这里,我的眼泪已经流了出来。刘振东也哽咽着"嗯"了一声。

虽然这么说,我并没有睡着,想起了上小学时,胡八一带我们去"前线",还有三年前我们去北京的往事,我相信胡八一不会有事。

第二天一早,我们不约而同地站在高处,不停地向林地里张望,那是我们训练前约定好的出山路线。当时我和刘振东饿得晕头转向,几乎忘记了出山的路,还是胡八一指引给我们两人的。我相信,胡八一不会迷路。连长不停地看着手腕上的表,看眼表又抬头向林地里张望上一气,指导员则不停地踱步,样子焦虑不安。太阳又升高了一些,时间离中午十二点越来越近了,连长吹响了手中的哨子,我们快速集合在一起。炊事班长指挥着炊事员,给我们每个人分发馒头,大家都意识到,胡八一如果还不出来,我们全连将再次进山,不找到胡八一,我们是不会出来的。连长把一把信号枪递给指导员,

暗号

两人商量着要兵分两路去寻找胡八一，谁先找到就发射信号弹。

正当我们摩拳擦掌做好了寻找胡八一的准备时，我们看到了一个人影从林地里出来，连长快速登上一个高坡，举起望远镜查看，然后惊呼一声："是胡八一。"我们听到连长的肯定，蜂拥着向林地边缘跑去。我和刘振东一马当先。胡八一离我们近了一些，他头上戴了顶用树枝做成的伪装帽，表情轻松，只是比平时黑了瘦了不少，军装被树枝划了几个大口子，风吹着他的军装，又潇洒又滑稽。他见奔过来的我们，还吹起了口哨，脸上流露出胜利者的笑容。

那次生存训练中，胡八一是唯一坚持到最后的一个人，那次，连长在队列前隆重地表扬了胡八一。连长在溢美之词的语调中，几次哽咽，我们看到连长竟红了眼圈。

后来我们问起胡八一这十天是怎么过来的，他轻描淡写地说："山里有老鼠有蛇，还有各种虫子，它们都可以吃。"后来他还嬉笑着冲我和刘振东说："蛇血是冷的，老鼠血是热的，你们不知道吧？"他轻描淡写的话，听得我们一愣一愣的。后来我和刘振东一致认为，胡八一是当军人的料，以后他一定会是名出类拔萃的好军人。在我们当满第二年兵后，胡八一当上了班长，又被团里选拔成干部苗子，成了重点培养对象。

出征

那场著名的南疆战事打响时，我们却接到了向北开拔的命令。我们部队在北方漫长的边境线上修筑了工事，心思却被南方战事所

后 来

牵引着。胡八一躲在战壕里，每天都要看上很长时间的报纸，报纸上连篇累牍地介绍着南方的战况，胡八一就一副壮志未酬的样子，他的目光穿透战壕，望着一马平川的前方，眼神里是无尽的失落。

　　三个月前，胡八一被宣布提干了，他是我们这批兵中第一个提干的。上次探亲发生的意外事件，加速了提干的进程。我们参军满两年后，回去探亲了。我和胡八一是一批休假的，之前刘振东就已休假回来。回来几天后，我就看见胡八一和马雅琴在一起打得火热，他们在一起很正常，有多火热也在意料之中。参军后，胡八一就勤奋地和马雅琴通信，每次马雅琴来信，胡八一读后，都把信放到他的枕头里。我们参军那会儿，部队不发枕头，而是发一块白布，类似于包袱皮那种，把换洗衣服包上便是枕头了。我琢磨过部队不发枕头的原因，应该是有利于行军打仗，行军打仗背个枕头肯定会碍手碍脚。随着马雅琴来信的增多，胡八一不断把垫在头下的衣服抽出，最后衣服没有了，只剩下信了。有这些做成枕头的信为证，足以证明胡八一和马雅琴的爱情之火有多么旺盛。

　　两年没见的马雅琴更加成熟饱满了，浑身上下到处都是圆乎乎的，尤其是胸部几乎呼之欲出。胡八一和马雅琴出双入对地在大院里进进出出，在那短短休假的十几天里，已经成为我们军区大院里的风景。十几天的时间很快就到了，我和胡八一归队后没几天，我们看到了一张报纸，上一篇文章的题目叫《英雄就在你的身边》，文章的主人公竟然是胡八一。文章内容说的是，胡八一在一辆公交车上抓获了一个正在行窃的小偷，没料到小偷竟是团伙作案，另外两个小偷上前把胡八一围住，其中有一个小偷还掏出了匕首。自然是一番打斗，最后胡八一负伤，三个小偷被胡八一制伏；在热心群

暗号

众的帮助下,三个小偷被扭送到了派出所。正巧,那辆公共汽车上有一位省报的记者,这个记者以第一人称的形式把胡八一勇斗歹徒的事迹写下来,登在了报纸上。这件事胡八一连我都没有告诉,直到报纸把他的事迹发表出来,我为了验证胡八一的伤口,让他脱去了裤子,在他的大腿外侧,果然有两处还没愈合的刀伤,被纱布缠裹着。胡八一成了名人,团党委研究决定,给他记了一次三等功。不久,他破格提干的命令也随之下达了。

胡八一此时趴在北方的战壕里,心思却被南方的战事牵走了。他不停地摇头叹气冲我说:"要是当初参军,去南部军区就好了。"我告诉他:"咱们这儿也是前线,咱们上小学时,那次集体出走,嚷着喊着要上前线,就是要来这里。"我们此时的前线,距离珍宝岛只有几十公里,我一到达这里,似乎又听到了十年前的枪炮声。胡八一不说话,眯着眼睛,目光虚虚实实地落在前方某一处,叹着气说:"此一时彼一时,我敢料定,咱们这里成了后方。"胡八一的话没有说错,半年后,我们的部队撤了下来,又一次回到了军营。南方大规模战事结束了,但仍有零星阵地在争夺着,电台、报纸每天都热火朝天地报道着。部队开始有人写请战书,要求去南方参战。

突然有一天傍晚,全连集合,连长站在队列前却半晌没有说话。他的样子似乎很激动,心绪难平的样子,半晌才从兜里掏出一块布,那是一块普通的白布,类似于我们床单上的那种。连长展开那块布时,我们看到了满眼的腥红,连长激动地说:"这是胡八一排长写的血书,是一封饱含着基层指战员心声的请战书。"连长当即把那封信读了,到现在我大约还记得那份请战书中铿锵的句子:"只解沙场为国死,何必马革裹尸还……"胡八一的请战书再一次点燃了

后　来

  全连的请战热情，当即在连长的号召下，我们全连人都咬破了中指，在胡八一的请战书上按上了自己的血指印。然后连长和指导员一起，隆重地把这份请战书送到了团部。

  那阵子，写这种请战书的又何止我们一个连，整个部队都在请战，但部队有部队的安排，没有上级命令，我们只能按兵不动，战士们就把求战的热情，每天挥洒在训练场上。那些日子，训练场喊杀震天，烟尘四起，我们在想象的战场上流血流泪。

  大约几个月后，我们团突然接到了出发的命令，先是武器装备开到了火车站，用铁路把装备运走了。我们是在一天夜里接到了出发的命令，空荡荡的站台，一下子被出征的官兵占满了。我们列队登上了列车，所有人都沉默着，我能感受到这种沉默中有一股看不见的力量在涌动着。一团人马很快安定下来，火车先是发出了一声长笛，我们知道火车即将启动，我们的目光都望向窗外，即将和这里熟悉的一切告别了。正在这时，我看见一个熟悉的身影从前面车厢跑过来，马雅琴一边奔跑一边在车厢里寻找着。我冲邻座的胡八一喊了一声："找你的。"胡八一也看到了马雅琴，他扑到窗前，拼命把车窗打开，探出半个身子喊道："我在这儿。"马雅琴奔过来，因为奔跑，她的胸脯剧烈起伏着。胡八一惊讶地说："你怎么来了？"马雅琴说："我在这里已经等了一天了，知道你们要上前线。"说完，把手里提着的一个小包塞到了胡八一手里，这时火车铿锵地启动了。马雅琴在车下喊："胡八一，我等你平安归来。"列车越驶越快，马雅琴奔跑着，因为整个月台上就她一个人，她的喊声尖锐而又突出，只有一句话："胡八一，你一定要平安回来。"后来，她的声音被铿锵的车轮声吞噬了，身影也不见了。车厢里所有的人似乎都被马雅

暗号

琴那句"平安回来"的声音感染了,有的别过头去望着车窗外一掠而过的灯火,有的眼含热泪。

后来胡八一打开了马雅琴留给他的小包,里面有一张小字条,还有三个苹果和一个平安符。字条上说苹果象征着平安,胡八一、我和刘振东一人一个。我们看见,胡八一把平安符挂在了脖子上,把另外两个苹果分给了我和刘振东。我和刘振东没心没肺地躲在车厢连接处把苹果吃掉了,刘振东一边吃一边说"这苹果真甜",然后他咧着嘴笑。胡八一没吃那个苹果,而是揣在了兜里。

生死

几场小战斗之后,最初上战场的紧张和生疏已经不见了。我们能自由地穿行在阵地和猫耳洞之间了。胡八一也从最初的亢奋中冷静下来,我看见他的胡楂又黑又硬,人也瘦了一圈,却比以前显得更结实了。

我们特务连是在一天傍晚接到的上级命令,112高地还在敌人手里,为了争夺112高地,两天前炮击战就已经打响了。上级命令我们作为敢死队,在凌晨时分对112高地发动攻击。我们连接到任务后,便撤到了阵地旁的一片林子里。炊事班几乎把所有的家底都拿了出来,各式各样的罐头和压缩饼干,出征酒是用塑料桶装的那种散白酒。把酒倒满,望着天上的星空,这时整个林地都静悄悄的,只能听见我们盛满酒的牙缸碰在一起的声音。连长就在暗处说:"我们都是男人,把壮行酒喝了,就都是好汉。"连长说完,便是一片

后　来

牙缸碰在一起的声音。我看见胡八一绕开人群,向我和刘振东走来,他已经和排里大多数战士碰过杯了,他走过来把我和刘振东拉到几步开外的地方,压低声音说:"战斗一打响,你们俩跟着我。"我们明白胡八一说的是什么意思,他要保护我们。刘振东就说:"八一,别管我们,我不怕死。"胡八一看了眼刘振东,压低声音说:"你们家就你一个男孩,不像我还有两个哥哥。"说完把牙缸举过来,我们三人重重地把牙缸撞在一起,然后一饮而尽。酒真是个好东西,出征前的紧张和焦虑一扫而空,浑身都是力气,生死早已置之度外了。

我们先是潜伏到112高地的山坡下,山坡上早已焦煳一片,一轮模糊的月亮挂在天际。两颗信号弹这时腾空而起,我们听到炮弹呼啸着从我们头顶飞过去,直击头顶上的112高地。连长喊了一声:"敢死队的都有了,冲。"我们向前冲去,胡八一一直在我们前面,不时提醒着我和刘振东:"跟上,注意前方。"山头上,敌人的枪声大作,敌人为了固守112阵地,早就在阵地上修好了各种工事。敌人的火力很猛,我们反击的火力也很猛,子弹曳着亮光交织在暗夜中,像织起来的一张网。我们连队不断有人中弹倒下,吭都没来得及吭一声,连长躲在一块石头后向后方呼叫着火力掩护。呼叫完便向前奔跑,身后是通信员,连长突然在我们前方不远处倒下了,只听见通信员喊了一声:"连长。"连长牺牲了,指导员接替连长指挥,又冲在了最前面。在一棵小树旁,敌人一梭子子弹打过来,他也中弹倒下了。接下来就是副连长指挥战斗,副连长命令我们分散开队形,向山顶发起进攻。我们刚散开队形,就听不远处的刘振东喊了一声:"不好,我踩到地雷了!"我看见刘振东弯着腰,抱着

171

暗号

枪定格在那里。我们到了战场之初,对地雷做过训练,例如,有压发雷、触发地雷、松发地雷、绊发地雷等等。刘振东一定踩到了压发地雷,也就是说,他在踩上地雷那一瞬间,地雷并不会爆炸,而是等抬起脚的一瞬间,触动地雷的开关,才会发生爆炸。我喊了一声"你别动",奔过去,想帮刘振东一把。我还没有奔到刘振东近前,胡八一率先跑过来,用身体一下子把我撞开。我倒下后,在山坡上滚了一段才停下来,抬头看时,胡八一已经趴在了刘振东的脚前,他把手指伸到刘振东脚下,喊了一声:"快离开。"刘振东没动,胡八一腾出一只手把刘振东拽倒在地,刘振东和我一样,在山坡上滚动了几圈,地雷这时炸响了。在火光中,我看到胡八一被炸得仰起了身子,又重重地摔倒在地……

半年后,我们部队轮战结束,在昆明的一家部队医院里见到了胡八一。他的脸上仍然缠着纱布,一只袖管里空空荡荡,马雅琴正陪着他坐在医院内花园里的一张排椅上。马雅琴先是看见了我和刘振东,站起来欲说话,我们用手势制止了她。我们又走近几步,胡八一腾的一下从排椅上站了起来,咧开嘴笑道:"是你们。"我们三个人拥抱在一起,这是胡八一负伤后,我们第一次相见。胡八一被担架队抬了下去,我们向112高地发起了总攻,那次战斗,我们特务连只回来一半的人。半年后,我们在很好的阳光下又一次相见,似乎又回到了半年前在林子里喝壮行酒时我们生死不顾的样子。我和刘振东都流下了眼泪。半晌,胡八一把我们推开,他用那只手从上到下把我们俩从头到尾摸了一遍,一边摸一边欣慰地说:"你们都囫囵着,没缺啥少啥,这就好。"然后露出洁白的牙齿,冲我们咧嘴笑着。

后　来

　　我们从马雅琴嘴里知道，胡八一的眼睛没保住，现在手术是给他面部整形；左手在三分之二处也做了截肢。马雅琴是两个月前赶到昆明的，她现在每天陪在胡八一身边。

　　我们随部队回到军营半年后，突然接到胡八一从老家给我们发来的电报，让我和刘振东一定去参加他的婚礼。那次部队从南疆回来，我和刘振东都破格提干了。许多伤残的官兵，因不适合在部队工作，都退出了现役，胡八一也是其中之一。他和马雅琴走到一起，并举行婚礼在我们意料之中。

　　我和刘振东匆匆赶回去时，见到胡八一和马雅琴才知道，他们能举行婚礼，还有一波三折的故事。我们从昆明医院离开不久，马雅琴就被胡八一赶走了。回到老家的马雅琴就开始张罗这场婚礼。她先是遭到了父母和亲朋好友的反对，一个正值青春芳华的女孩，怎么能嫁给一个残疾复转军人，可马雅琴的决心已定，她用绝食的方式和父母、亲朋好友抗争。最后所有人都向她妥协了，默认了她的爱情。可胡八一回来后，又遭到了胡八一的拒绝。胡八一自然不希望自己连累马雅琴，用了闭门不见的态度。马雅琴就站在胡八一家门外，站成了一道风景，她同样用绝食的办法，发誓要在胡八一家门前变成一块石头。最初的几天，胡八一闭门不出，在屋里哭，马雅琴在门外流泪，两人僵持着。直到有一天，马雅琴晕倒在门外，先是被胡八一的母亲发现，大呼小叫地叫来了救护车。苏醒后的马雅琴从医院回来，又像一块石头似的立在胡八一家门外。胡八一的母亲劝胡八一，胡八一终于走出家门，两个心爱的人紧紧地相拥在一起。

　　婚礼简朴而又热闹，马雅琴穿着婚纱，无比鲜亮，她挽着胡

173

暗号

八一款款走上台。胡八一仍然穿着老式军装,一副颜色很深的墨镜戴在脸上,一只空袖管引人注目。作为战友,刘振东上台发言祝贺,刘振东先是给胡八一敬了个军礼,他的话不多,讲到了总攻那晚的壮行酒,还有自己踩了地雷……刘振东讲完,早已泪流满面,台下所有的军人起立,含着泪向台上的胡八一敬礼。胡八一笑得很灿烂,一口白牙格外显眼,他站在台上,向所有人敬礼。

我一边流泪,一边在心里默念着对胡八一的祝福。

后来,我和刘振东都离开了部队,我们也有了自己不同的生活。每年的八一,我们都会从天南地北回来,聚在一起,主角自然是胡八一。八一这一天,是胡八一的生日,也是建军节。主角自然是胡八一,我们在一起喝酒,谈天说地。酒喝得差不多了,刘振东总会说起若干年前那场壮行酒、那颗地雷,然后我们都沉默不语。胡八一就像没事人似的站起来,露出一口洁白的牙齿,他说:"让我们唱支军歌吧。"然后就起个头:"向前,向前,我们的队伍向太阳……"我们全体起立,声音合在一起,唱出了一种气势。胡八一这时仍然笑着,一种叫幸福的东西在脸上漾开。

每次聚会完,马雅琴都会在外面静候着,从我们手里接过胡八一,冲我们笑一笑,然后引领着胡八一离去。

再后来,胡八一打电话告诉我们,他儿子考上了军校,不远的将来,儿子就是名军官了。在电话里,我们能感受到胡八一自豪和幸福的样子。

我经常在闲暇时,想起年少的我们走到现在的种种细节,人似乎又回到了过去。

美丽的生活

一

　　二嫂刘美丽参军的时间比二哥晚了半年，她能参军又嫁给我二哥，堪称是一种奇迹。

　　刘美丽和二哥是同学。二哥和刘美丽读的是军区子弟学校，从小学到高中一直在一起。刘美丽不是军人子弟，是军工家庭出身。军区大院附近有一片家属楼，是某军工厂干部职工的宿舍。刘美丽就生在那里，长在那里。

　　二哥是在正常征兵季节里穿上军装的，他挥一挥衣袖，告别同学和军区大院，去了部队。那会儿，能如愿地参军可不是件容易的事。应届毕业生，没有更多的选择，要么顶替父母的班进工厂，要么下乡插队。我们这个年代出生的人，家里的兄弟姐妹都很多，父母退休，留给孩子接班的名额，总会选择家里最弱或最小的那一个。子女一多，不可能人人接班，大都下乡插队了，何时有回城指标，就看个人造化了。有的下乡几年了，仍见不到回城的希望，

暗号

许多绝望的，便和当地农民子女结了婚，成了新一代的农民。参军入伍便成了香饽饽，就是在部队不能晋升提干，当满两三年兵后，依据政策，都会安置工作。

军区大院的孩子，参军有优势，父母就是干这个的，正常征兵名额用满了，父母的战友、部队的叔叔阿姨什么的，总能想办法弄个指标，把要参军的孩子带走。

二哥和刘美丽虽然是同学，但两人平时并没有什么深入的交往。唯一的一次，二哥上高一时，体育课长跑，二哥突然肚子疼，不知是岔气了，还是肠子转筋了，疼得龇牙咧嘴，满头是汗。体育老师就派两三个同学，一起把二哥送回了家，其中就包括刘美丽。也就是那一次，她记住了我家的门牌号。

听二哥的同学孙大刚说，刘美丽暗地里很喜欢二哥。具体表现是，她一见到二哥，脸就会红，眼皮都不敢抬一下。见了其他男生可不这样。刘美丽别看名字有"美丽"两个字，她的长相却和美丽一点也不沾边，人送外号"黑塔"。学习也差，上初中二年级时，乘法小九九还背不下来，经常被老师罚站。每次她站在课堂上，周围的同学都有种压抑感。

但刘美丽有自己的特长，特别爱上劳动课和体育课，只要不让她动脑子，她总是欢呼雀跃。也就是这两节课的老师经常表扬刘美丽，她就找到了自信，挺胸抬头地站在女生的队首，目光中露出迷一样的微笑——她隔着人头，偷瞄在男生队伍里的二哥。

她是怎么喜欢上二哥的，我不知道。二哥上初中后，让父母操碎了心，他经常带着孙大刚等同学玩失踪，有时一失踪就是好几天。学生家长和老师经常找到我家里，鼻子不是鼻子、脸不是脸地质问

美丽的生活

我父母,二哥把他们的孩子带到哪里去了,父母自然一脸茫然。几日之后,二哥又神不知鬼不觉地出现了。父亲就用皮带招呼二哥。二哥摆出一副宁死不屈的样子,咬牙挺着。

按母亲的话说,二哥就是个滚刀肉,这孩子没法养了。我知道,二哥每学期都会带着他的死党,跑到调兵山去学习打游击。上了初中的二哥,看了许多革命故事,还有当时流行的电影什么的。所有的革命故事都和游击有关系。二哥经常跟我说:"要不是当年毛主席、朱总司令在井冈山上打游击,哪有今天的新中国。"在二哥的世界观里,只有打游击才是革命。

就是这样的滚刀肉二哥,却被刘美丽暗恋上了。在我眼里,这也算是王八瞧绿豆,对上眼了。然而,二哥对刘美丽一点好感也没有,他上了高中后,经常和姜萍来往。姜萍是我们家对面楼的邻居,她爸和我们的父亲同在军区大楼里上班。姜萍个子高高的,人很瘦,衣服穿在身上总是显得肥肥大大的,脸还有些苍白。在我印象里,姜萍身体虚弱,胆子也小。走在路上,遇到树上的"吊死鬼",或突然从草丛中窜出的一只老鼠,就"妈呀,妈呀"地叫,人还缩成一团,脸越加苍白。

我见过二哥用自行车驮着瘦弱的姜萍在大街小巷里转悠。两人还看过电影。有一次在南湖公园门口,我还见他和姜萍手拉手从里面出来。二哥见到我,触电似的把姜萍的手甩开,跟个没事人似的,把手插在口袋里,吹着口哨,歪着脖子向另一个方向走去。

姜萍和二哥一起参的军,两人离开家时,都胸戴大红花,喜气洋洋地走出家门。那会儿我猜测,十有八九,姜萍会成为我未来的二嫂。二哥走后,父母都松了口气,他们的脸上洋溢着送走瘟神后

暗号

的喜悦感。

二哥走后的第三天吧,刘美丽在一天傍晚突然出现在我家门前。她先是敲门,母亲过去开门,然后就看到了满脸堆笑的刘美丽。在这之前,我父母并没有见过刘美丽。母亲迟疑地打量着刘美丽,刘美丽就介绍着:"阿姨,我是石志的同学。"石志是我二哥的名字。母亲听是二哥的同学,门就开大了一些。这时,刘美丽一扭身就进来了,还替母亲把门关上,仍站在门口,很腼腆地说:"我吧,今年也报名参军了,体检也合格了,可发录取通知书时,却没有我。"她说这话时,目光也对准坐在饭桌旁的父亲。刘美丽敲门时,我们一家刚坐到桌前准备吃饭。

父亲就"唔"了一声,轻描淡写地说:"今年不成,那就等明年。"

刘美丽突然眼圈红了,哽着声音说:"要到明年,我就得下乡插队了。我哥哥姐姐都在插队,我爸妈说,他们还年轻,不想退休。"说到这里,她一下子跪在了父亲面前,父亲慌了,忙过去把她拉起来。刘美丽人高马大的,父亲拉她时用了好大力气。父亲喘气着解释:"征兵归武装部管,部队接兵的都有名额,你找我也没有办法呀。"

刘美丽把眼泪含在眼圈里说:"叔,你是部队首长,你一定有办法让我参军。我是石志最要好的同学,你不帮我,我这辈子就彻底没希望了。"说到这里,她的眼泪终于流了下来。

父亲和母亲对视一眼,父亲在母亲的眼神中看到了一种叫同情的东西,父亲被母亲传染了,目光柔和下来,软着声音道:"刘美丽同学,征兵的季节过了。石志他们都走三天了。"

刘美丽不为所动,她认定父亲一定有办法有能力帮她参军,就又道:"我要参军,和石志在一起。我们有共同语言,也有一样的

美丽的生活

志向。我们一定能成为好战友,相互帮助,让您二老放心。"

说到这里,又要跪下,这次父亲早有防备,拉住了她。那天,父母苦口婆心地和刘美丽谈了一晚上,说招兵的规矩、部队的纪律,总之一句话,部队是不能开后门的。

刘美丽似听非听,最后还是心有不甘地走了。我以为,刘美丽这一走,就再也不会来求我父母了。没料到,只隔了两天,我放学回来,刘美丽已经站在我家单元楼门口了。她见到我,异常热络地打着招呼道:"三弟呀,放学了。"我不知该怎么回应这个刘美丽,有些戒备地望着她。她却自来熟地说:"快进屋吧,作业多不多,用不用姐帮你辅导?"我不想理她,快速向楼门洞里走去,她随在后面,我进门,她也熟门熟路地跟了进来。

我回身仰着头望她:"你为啥来我家?"

她笑了一下,半蹲下身子,冲我笑着说:"我要去部队找你二哥,没有你二哥,我一点意思也没有。"说完这话,她的眼神又坚定起来,直起身子自言自语道:"世上无难事,只怕有心人。"

刘美丽真不把自己当外人了,她找到扫把开始为我家打扫卫生,每个房间打扫过了,又找到抹布,擦拭各种能擦的。她干完这些时,天就快擦黑了,她在厨房里发现了母亲中午买回来的菜,她又蹲在厨房里开始择菜。刘美丽在劳动上的确是一把好手,她干活麻利仔细,眼到手到。父母下班回来时,她已经把饭焖上,开始炒菜了。她系着母亲常用的围裙,在厨房里主人似的忙活着。母亲进门,看到这一场景,惊得手里的包都掉到了地上。

从那以后,刘美丽就成了我家的常客,她三天两头、出其不意地就会出现在我家里,有时手里提着一网兜菜,有时是一些应季水

179

暗号

果。进门后,她什么话也不说,挽起袖子就开始干活,不是打扫卫生,就是做饭炒菜。我们家的窗子已经被她擦了几遍了,远远望过去,就跟没有玻璃似的,屋里一下子亮堂了许多。

刘美丽再也不提参军的事了,她把话语都落实到了行动上。她的到来,弄得父母经常长吁短叹。有一天晚上,我在房间里写作业,母亲在客厅的灯下织毛衣,父亲在颠三倒四地翻一张报纸。母亲就说:"老石呀,要不就帮一帮石志的同学吧,我看着心里怪不落忍的。"父亲哗啦一声把报纸放下,大着声音说:"现在机关正在学习批判不正之风的文件,你让我去给她走后门?顶风上?"母亲就叹口气,不再说话了。

刘美丽仍继续来,她似乎早就把我们家的作息和生活习惯摸透了,打扫完卫生,做完饭,有时父母还没回来,她把饭菜扣在碗里,工整地摆在饭桌上,自己就走了。父母坐到桌前,心情沉重地吃饭,母亲又想说什么,但一望见父亲那张严肃的脸,她就又把话咽了回去。

这样的日子持续了半年左右,刘美丽的命运突然有了转机。

父亲的一位老战友、边防三师的林参谋长到军区开会。抗美援朝时,父亲和林参谋长在一个团工作,参加过第三次和第四次战役,当时两个人都是营长,结下了生死情谊。开完会后,父亲把林参谋长叫到家里喝酒。父亲提前电话通知了在机关门诊部工作的母亲。母亲特意提前请了半天假回家准备,买了鱼和鸡,准备招待父亲的老战友。这天正巧,刘美丽又一次出现在我家。听说晚上要来客人,她当仁不让地和母亲一起忙活起来。父亲下班领着林参谋长来到家里时,鱼和鸡都做好了,酒也烫上了,就剩下青菜没炒了。林参谋长到来后,刘美丽也把母亲推出了厨房,让母亲陪客人,自己炒菜。

当她端着炒好的菜走到桌前时,林参谋长就好奇地打量着刘美丽说:"这是你们家的亲戚?"林叔叔经常来我家,我们家的孩子他都认识。

父亲就支吾着,举起酒杯道:"老林,喝酒,咱们一晃大半年没见了?"

林参谋长喝了杯酒就想起二哥,又问:"石志参军这半年还不错吧,要是你不放心,就把他调到我那里去,我规矩他。我就不信,好好的一个孩子,还成不了块好材料。"

刘美丽在厨房里听到这话,突然蹿出来,站到饭桌前,挺胸抬头地说:"这位首长,你规矩我吧,我也是块好材料,我就是想参军,像石志一样,接受风吹雨打。"

父母没料到,刘美丽突然杀将出来,他们谈话的重心不能不发生转移了。母亲这才把刘美丽介绍给林参谋长,说到她没参成军,想让父亲帮她,这样子在家里已经半年了。不知母亲把刘美丽当成了包袱,还是真心想帮助刘美丽,她说话的语气和腔调,明显有替刘美丽说话的意思。在这个过程中,父亲几次想用眼神制止母亲,母亲还是把话说完了。

林参谋长放下酒杯,上上下下认真把刘美丽打量了一番。刘美丽笔直地站在饭桌旁,此时,她把自己当成了一个战士。林参谋长又把目光收回来,落到了父亲脸上:"既然嫂子说了,这个忙我帮。我带她回部队。"

刘美丽立在那里,红头涨脸,喜出望外地说:"首长,恩人哪,你说的话是真的?"

林参谋长:"明天中午十一点,你收拾好东西,到火车站找我。"

我看见刘美丽的眼泪扑簌簌流下来,不知如何是好地在原地转

暗号

着磨磨。

父亲给林参谋长加满酒，催促道："哎，又给你添麻烦。"

林参谋长说："老石，咱们在一起生死多少回了，还说这话。"

那天父亲喝多了，送走林参谋长后，想和母亲理论什么，刚开了个话头，就倒在沙发上呼呼大睡起来。

二

刘美丽被林叔叔带到了部队，实现了她参军的愿望。我知道，这事才只是刚刚开始，她最终的目的是要追求二哥。姜萍是和二哥一个火车皮走的，他们一定分到了一起，美丽不可能不知道这一点，暗恋二哥的美丽一定如热锅上的蚂蚁一样。

果然，两个月后的一天，父亲在吃饭桌上不经意说了一句："那个刘美丽调到石志的连队去了。"

母亲听了，"啪"的一声把筷子放到了桌子上，似乎要发火，半晌，又把筷子拿起来，一边吃饭一边说："这个刘美丽，表面上看粗粗拉拉的，还挺有心眼呢。"父亲就支吾着说："老林上午给我通了个电话，也就随便一说。"母亲冷笑一下道："石志看不上她，就是石志同意，我这一关也过不去。"

后来我才听说，最初林叔叔把美丽带到部队后，安排在司令部机关当打字员。我参军之后才知道，机关的打字员是让人羡慕的职业，风吹不到，雨淋不到，天天和首长打交道，在机关某个窗明几净的房间里工作。这些天天工作在首长身边的打字员，行为举止和连队的战士有了明显的区别,除了他们身上的优越感,还有就是自己的前途,也比基层战士好得多,比如入党、学习深造的机会什么的。

为了和二哥在一起,美丽调到了另外一个师的警通连。仅凭这一点,我认为她是性情中人,为了爱情她什么都做得出来。

二哥所在的警通连是师部的直属连队,每个师机关都有这样一个连队。工作分成两块:一部分是负责师里的通信,比如师机关的总机站,还有负责通信线路的线路排;警卫就好理解了,负责机关站岗,还有机关勤务什么的。二哥负责师机关的警卫工作,每天都要上两班岗,站在师部机关的大门口。姜萍因为是女兵,理所当然地分配到了话务班。十几个女兵,三班倒,负责接转机关的电话,确保通信畅通。

在我的想象里,二哥和姜萍的爱情一定是美好的,两人在一个连队,虽然不能时时见面,但一天到晚总有机会在一起。比如一起参加连队的学习,在一个食堂里吃饭,或者周末的时候,两个人一起请假外出。离开兵营,他们的胆子肯定会大起来,在没人的地方,一起牵着手,再看一场电影什么的。在我的想象里,二哥和姜萍的爱情是让人羡慕的。

谁知突然插进来一个刘美丽。刘美丽调到二哥所在的警通连时,二哥和姜萍已参军半年有余了。美丽的到来,不仅打乱了二哥的心境,也打乱了连队的正常工作。把美丽调到话务班不太可能了,话务员上岗前都要经过几个月严格的训练,不仅是接转电话的专业训练,还有普通话的训练。一年后,姜萍休假回到军区大院,她讲的就是一口普通话,让人感觉她既陌生又熟悉。

美丽去不了话务班,连队领导就研究决定把她调到了炊事班,

暗号

和几个男兵一起，负责全连队的一日三餐，还有连队养的两头猪。美丽对自己的工作并不挑肥拣瘦，总是乐呵呵的，军装外面戴了一对油脂麻花的蓝色套袖，这是连队炊事员的标配。她和男兵一样，把卡车运来的米面粮油背到食堂的库房里，做完三顿饭之后，还要提着泔水桶去照顾后院那两头猪。在美丽当炊事员的日子里，她大部分时间都活动在厨房和猪圈之间，她像一只勤劳的小蜜蜂，寻找着属于自己的快乐。

每天连队开饭的时候，美丽负责在窗口打菜。这是她一天中最快乐、最美好的时光。开饭前，她用清水把脸洗了，还涂上万紫千红的擦脸油，然后幸福地站在打菜窗口。干部战士排着队，把空碗伸到她面前，轮到二哥把碗递过去时，美丽先把几片肥瘦相间的肉埋到菜里，然后一勺子又准又狠地下去，那几片肉就落到了二哥碗里。

二哥每次吃到比别人多出来的肉，都要拿目光去寻找美丽。美丽似乎就没从打菜窗口消失过，她一张灿烂如花的脸，恰好在打菜窗口正中央，冲二哥笑着。二哥似乎被电击了，倏地一下，把目光抽离。

有一次二哥下岗回来，正往宿舍走，美丽正在院子里晾晒被单。二哥路过美丽身边时，故意把步子停下来，说了一声："哎，你以后别给我打那么多肉。"美丽从白被单后探出脑袋，压低声音说："咋的，我就这么丁点大的权力，照顾你是应该的。"二哥只能违心地说："我不爱吃肉。"说完就快步走去。美丽有些失落地望着二哥的背影。

她来到连队后，从姜萍的眼神中，已经感受到了某种危机。连队有纪律，战士是不允许在驻地谈恋爱的。二哥和姜萍的来往只能在地下，比如趁别人不注意，多说几句话，或者隔着人头暗送秋波什么的。但这一切都逃不过美丽的眼睛。二哥望向她的眼神和看姜萍的眼神，简直是两个世界，在学校的时候就是如此。

一个周末，二哥又请假外出了，当然外出的还有姜萍和另外一些战士。二哥一走，美丽就出现在二哥的宿舍，战士们都好奇地把目光投向她。班长还过来问："刘美丽同志，你有什么事？"美丽已做好了心理准备，理直气壮地说："哪个铺位是石志的？"班长指着上铺一个位置给她看。美丽过去，三把两把将二哥的床单扯下来，又把堆在床边的几件换洗衣服一起抱在怀里。班长等人就用惊讶的目光望向她，美丽就脸不红心不跳地说："石志是我同学，从小学到高中。我来连队时，他妈交代过，让我照顾石志。"显然，她后半句话是自己编的。说完这些，她挺着胸、昂着头走出了男兵宿舍。

连队许多干部战士就看到，在炊事班门前，美丽坐在很好的阳光下，奋力地给二哥洗床单和衣物。她在二哥的床单上还看到了男兵特有的"地图"，她心跳了跳、脸红了红，毫不犹豫地在"地图"处多搓了几把，直到"地图"消失。做完这一切，把被单和衣物晾晒起来，她一会儿近一会儿远地打量着自己的战果，心里是甜蜜的。

二哥回连队销假前，美丽已经把晾干了的床单铺在了二哥床上，衣服也整整齐齐地叠好，放在了床尾处。二哥一走进宿舍，什么都知道了。战友就起哄，让二哥交代和美丽的关系。二哥想起姜萍，两人刚在外面约会回来，不仅牵了手，还在一起吃了一次包子。风言风语要是传到姜萍耳朵里，姜萍怎么看他。二哥气冲冲地走出宿舍，径直来到炊事班。美丽正在揉面，脸上还沾了一块面粉，见二哥来了，她放开面团，张着手热情地过来道："石志，你来了，到我宿舍坐一会儿，我还有一瓶黄桃罐头。"

二哥不耐烦地挥一下手，急赤白脸地道："谁让你去我宿舍的，

暗号

你没征求我意见,干吗动我的东西?"

美丽似乎早就知道二哥会来这一出,脸不红心不跳地说:"石志,咱们是老同学,别说帮你洗个床单、几件衣服,你有再大的事,我也应该帮忙呀。"说完想起了什么似的说:"你饿了吧。"说完,转身从蒸屉里拿出两个早餐剩的馒头,二哥早就转身走了。美丽冲二哥的背影笑一笑,一边放回两个馒头,一边嘀咕:"我就不信,还热不透你这块硬石头。"

美丽对二哥进行了正面、侧面以及迂回多样的爱情攻势,二哥只能节节败退,他不能接招,也无法接招。二哥想过了,就算没有姜萍,他也不会沦落为刘美丽的俘虏。

在警通连干部战士的眼里,美丽和二哥也不是般配的一对,不论美丽如何大胆地对二哥照顾有加,谁也没有往那方面想。许多人都明里暗里对二哥说:"你的老同学真够意思,石志你该感到满足。"二哥不好说什么,只是笑一笑,恨不能把头埋到裤裆里。

三

二哥参军满一年后,春节前突然和姜萍回家探亲了。

二哥和姜萍都穿着军装,两个人一下子变得和以前不一样了。二哥眼神里多了一种叫庄严的东西。姜萍变得大方了,她逢人就打招呼,叔叔阿姨地叫着,个子仍然高高的,脸庞红润。回家探亲的二哥和姜萍获得了暂短的自由,离开部队,不用出操、站岗、值班了,也没有一双又一双干部战士的眼睛监视他们了。在全家人欢天喜地迎接春节的那段日子里,二哥和姜萍经常出双入对。二哥自行车后座上,永远坐着姜萍。她长长的腿,不时把地面的雪划起来,然后发出一阵笑声。

有一天下午,母亲正在家包饺子,二哥还把姜萍领到了家里。他们一进门,母亲就把目光落到了姜萍身上,姜萍立刻就红了脸,亲切地叫了一声:"阿姨。"二哥大大咧咧地介绍着:"这是姜萍,住在咱们对面,我们是一起回来探亲的。"母亲当然知道姜萍是谁,母亲几乎是看着姜萍长大的,就连姜萍的父母她也认识,经常在院里打招呼。母亲的目光又落到二哥脸上说:"好好招待你的战友,一会儿咱们吃饺子。"

话里话外,母亲对姜萍是中意的。那天晚上,姜萍在我家吃完饺子,晚上二哥又带她去礼堂看电影。父亲坐在沙发上,眉头拧成了"川"字。母亲凑过去,一边剪着窗花一边说:"没想到姜萍这孩子,出息得这么快,她小时候可不这样,总是爱哭鼻子。"

父亲听了,不耐烦地扯过一张报纸,声音很大地在腿上摊开,目光却没落到报纸上,而是盯着茶几说:"美丽那孩子,其实挺不容易的。"

自从刘美丽借助父亲的关系参军后,父母在家里也议论过刘美丽的事。一提起刘美丽,母亲总会说:"美丽这孩子有心机,不是个善茬儿。"父亲却不以为然,气哼哼地说:"她就是想参个军,能有什么心眼?你不要用成年人的眼光去看一个孩子。"

母亲后来从二哥的来信中得知,美丽调到了二哥的连队。母亲起初有些焦虑,不时长吁短叹,经常自言自语地叨咕着:"老二看不上刘美丽。"有一次她的话被父亲听到了,父亲呲了母亲一句:"要

187

暗号

是刘美丽能嫁给石志，我也算祖坟冒青烟了。"

母亲不高兴了，严肃地冲着父亲说："老石，你干吗和我对着干？我说美丽不适合咱家老二，就是不适合。她能干，有眼力见儿是不假，可她浑身上下哪有个女孩子的样子。"

父亲挥挥手也不耐烦地说："过日子就得像美丽那孩子才让人放心。男人找老婆又不是找花瓶。"

两个人急赤白脸地戗了一阵子，最后也无果而终。

姜萍的出现一扫母亲心头的阴霾，她当着父亲的面哼起了小曲，气得父亲把报纸丢在沙发上，站到阳台上吸烟去了。

正当二哥和姜萍成双入对、喜气洋洋地过年时，我记得是大年初三的上午吧。姜萍又一次来到我家，二哥说是要带她去公园滑冰。二哥从床底下把上高中时的冰鞋找出来，冰鞋几年没穿了，二哥在给冰鞋换鞋带。突然，家里响起了敲门声。姜萍就立在门口，她换上一张笑脸，把门打开。我看见姜萍脸上的笑容瞬间就掉到了地上，一副难以置信的神情，然后就听到一个熟悉的声音，洪亮地冲屋里喊："叔叔、阿姨，我给你们拜年了。"接下来我看到，刘美丽双手各提着一个网兜，网兜里装着罐头、水果什么的。她见到二哥站起身子，装作没事人似的问了一句："你们这是要去滑冰呀？"

二哥也是一副吃惊的样子："你怎么回来了？"

美丽就咧开嘴，没心没肺地说："我也探亲了，大年初一连队才批准了我的假。"

二哥和姜萍两人有些慌张地走出门去。关上门的瞬间，我看到刘美丽的脸上有些失落。面对从卧室里走出来的父母，她立马又换上了笑颜，把两网兜的东西重重地放到茶几上。

父亲先开口了:"是美丽呀,你在部队都还好吧?"

刘美丽就立直身子,给父亲敬了个礼才答道:"谢谢叔叔,要是没有您,就没有我的今天。我今天特意来给您和阿姨拜年。"

母亲冷着脸,从饭桌边扯过一把椅子,放到刘美丽身边道:"坐下吧。"

美丽就规矩地坐下了,她和父亲聊到了连队,还有她养的那两头猪。父亲一边听,一边感叹道:"一个女孩子,能在炊事班工作,不容易呀。"

母亲突然想起什么似的问:"听林参谋长说,你刚入伍时,安排你在机关当打字员,怎么又想着调到连队去当炊事员了?"

美丽似乎被问怔住了,脸上的表情丰富地变化着,但还是很快地答:"我想到连队接受锻炼,还有,石志、姜萍我们都是同学,调到一起,相互之间也可以多帮助。"

这回轮到母亲脸上的表情丰富起来了。她沉吟半晌说:"姜萍就住在我们家对面,小时候,他们一起上幼儿园,我是看着她长大的。"

母亲直白地把话说到这个份儿上,其实美丽心里也明镜似的,她冲母亲笑笑说:"我今天来,就是给叔叔阿姨拜年来了,要是没有你们给我提供的机会,我早就下乡插队去了。"说到这里她站起来,恭恭敬敬地给父母又敬了个礼,才道:"我就不打扰叔叔阿姨了,过年好。"说完就向门口走去。父亲从沙发上站起身,冲她背影道:"美丽呀,没事就来家串门。"母亲已经向卧室里走去了。

美丽回了一下头,我看见她的眼角有些湿润,她又挤出笑,真诚地冲父亲说:"叔,谢谢您。"

美丽还是失落地走了。

暗号

二哥和姜萍归队后,我才听说,美丽这次春节能回来休假,是以母亲病重的理由回来的。她求之前的同学,也是二哥的好朋友孙大刚,以自己家人的名义给部队发了一封电报,电报上的内容只有几个字:母病重速归。在部队凡是到了年节,都是干部战士探亲休假的高峰期。当然不可能如所有人所愿,部队还要正常值班训练,总要留下值班人员。美丽就是留下的值班人员。她看着二哥和姜萍出双入对地一起探亲,她的心情可想而知,于是,就想到了这招。

孙大刚毕业后没去参军,他接了母亲的班在工厂工作,成了一名光荣的工人。平时和二哥、美丽也有书信往来。二哥走前,自然少不了和孙大刚等同学相聚,一定是孙大刚把这消息告诉了二哥。不知二哥听到后作何感想。

二哥结束探亲假之前,我在军区大院门口,又见到过两次美丽,她装出有事路过的样子,站在军区大院门口对面的一个商店门口,目光不时地望过来。我知道,她在等二哥,她多么希望二哥这会儿能从院门里走出来呀。

二哥和姜萍正在昏头涨脑地谈恋爱,一定是把美丽抛到了脑后。我望着美丽恋恋不舍的眼神,心里不免也有些替美丽感到不公平。

直到二哥和姜萍兴高采烈地踏上了归程后的第三天,那天还是个傍晚,春节已经过去几天了,从部队探亲的,还有从农村插队回来的,又一次离开了大院,整个院子一下子消停起来。那天傍晚,母亲刚下班,一边往身上系围裙,一边往厨房里走。就在这时,美丽风风火火地敲开了我家的门。她提着菜站在厨房门口,眼巴巴地冲母亲说:"阿姨,我明天就要归队了,今天再让我像以前一样,给你们做顿饭吧。"

美丽的生活

母亲一时没反应过来,有些愣怔地望着她。美丽的脸上露出两片红晕:"我做饭的技术比以前强多了,阿姨您别多想,我就是想让您和叔叔再吃一次我做的饭。"说完不由分说地从母亲身上解下围裙,系在了自己身上,还把母亲推出了厨房。

饭快做好时,父亲回来了,他看到厨房里的美丽,也是一脸吃惊。美丽一边往桌上端菜,一边亲切地说:"叔,快吃饭吧,我明天就归队了,今天想让您再尝一次我的手艺。"

父亲心事重重地坐到了饭桌前,美丽把最后一个菜端到桌上后,从腰上解下围裙,站在客厅中央说:"叔叔、阿姨,你们吃饭吧,我们全家还等着为我送行呢。"说完低下头,露出一丝浅笑,打开门,挥挥手就算是和我父母告别了。

那天晚上,父亲破天荒地给自己酒杯上倒满了酒,他喝得一唱三叹,不停地夸美丽做菜的手艺,还说美丽是个有情有义的孩子。母亲那天沉默着,整顿饭一句话也没说。在她吃完碗里最后一口饭后,她把碗放到桌上,犹犹豫豫地说:"老石,你说美丽这孩子到底图什么呢?"

父亲把杯中最后一点酒倒进嘴里,喷着酒气说:"我以前就说过,美丽这孩子重情义。以后一定错不了。"

二哥参军后,我已经是初中生了。家里和二哥的书信往来,就落到了我头上,母亲有什么话要向二哥交代,就让我代笔给二哥写信。信中除了交代一些正事之外,我总是拐弯抹角地提起美丽,希望二哥能在回信中,说到美丽一句半句的事情。结果,二哥每次回信,从来没提过美丽的事,连姜萍的事也不提。只是在信中告诉我,让我向父母转达,他就快入党了,连队指导员已经找他谈话了。还

暗号

说,他被评为全团训练标兵,还有什么积极分子之类的。每次二哥来信,我都要读给父母听,父亲闭上眼睛,似听非听的样子。母亲则不然,听到二哥的进步,每次都感慨说:"部队真是一所大学校,要是老二不参军,在家还不得天天惹是生非,成了街溜子。"母亲感叹着二哥的进步。父亲睁开眼睛,拍一下腿道:"这才哪儿到哪儿,万里长征才迈出第一步。想当年,我参军时,才十三岁……"

父亲每次当着我们的面感慨自己的革命经历,都会从他十三岁参军讲起。

四

二哥探亲归队不久,便给家里寄来了一封热情洋溢的信,信中二哥向父母汇报,他已经光荣入党了,并被连队列为可培养的干部苗子……在二哥的来信中,我们全家人似乎看到了二哥光明的未来。

在我的想象中,二哥和姜萍的地下恋情也一定谈得风生水起。想起二哥的爱情,就下意识地想起了美丽,她在二哥面前失魂落魄的神情。

又过了大约半年吧,二哥有一次突然来信说,他被团里选为干部苗子,送到军部教导队学习了。教导队是战士提干的摇篮,部队为了适应培养军官的需要,提干之前,一定要经历教导队全方位的培训。二哥即将成为军官,母亲得到这个消息后,乐得合不拢嘴,时不时就把二哥的来信拿出来,一遍遍地看。在外面,只要有人提起二哥,她总会说:"我们家老二,就要提干了。"军区子弟,提干

美丽的生活

入党并不是什么新鲜事,每年都有几个人留在了部队,当然也有更多的子弟退伍回来。不论怎样,生活都在继续。父亲和母亲的乐观情绪形成了明显的反差,每当母亲乐呵呵地冲人通报二哥即将提干的消息时,父亲就会"喷"一声嘴巴,自言自语道:"这才哪儿到哪儿呀,想当年我十三岁参军……"母亲就抢白道:"别提你的老皇历了,现在时代不一样了。咋的,老二进步你还不高兴?!"

父亲轻轻摇了下头,背着手离去,不和母亲解释什么。

姜萍的父母有时在院里和母亲走个碰头,立住脚,总会提一句二哥,例如有出息、祝贺的话。他们明里暗里也知道姜萍和二哥的关系。姜萍父母表扬完二哥,母亲也会出于礼节,说几句姜萍,母亲总是这么开场:"你们家的三丫头,将来也错不了,就是回到地方,也能找个好工作。"姜萍父母就讪讪地冲母亲笑一笑。

二哥到军部教导队学习去了,军部到团里的距离还有一百多公里,在另外一座城市里。姜萍和美丽两个人暂时都平静下来。美丽试着给二哥写过两封信,以老同学的名义问候过二哥。二哥没有回信。美丽的心里就多了种叫忧伤的东西,她经常站在连队的猪圈前,望着两头猪,嘴里哼一些支离破碎的歌曲。她不知自己唱的是什么,别人也听不出个调调。

二哥去教导队报到那一天,是坐火车走的,连队几个战友热热闹闹地去送二哥,姜萍自然也在其中。那些战友平时和二哥关系亲密,自然知道姜萍和二哥私下里的关系。到了车站,这些人都散开了,月台上只留下姜萍和二哥做最后的告别。二哥坐在靠车窗的座位上,姜萍站在车下,双目相视,无语凝噎,他们用目光在交流着别离的思念。开车的预备铃已经响起来了,二哥说:"你回去吧,

193

暗号

我会给你写信的。"此时已有两行泪水,从姜萍美丽的脸庞上滑落。就在这时,美丽破马张飞地冲了过来,找到了二哥所在的车厢,离老远就喊:"石志,我来送你来了。"她手里提了两个网兜,一个网兜里装着十几个煮好的鸡蛋,另外一个网兜里装着几个鲜艳的苹果。她气喘吁吁地来到了车下,喘息着说:"石志,没想到你走得这么急,我给你煮鸡蛋,没想到就来晚了。"说完把两个网兜举到了二哥面前。这时,发车铃声已经响了起来,火车慢慢地向前开动了。美丽踮着脚努力地把网兜塞给二哥。二哥的目光越过美丽的头顶,落在了姜萍脸上。二哥似乎意识到了什么,半推半拒着把美丽的网兜推了下来,火车在加速,装着鸡蛋和苹果的网兜落在了月台上。美丽呆呆地望着列车和二哥远去,一直望到铁路两侧的绿灯变成了红灯。她才把视线收回来,看到滚落一地的鸡蛋和受伤的苹果。她提起两个网兜,转回身时,才发现站台上已经空无一人。

美丽若干年后跟我说:"老三,就是那一次,二嫂才知道啥叫忧伤。"

二哥不给美丽回信,但她还是忍不住去想二哥、惦念二哥。她找到平时和二哥要好的战友,拐弯抹角地打听二哥在教导队的消息。战友就轻描淡写地说:"石志挺好的,学习也好,伙食也好。"美丽不论听别人怎么说,都觉得关于二哥的点滴不够具体。暗恋中的美丽,肚子里就像生出了一只馋虫,总是不时地探出来,掏心挖肺地想念二哥。

有一次她还找到了姜萍,她们从初中到高中一直是同学,要不是因为二哥,美丽和姜萍在连队一定会成为最亲密的战友。就是那一次,姜萍从总机交班后,在连队院子里散步,她刚收到二哥的

美丽的生活

来信,除了表达思念之外,二哥还详细地介绍了自己在教导队学习到的知识,感叹道:"人不学习不行,只有在学习中才会进步。"在信中,他还鼓励姜萍多读书。姜萍正沉浸在读完信的幸福中,美丽就在这时出现在了姜萍眼前。美丽真心实意地冲姜萍笑着。姜萍顿了下脚,还是迎上去问:"美丽,你有事?"美丽扯了下衣襟,突然腼腆起来,小声道:"也没啥事,看你散步我就过来了。"那一次,美丽绞尽脑汁地和姜萍套了半天近乎,从初中同学说起,又说到了现在的连队,绕了一圈才把话题扯到二哥身上:"石志咱们三个人都是老同学,他现在到军部学习去了,也不知咋样了?"

姜萍自然看出了美丽的心思,就充满优越感地笑一笑,慢条斯理道:"其实我们也没咋通信,反正他挺好的。军部嘛,肯定比咱们连队条件好。"美丽没想到,绕了半天弯子,在姜萍这里也只打听出个大概,不免又失落起来。

马上就要到秋天了,树叶已开始打卷了,刮了几场风,温度就降了下来。这个周末,美丽请了假,进了一趟城里,买了二斤毛线,她想给二哥织件毛衣寄过去。那些日子里,许多人看见,美丽只要有时间,就在织一件毛衣。宿舍里、厨房门外、猪舍旁,都能看到美丽笨手笨脚织毛衣的身影。她的样子很温柔,也很幸福,脸上洋溢着谜一样的笑容,拆了织,织了拆的。有好奇的战友就半开玩笑地问:"美丽,是不是给男朋友织的呀?"她不说是,也不说不是,脸庞羞红,然后就谜一样地笑。

美丽给二哥的毛衣还没织完,团里突然接到野营"拉练"的任务。部队几乎每年都会有各式各样的训练任务。"拉练"就是其中的一种,把队伍拉到一个陌生环境里进行训练。

暗号

美丽他们连队驻扎在一个村子旁，一溜帐篷搭建起来。他们已经转移了几个地方，这是最后一处拉练点了，结束这次的野外训练，部队就班师回朝了。训练的队伍，三天前就撤到了大山里，最后一天是训练队伍出山的日子，炊事班提前半天就出山了，他们要准备给队伍加餐。美丽从部队营地到一旁的村庄里担水，一场意外就发生了。

一个老汉带着孙子在家，正是秋收季节，整个村庄的人都下田去秋收了。孙子玩火，就把院内的柴垛点燃了，最后连同房子也燃烧起来。正是天干物燥的季节，火借风势，整个院落大有火烧连营之势。美丽这时正挑着水桶进村取水。她看到眼前的火势，大叫一声，扔下水桶就冲了过去。听见屋内爷孙的呼救声，她当时几乎连想都没想便冲入了火海中。她在即将倒塌的房屋里找到老汉和那个孩子，她肩上背着老汉，手上拎着孩子，从火海里冲了出来，身后是纷纷落下的房顶。恰巧，军区报社的一个记者碰了个正着。这次部队拉练是军区布置的任务，军区报派出了采访记者。这个记者恰巧也到村子里讨水喝，正赶上美丽救人这一幕，他不仅目睹了美丽救人的整个过程，还用相机拍下了美丽冲出火海的瞬间。

连队结束训练三天后，美丽救人的事迹连同那张照片，就登到了军区的报纸上。美丽一下子成了全团学习的典型，之后又引来许多媒体的采访。美丽从火海里冲出来，脸上、胳膊上也被烧伤了，她的头发还被大火舔掉了半边。此时，她脸上、胳膊上的烧伤已经结痂了，因为头发被烧焦了一块，只能理成男兵一样的头发了。她面对记者，害羞地低着头，结结巴巴地一时不知说点什么好。

这次野营拉练正处于总结时期，因为这次意外事件，美丽一下子成了这次拉练的典型。从团里的典型,又到师里的典型,各个连队纷纷邀请她做先进个人事迹报告。那些日子,美丽很风光,从这个连队到另外一个连队,就连团部和师部的礼堂,她都做过报告。

美丽的命运像过山车一样起伏着,她没想到就是这次偶然,让她成了典型。一件让她意想不到的意外还在等着她呢。团党委经研究决定,美丽不仅荣立了个人三等功一次,还被报请到师里,作为破格提干的苗子。很快,师里就批复下来。

她提干之前,团长、政委找她谈了一次话,希望把她从连队调到团部工作。因为基层连队女兵编制少,女干部更少,团长、政委的意思是把她留在团部机关工作,更有利于她的发展。

后来美丽和我说,她当时想的,就是不提干也不能离开连队。离开连队以后就很难见到你二哥了。当时美丽的想法单纯又执着,她下定决心,一口咬定还回到老连队工作。就这样,美丽成了警通连的司务长,还是和炊事班在一起工作。

美丽提干两个月之后,二哥也从教导队结业了。他成了警通连警卫排的一名排长。美丽被破格提干,也让二哥大感意外。两个人在连队前后脚成了军官,这为他们以后关系的转折做了铺垫。

五

铁打的营盘,流水的兵。二哥和美丽双双提干后不久,就迎来了他们同年兵复员的日子。

二哥刚提干就和姜萍分开了,感情上自然不舍。在姜萍即将离

暗号

队的前几天,二哥陪着她把驻地小县城的大街小巷都转了个遍。两人在没人的地方牵了手,看了电影,下了馆子。在老兵们乘上列车即将奔赴家乡时,连队干部都到车站去送行,自然也包括二哥和美丽。二哥眼里只有他心爱的姜萍。姜萍坐在列车上,隔着窗子不停地向二哥挥手,列车驶离那一刻,二哥流下了离别的眼泪,列车上的姜萍也泪如雨下。美丽的眼泪也流了下来,不知是为了自己,还是为了这些离别而去的战友。

姜萍复员了,美丽在连队失去了情敌,表面上她是开心的。美丽的工作是连队的司务长,负责每天进城买菜,然后和炊事员们一起忙碌一日三餐。她在人前人后给官兵们留下的印象是乐观向上的,总是嘻嘻哈哈、大大咧咧的模样,她的心事,只有后院那两头猪知道。不少战友看到,她独自蹲在猪圈前和那两头猪说话,说到动情处,还偷偷抹眼泪。

周末的时候,她仍然会经常来到二哥的宿舍里,叉着腰站在二哥面前道:"石志,你有换洗衣服吧,交给我。"二哥就冷着声音说:"刘美丽,忙你自己的去吧,我自己能照顾好自己。"自从参了军,美丽不知给二哥洗了多少次床单、被罩和衣服,二哥每次都不领情,见到她之后,丢下冰冷的一句话:"我自己有手。"美丽的笑容就僵在了脸上。二哥转身离去,她就一脸悲凉。可是下一次她还是忍不住。

遭到了拒绝的美丽,就没话找话地说:"姜萍这也离队一阵子了,不知她工作安排到哪儿了?"二哥正为思念姜萍而抓心挠肝,听见她这么说,就没好气地答:"她是你同学,又是你战友,你自己写信问呗。"

美丽的生活

美丽自知在二哥这里讨不到笑脸，就讪讪地走了。她对二哥仍然不死心，暗中观察着二哥的阴晴雨雪。不久后的一天，美丽在连队通信员处看到了一封家乡某工厂寄给二哥的来信。信封上的笔迹她太熟悉了，她马上想到了姜萍。她拿起二哥那封信，找到了正在训练的二哥，举着信冲二哥喊："石志，姜萍给你来信了。"二哥过来一把从她手里夺过信，三两把塞到裤袋里，转身该干啥又干啥去了。

美丽知道了姜萍的新地址，她想了好几天，终于下定决心，给姜萍写了封长信，有好几页信纸，塞到信封里还鼓鼓囊囊的。她在信的开头，说到了她们同学加战友的友谊，最后才是她真正想说的话。她开诚布公地和姜萍交了底，说她们两人都喜欢二哥，从上高中一直到部队。她还说，自己参军就是为了二哥，现在不一样了，姜萍离开部队了，她现在和二哥仍在部队战斗着。两个人都是军官，一颗红心两手准备，目前来看，她和二哥在一起才是合适的，双军人，这是军人的标配。反观姜萍已回到了地方，假设二哥和姜萍结合了，两人会两地分居，日子该多么难挨呀……总之，这封信的中心思想就是，只有她和二哥才是相配的、合适的，委婉又直接地告诉姜萍要正视现实，把二哥让给她。

美丽脸红心跳忐忑不安地把这封信寄了出去，她不知道迎接她的是什么结果。不久后的一天，她正在组织炊事班的人在菜地里种菜，二哥突然找到了她，鼻子不是鼻子脸不是脸地说："刘美丽，你过来。"美丽心虚地走到二哥眼前，二哥压低声音，口气却不容置疑地说："你以后能不能别搅和我和姜萍的事，告诉你，年底我回家休假就要和姜萍结婚了。"二哥说完，转身就走。美丽望着二

暗号

哥的背影，脑子里一片空白。

那天傍晚，连队的许多战友看到，美丽又蹲在猪圈前，一边冲两头猪说话，一边抹眼泪。直到熄灯了，她才磨蹭着回到了自己的宿舍。

还没等到年底，团里就接到了一项任务，要组织一个营的精兵强将去南疆执行排雷任务。二哥被选中了。几天后，二哥和官兵们一起乘着军列南下了。

那些日子，美丽的心里就像长了草，她惦记着二哥。她知道二哥是不会给她来信的，她就隔三岔五地向战友、连长和指导员打听，二哥有没有来信。只要她知道二哥的地址，就立马给二哥写信，她有千言万语要对二哥说。她没等来二哥的来信，却等来了二哥负伤的消息。一天下午，连长神情严峻地召开了一次全连干部会议，就是在这次会议上，美丽知道二哥负伤了。团里通知，要求连里派个代表去南疆的医院探望二哥。连长话音刚落，美丽就站了起来，举手表态道："我去，一定是我去！"然后她列举了理由，首先她是二哥的战友，又是老同学，自己还是个女性，照顾病人有耐心又细心……她说理由又表态，足足讲了几分钟。指导员面露难色地说："刘司务长，你说的都是理由，我们赞成。团里通知说，石志同志伤势不轻，要是照顾起来，端屎端尿的会多有不便……"指导员的话还没说完，美丽就大声说道："指导员同志，你对女同志有偏见，医生、护士还有许多女同志哪，要是你这封建思想，她们还不抢救伤病人员了？"她的一句话，让在座的所有人哑口无言。就这样，连队同意了她的请求。

美丽登上了南下的列车，她出发前到集市上买了两只老母鸡，

美丽的生活

用绳子拴在了一起,她听人说,老母鸡是补身子最好的东西。她是怎么把两只活鸡带上车,又带到南疆医院的,没有人能够知晓。到了南疆才知道,二哥伤得不轻,下半身缠满了纱布,吃喝拉撒都在病床上。二哥在执行排雷任务时,不慎从山坡上摔倒,滚落到了雷区,身体触发了地雷,下半身就被炸伤了。

多年以后,二哥还记得美丽出现在他病床前的情景。她两眼血红,肩上一前一后搭着两只老母鸡。那两只老母鸡还活着,不停地蹬腿,扇着翅膀。美丽上上下下仔仔细细地打量着二哥,突然哭着说:"石志,我来了,你受苦了。"说完就一下子扑到了二哥身上,泪水打湿了二哥的病号服。二哥后来说:"见到你二嫂那一刻,心一下子就软了。"他没想到,美丽会来照顾他。

二哥负伤后,并没有通知家里任何人,他怕父母为他操心。其实连队派个代表到前方来看一看,慰问一下就行,并不需要派人照顾伤员,这里有医生、护士呢。可那次美丽来到二哥病床前,就没离开过二哥半步,她把照顾二哥的任务都揽了下来,除了打针换药,其他工作她一个人都承担了。她在后方医院附近租了一个住处,购置了锅碗瓢盆,就像伤员家属一样,每天准时准点地出现在二哥面前,变着法给二哥做好吃的,把这几年在炊事班学到的手艺都用在了二哥身上。起初二哥活动不便的日子里,她就在二哥的病床前打个地铺;二哥一有风吹草动,她就会醒过来,及时出现在二哥面前,端屎端尿,嘘寒问暖。

有几次,她看到医生护士给二哥的伤腿换药,她看到二哥疼得满头大汗,她上前抱住二哥的上半身,声音颤抖着说:"石志,你要疼就哼一声。咬我也行。"说完还把一只手臂送到了二哥嘴前,

201

暗号

二哥没有咬她,在她的手臂上留下了鼻涕、眼泪。

整整半年时间,她在二哥床前鞍前马后地照顾着二哥。就是这半年时间,让二哥对美丽产生了依赖心理。最初的日子,他还三天两头地催她回连队,二哥为此甚至发过脾气,摔过水杯,拔过针管。每次二哥发脾气,她就躲出去,等二哥的火发完了,她又该干什么就干什么了。半年时间过去了,二哥张口闭口会把她的名字挂在嘴边。二哥喊:"美丽,我的拐杖呢?"又喊:"美丽,我的鞋呢……"总之,美丽成了二哥离不开的影子。直到半年后,二哥从南疆医院出院,又转到北方军区疗养,美丽一直陪在二哥身边。

父母得知二哥负伤的消息,是二哥转到军区总院之后的事了。当父母急匆匆地来到军区总院看望二哥时,正碰上美丽搀扶着二哥在花坛边进行恢复训练。父母都吃惊地看着眼前这一幕。当得知美丽已经照顾二哥半年有余了,母亲拉过美丽的手,一副不知说什么好的样子,半晌才道:"美丽,你瘦了。"美丽在照顾二哥这段时间里,体重降了足有二十斤,昔日合体的军装穿在她身上,显得又肥又大。

又过了有小半年时间,二哥终于出院了。他又恢复到了以前的样子。出院后,二哥和美丽谈了一次话。二哥说:"医生说了,我这次负伤,伤到了下半身,以后不一定能生孩子了。"美丽就轻描淡写地说:"生不了孩子,到时咱就抱养一个,多大的事呀。"二哥又说:"我毕竟负过伤,和正常的健康人不一样了,生活会有许多不便。"美丽又扬起头,拍着胸脯说:"有我呢,我什么都能干。"二哥还想说点什么,但说不下去了,他一把拉过美丽,把她紧紧抱在了胸前,泪水又一次沾湿了美丽的肩头。

美丽的生活

六

　　二哥和姜萍分手是因为爱,最后和美丽走到一起,也是因为爱。
　　二哥因在排雷中受伤,住进医院后,他就知道了自己的伤情。恢复成正常人走路生活并不难,因受伤的位置,他很难生孩子了。这一结果对男人的打击可想而知。他认为再也不可能给心爱的姜萍带来美好的未来了,于是在住院期间就断绝了和姜萍的通信往来。二哥到南疆执行排雷任务是保密的,他最后给姜萍的一封信,只告诉她自己外出执行任务。是什么任务,何时是归期,并没有向她透露只言片语。
　　姜萍的信件仍然寄到原来的连队,二哥负伤后,连队的战友们源源不断地把姜萍的来信转给住院的二哥。他坚持着一封信也没有去读,他怕自己的坚持破防。首长、战友在二哥受伤后,也写来了许多慰问的信,这些信都是美丽代读的。美丽站在二哥病床前,一封封读着二哥这些熟悉的战友的来信,他的思绪似乎又回到了部队。当美丽把战友们的信一封封读完,拿出连队转过来的姜萍的信时,二哥摇着头拒绝了。一封封没有拆封的信,就堆在二哥的床头。有一天,二哥冲美丽说:"把它们烧了吧。"美丽就吃惊地望着二哥,以为自己听错了。二哥就又重复了一句,美丽只好默默地把姜萍的信件拿出去,找个没人的地方烧了。美丽看着纸张燃烧的大火,突然忍不住哭泣起来,不知是为自己还是为姜萍,抑或是二哥。当她

暗号

心绪复杂地又一次出现在二哥面前时,她发现二哥也哭过了,不仅枕巾湿了,双眼还红肿着。二哥就说:"以后见到姜萍的信,你就替我处理了吧。"当时,美丽并没有完全理解二哥的心思。在她和二哥结婚后,她知道二哥真正的动机时,号啕大哭了一次,为二哥对姜萍的爱,也为自己如此深沉爱着的二哥。

二哥出院后,在美丽的陪护下回了一次家。母亲见到二哥,就扑过去,上上下下把二哥打量了一遍,最后盯着二哥的眼睛,泪如雨下道:"老二,你受罪了。"二哥一直轻描淡写地笑着。大半年的住院,他不仅养好了身体,内心也接受了现实,包括美丽。此时,二哥觉得很幸福。二哥越如此淡定,当母亲的越受不了,母亲把自己瘦小的身子吊在二哥身上,不知是喜是悲地哭了一回。

父亲在客厅里来回走动,情绪极其不平静的样子。最后父亲就站在窗前,说了一句:"战士难免阵前亡。"他又想起了自己的战友,在战火纷飞的年代,前赴后继奔赴战场的场面。后来父亲眼角噙着泪,把一只手拍在二哥的肩膀上道:"经历过这一次,你是一名合格的兵了。"二哥的腰在父亲面前,一点点挺了起来。

二哥和美丽结婚前,单独见了一次姜萍。在军区大院附近街心公园的排椅上,两人从中午一直坐到日落。二哥见姜萍前,美丽是知道的。她就一直陪在街心公园外的马路边,马路对面就是一家卖雪糕的门店。在二哥会见姜萍的过程中,美丽一次次越过马路去买雪糕,她吃了一支又一支,吃到第十三支时,才见二哥从街心公园里走出来。二哥哭过了,很疲惫的样子,他见到美丽就说:"咱们走吧。"二哥和姜萍谈了什么,美丽没有问,二哥也没说。

两人结婚前,二哥想和美丽认真谈一次,可他的话刚开始,就被美丽打断了,她抢先地说:"石志,你别磨叽了,你的情况我都知道,左腿粉碎性骨折,以后阴天下雨会疼。还有,你的下身受伤了,不能生孩子了。我跟你说过,你就是残废了,还有我呢,生不出孩子咱们就去领养一个。活人不能让尿憋死。我打小就喜欢你,别说你受这点小伤,就是比这再严重十倍,只要还有一口气,你同意,我也会眉头不皱一下地嫁给你。"

树怕剥皮,人怕当面。二哥在这半年养伤期间,已经被美丽征服拿下了。美丽虽然长得不太美丽,可她那颗火热地爱着二哥的心,把二哥的心早就烤化了,变成了一汪水,在美丽热气腾腾的温度下,蒸发着、升华着。

二哥和美丽结婚那天,姜萍成了伴娘。亲人、战友从婚礼现场离开后,姜萍和美丽仍在酒桌上拼酒。两人喝得面红耳赤,情意绵长。姜萍一边哭一边冲美丽说:"刘美丽呀,你真行,现在我发现了,你比我还爱石志。"美丽把袖子挽起来,拍着胸脯说:"那当然,从上高中时,我就发誓,这辈子非石志不嫁。"两个女人哭哭笑笑,不时拍胳膊打腿地拥抱在一起。她们是幸福的,真诚地祝福着彼此。

婚后不久,二哥和美丽就回到了连队。二哥和美丽的婚姻许多人都羡慕,一个排长、一个司务长,双军官,又都在一个连队里,这是多么幸福的婚姻啊。

二哥当上了警通连的连长,美丽也当上了主管后勤的副连长。结果就在那一年,百万大裁军开始了。二哥和美丽的部队取消了番号,也就是说,所有的官兵都要转业回地方。二哥和美丽摘去领章帽徽,从部队回到了地方。

百万大裁军,这么多干部、战士,一下子从部队回到了地方,

暗号

安置便成了问题。那些日子，二哥为自己的去向愁眉不展，父母在部队工作了一辈子，不认识地方上什么人，也是爱莫能助。这时，二嫂美丽站了出来，她拍着胸脯说："就去我们的大厂吧。我就是大厂子弟，别的地方不能接收咱们，大厂一定会接收。"

美丽的父母，还有哥哥姐姐下乡回来后，都在这家兵工厂工作。这家兵工厂是全省有名的大厂，有上万名干部职工。每天上下班，场面极其壮观，就像一座小型的城市，车水马龙，人声鼎沸。

美丽已经退休的父母，带着二哥和美丽跑了几次厂部和车间，他们在这里工作了一辈子，到处都熟门熟路。也算二哥和美丽运气好，大厂也接到了上级安排复转军人的通知。就这样，二哥和美丽又双双进入大厂工作了。二哥被安排进了保卫科，美丽被安排进了工会。因为他们是双军人转业，二哥还立过功，厂领导研究决定，还给二人分配了一间宿舍。这对于刚刚转业到地方的退伍军人来说，已经是天大的福分了。

两个人毕竟在部队锻炼过，很快便适应了大厂的工作。有件事始终揣在美丽心头，就是他们的孩子。二哥的伤情果然和医生预料的一样，无法再生孩子了。美丽领养一个孩子的愿望越来越强烈。当初两人在部队时，条件不允许，如今到了地方，他们真正地成家立业了。她就和二哥商量，二哥屈指一算，自己和美丽都已经三十岁了，养孩子要趁早，美丽的想法得到了二哥的支持。在朋友的介绍下，他们就开始一次次地跑民政局的孤儿院，希望在孤儿院里能领养到他们中意的孩子。

那一阵子，二哥和美丽一有空就往孤儿院跑，有时下班了，美丽拉着二哥就走，周末就更不用说了。他们不知去了多少次之后，

美丽的生活

突然被一个小男孩吸引了。那个男孩大概有一岁的样子,躺在婴儿床上,不哭不闹。从二哥和美丽进门时,他就被他们吸引了,睁着一双眼睛望着两个人。就是这双眼睛把二哥和美丽吸引了过来,两个人弯下身子,凑近孩子的脸。突然婴儿冲两人笑了,伸出一双小手放到了嘴里,支吾地叫着什么。那一刻,美丽的心就化了,她伸出手,把婴儿连同褴褓抱了起来。抱到怀里后,她才意识到,这孩子除了脑袋发育正常外,身体又瘦又小。在找到孤儿院工作人员了解情况后才知道,这个婴儿是几天前一家医院的工作人员送过来的,患有先天性心脏病,被狠心的家长遗弃在了医院。

工作人员这么一介绍,美丽和二哥就犹豫起来。美丽恋恋不舍地把婴儿放到了床上,想转身离去,两人还没走到门口,这个婴儿突然大哭起来,拼命地扭着身子,满脸的泪水。二哥和美丽下意识地停在了门前。工作人员就笑着说:"这孩子和你们有缘呢,他是舍不得你们。"一句话就让美丽破防了,她奔过去,又一次抱起了这名婴儿。奇迹出现了,婴儿一抱在美丽怀里,立刻停止了哭闹,安静下来,一张哭脸变成了笑脸。后来美丽和二哥研究决定,他们就领养这个孩子了。

当他们办完领养手续,把孩子抱回到父母面前时,看到孩子又瘦又小的身子,母亲就责怪道:"这孩子一看就有病,你们怎么领养了这样一个孩子?"美丽就说:"他和我们有缘。不论以后怎么样,我都要照顾他。"

母亲见美丽决心已下,也不好说什么,只能躲到一边叹气去了。关于母亲对待美丽的态度,也是有一番波折的。最初母亲看不上美丽,觉得美丽不像个女孩子,干啥都粗手大脚,风风火火,一点也

暗号

不稳重。可二哥受伤,她知道一直有美丽陪伴,二哥又回心转意非美丽不娶,母亲也不好说什么了,忧心忡忡地冲二哥说:"陪你一辈子的人不是你爸和我,是你媳妇,既然你认定了,我们没意见。"在二哥和美丽的婚姻大事上,母亲是心有不甘的。

后来,美丽给抱养的孩子取了个小名叫"壮丁",意思是健康茁壮的男人。二哥和美丽抱养了壮丁之后,他们又马不停蹄地往医院跑,要治好壮丁先天性心脏病。他们得到的答复是,这病能治,但需要一笔不菲的手术费用。现在孩子还小,还不是手术最佳时期。

从那以后,二哥和美丽有了盼头,他们要努力工作,积攒给壮丁治病的钱。母亲已经退休了,肩负起帮助照顾壮丁的工作。壮丁果然是个聪明伶俐的孩子,很快便和父母混熟了,他不停地笑,睁着一双黑溜溜的眼睛,总是有话要说的样子。父母很快也喜欢上了壮丁,他成为他们晚年不可或缺的乐趣。

哥哥、姐姐见母亲这样,有时就半开玩笑地冲母亲说:"妈,你对我们的孩子可从来没这样过。"

母亲听了这话,就红了眼圈,低声道:"壮丁不容易,石志和美丽更不容易。"母亲说到这里,就说不下去了,背过身去擦眼泪。哥哥和姐姐就笑着说:"妈,你看你,和你开玩笑呢。"

七

壮丁的到来,改变了二哥和美丽的生活,他们生活的重心都放到了壮丁身上。他们的短期目标是攒手术费用,还有就是等待壮丁慢慢长大。二哥和美丽的脸上写满了奔头。

壮丁又大了一些，病情似乎也稳定了下来，二哥和美丽就不再麻烦父母，而是把壮丁送到了托儿所。美丽冲我们的父母说："爸、妈，你们操劳了一辈子，该好好歇歇了，我和大志商量了，日子还得自己过，不能再麻烦你们了。"

壮丁被突然从父母身边抱走，父母还有些不适应。壮丁的确是个聪明孩子，短短的一段时间，父母就喜欢上了他。但美丽决心已下，说得又句句在理。看着壮丁被美丽抱走，母亲就说："需要我们，你就随时把孩子送来。这里也是壮丁的家。"母亲说到此处，眼睛就潮湿了，她又想到了二哥的伤，要是二哥不受伤，自己生出的孩子应该会跑了。母亲一边为二哥惋惜，一边又心疼着美丽。母亲生了五个儿女，知道带孩子的艰辛。

美丽每天一大早就把壮丁送到托儿所，在孩子找妈妈的哭声中，一边抹着不舍的眼泪，一边往单位跑去。每天下班，她骑着自行车，在下班的人流里横冲直撞，直奔托儿所。直到把壮丁抱在怀里，她的心才算踏实下来。

晚上，壮丁被放在二哥和美丽中间，孩子已经睡着了，有些苍白的脸上带着一丝病容。壮丁时刻在提醒着他们，他是个有病的孩子，需要做手术。

在二哥和美丽决定抱养壮丁后，父母把大哥、大姐和二姐召集起来，开了一次家庭会议。在会上，母亲提出，每家都拿一点钱，给壮丁做手术。母亲首先表态说："我和你爸拿大头。你们都是石志的亲兄弟、亲姐妹，凭自己的心思。"大哥仍在边防部队，和大嫂两地分居，日子过得也紧巴。大姐下乡，刚到城里安家不久。二

暗号

姐刚结婚，正准备生孩子，其实手里都不宽裕。二哥的经历，让兄弟姐妹们都动了恻隐之心，纷纷表示一定尽力。这事被二哥和美丽知道了。美丽慌慌张张地回了一趟家，冲父母说："我和石志抱养孩子是自己的决定，可不能麻烦大家伙，我们自己能行。况且医生说了，壮丁还小，不到手术时候。要是以后需要，再麻烦大家。"说完还不停地冲大哥、大姐、二姐鞠躬。美丽走后，母亲曾感叹着说："美丽这孩子其实挺懂事的，就是命有点苦。"

二哥受伤，明知道不能生育了，美丽仍毅然嫁给了二哥，着实感动了我们全家，都对美丽另眼相看。

此时，壮丁熟睡在二哥和美丽中间。美丽一边为壮丁缝补着小衣服，一边感叹说："石志，以后咱家壮丁一定会是个有出息的孩子，比咱俩强。"

二哥歪着身子放下手中的一份晚报，也感叹道："等壮丁身体好了，也让他去参军。我总觉得这些年的兵没当够。"

美丽就笑着说："壮丁以后一定能干个团长、师长的。比咱们俩强百倍。"说完露出了开心的笑容。

二哥和美丽期盼着，幸福地忙碌着，在他们满怀希望的未来之路上。壮丁又大了一些，从托儿所上了幼儿园。正当二哥和美丽已感受到了理想正一点点地接近时，国营大厂突然发生了变故。其实在这之前，报纸电台已经有所宣传了，国营企业改革势在必行。省里已陆续有一些工厂在进行试点改革了。有小道消息说，他们大厂也要改革，传的人多，信的人少，总觉得自己是大厂，有上万人之众，怎么轮也轮不到他们头上。当各机关单位、车间接到厂里改革的文件时，所有人都傻了。有哭的，有闹的，也有提前安排自己后事的。

总之，一万多人的大厂，一下子就乱了起来。

当二哥和美丽确信改革轮到自己头上时，他们显得很冷静，分析了自己所处的环境，知道找份新的工作在短时间内是不可行的。在整个城市，涉及那么多工厂、厂矿，下岗的人有几十万之众，找新工作是不可能的。好在他们还年轻，从头创业，他们有精力也有时间。当办好了下岗手续，回到家里时，他们才意识到，他们没工作了。

之前其他厂下岗的工人们，已经开始创业了，去广州、石狮倒腾电子产品，还有服装，然后在本市的几个批发市场摆摊营业，效益也很可观。还有人办起了小餐馆，卖盒饭，擦鞋，洗车的，什么都有。美丽抱着壮丁，壮丁虽然上了幼儿园，但他的发育比同龄的孩子还是晚了许多，身子又瘦又小。美丽一边拍着怀里的壮丁，一边冲二哥说："活人不能让尿憋死，我就不信，别人下岗能活，我们就活不了。"

原本他们已经凑够了给壮丁的手术费用，不料，突然下岗，打乱了他们原本的计划。美丽做出决定，让二哥学着别人的样子去石狮进一批服装，她负责找个摊位来卖。二哥当年的同学孙大刚，搞服装买卖已经有好几年了，现在正干得风生水起。在孙大刚的指点下，二哥把全家这几年的积蓄都带在了身上。二哥把几捆钱装在一个帆布袋子里，又把帆布袋挂在胸前，外面又穿上了一件军大衣。从春节前夕，二哥登上了南下的列车，他的目的地是石狮。二哥出发时，美丽千叮咛万嘱咐，她不放心二哥的身体。虽然二哥的伤好了，从外表看不出什么来，可一刮风下雨，二哥骨头缝都疼。美丽拉着二哥的衣襟说："到了南方，别着急进货，多看看，散散心，

暗号

有好玩的地方就多玩几天。"二哥点着头走了。

没料到,二哥第一次远行,就走了麦城。他刚到石狮,带的钱就被小偷给偷走了。石狮的温度不比北方,北方还天寒地冻,石狮的人却穿着短袖。二哥穿的衣服,脱了一路。到石狮下车时,他把大衣和棉衣捆成一捆,背在背上,胸前吊着装着钱的帆布包,很快就被小偷盯上了。二哥发现时,瘪塌的帆布包下面被人划开了一个大口子,装在里面的钱早就不知去向了。

一瞬间,他的大脑一片空白,想到了等待他满载而归的美丽,还有需要手术的壮丁,二哥想死的心都有了。他在石狮的大街上游荡了三天,才找到同学孙大刚。孙大刚要借钱给二哥,二哥拒绝了,只借了回程的车票钱。

二哥回到家时,正赶上腊月二十九,过年的气氛已经很浓重了。家家户户贴上了春联,有心急的孩子还放起了鞭炮。傍晚时分,二哥昏头昏脑地回到了家门前的楼下,可他没有勇气踏进家门。望着自家窗前的灯火,想着灯下的美丽和壮丁,他又一次流下了泪水。几经努力他还是没有勇气上楼,躲到了自行车车棚里。二哥在车棚的角落里裹着军大衣蜷缩了一夜。这一夜,不知二哥是怎么从天寒地冻中熬过来的,他又想了什么,没人能够知道。

一大早,美丽抱着壮丁从楼门里走出来,她要去火车站,等待南方开来的一列火车。她估摸着二哥差不多该回来了。她走到自行车棚处时,也许是心有灵犀,让她下意识地往里面看了一眼,结果就发现了二哥。她吃惊地大叫一声道:"石志,你怎么躲在这里?"二哥的身子已经冻麻木了,站不起来了。美丽一手夹着孩子,另一只手拖拽着把二哥弄上了楼。一进门,二哥终于忍不住,捂着脸就

212

美丽的生活

大哭起来。

待二哥情绪平稳一些,美丽也明白了大概,她很快就镇静下来,把壮丁放到床上,叉着腰站到二哥面前道:"石志,你站起来。"二哥摇晃着站了起来。美丽盯着二哥的眼睛一字一顿道:"钱算个屁,丢了咱们还可以挣回来。我要的是你这个人,只要你囫囵个回来,咱们的家就在。"

那个春节,二哥情绪不振,凄凄楚楚,经常脸色苍白地冲某个地方愣神。美丽却显得异常活跃,她大声笑着,希望用自己的情绪感染二哥,也让全家放心。二哥丢钱的事,他们一直瞒着全家人,只是说,二哥这次去南方,没进到合适衣服,他们打算春节后干点别的。

春节一过,整个城市已恢复到了常态。美丽跑到五爱街和南塔市场批发来一些小东西,比如鞋、帽、袜子什么的。她每天都要出去摆早市。那一阵子,整个城市都成了小商品市场,只要有空地,有人群的地方,都有人在摆摊。美丽就挤在这些小摊中,一声声地吆喝,她冲每个路过她摊位的人,都拿出十二分的热情。她一遍遍地说:"大哥,看看我的东西,都是真货,便宜。"还说:"妹子,看看怕啥,又不要钱。"

二哥在批发市场和长途汽车站、火车站等地方帮人搞运输,他不知道从哪里弄了一辆三轮车。骑着三轮车,只要有活,他就和那些下岗工人一样蜂拥过去,抢活来干。

突然有一天,他在火车站前看到了孙大刚。孙大刚正把大包小裹批来的服装,从火车站货场倒腾出来,他一抬眼就看到了人群中的二哥。二哥也看见了他,正准备骑车转身离去。孙大刚把二哥叫

213

暗号

住了。那天，孙大刚把二哥叫到了家里，鼻子不是鼻子、脸不是脸地冲二哥说："石志，你把我当成什么人了，咱们是同学。你清高，到处不求人，那是对别人，你要是还和我见外，以后你就别再见我。"

孙大刚说完，打开提包，从里面掏出几捆钱，扔到二哥面前说："石志，你把钱拿走，先别想着还。我不想看到你现在这个样子。"

二哥参军后，孙大刚就进了工厂，他是早几年下岗的那一批，也是这个城市里的第一批倒爷，下海早，也挣到了第一桶金。他正盘算着把市里一家商场的一层包下来，创立自己的服装品牌，让南方代工，也就是所说的贴牌。不管怎样，孙大刚在二哥面前已经算是成功人士了。孙大刚的情谊让二哥无法拒绝。

八

二哥和美丽的服装摊位终于搞起来了，在全市最大的批发市场，不显山不露水的地方。美丽怯生生地喊出了第一句："瞧一瞧，看一看，真正香港进口的服装。"那时，石狮小乡镇企业生产的衣服，大都打着产地香港的幌子，什么牌子都敢贴，消费者也心知肚明，他们买的就是物美价廉。

二哥吸取了第一次南下石狮的教训，一次次往返于南方与北方之间，不仅批发服装，还有电子产品。他们的生意算不上兴隆，但还说得过去。

壮丁已经上幼儿园大班了，因为先天性心脏病还没有手术，他是全幼儿园身体最弱的一个孩子。大大的脑袋，小小的身子，脸色苍白，不能参加剧烈一些的游戏活动。每次幼儿园搞活动时，都会让壮丁站在一旁当观众。时间久了，壮丁的性格就有些沉闷，郁郁寡欢。有一天晚上，美丽把壮丁从幼儿园接回来，看到壮丁的样子就问："壮丁，怎么不高兴？"壮丁起初没有回答美丽的话，半响，才望着美丽的脸说："妈妈，我和别的孩子为什么不一样？"美丽听了这话，心里一激灵，壮丁是她从孤儿院抱养的，她一直担心壮丁会知道自己的身世。壮丁这么说，她以为壮丁听到了什么，立马紧张起来，变音变色地问："壮丁，怎么了，有人说什么了吗？"壮丁就说："别的孩子都能玩球，就我不能，老师让我看着。"美丽听了，虽然不是壮丁的身世问题，但还是让她难过了。她一把将壮丁紧紧抱在怀里，哽咽着声音说："壮丁，你有病，身子弱，等把病治好了，你就会和他们一样了。"壮丁又天真地问："我的病什么时候才能治好呢？"

　　这是二哥和美丽的心病，他们现在拼死拼活的，就是为了挣到第一桶金，然后给壮丁找最好的医院，让他变成一个健康正常的孩子。

　　美丽每天接送孩子，看着壮丁混杂在其他孩子中间，挣扎着又瘦又小的身子，向她扑过来的样子，美丽的心里就说不出的难过。她发誓就是自己省吃俭用，也要早日把壮丁的病治好。壮丁因为身体的原因，比同龄的孩子晚上学一年。因为他的身体实在是太弱小了，虽然年龄到了，可身子还没发育到相应的程度。

　　抱养壮丁时，并不知道他的生日，遗弃他的亲生父母，关于他的身世也没留下只言片语。二哥和美丽就把抱养壮丁的那天定为他的生日。每年给壮丁过生日，二哥和美丽都当成一件大事，蛋糕是少不了的，美丽每次都要给壮丁买一把长命锁，挂在壮丁的脖子上。

暗号

虽然她没说什么,二哥明白美丽的心思,望着开心的壮丁,心里也跟着阴晴雨雪的不是个味儿。有时晚上睡不着,他就把美丽揽过来,头靠在美丽的耳边说:"美丽,对不起,没能让你生个自己的孩子。"二哥说到这里,美丽伸出手就捂住二哥的嘴,另一只手死死地把二哥的脖子抱到近前,哽咽着说:"石志,我嫁给你就是我天大的福分了,别说那些丧气话了。"

二哥有时望着天花板,呆呆地问美丽:"美丽,你费这么大劲,为啥非得嫁给我呢?"美丽就把手掌放到头下,也望着天花板痴痴地道:"这是老天爷安排好的,上辈子我欠了你的,这辈子非得偿还不可。"美丽说完就笑,样子幸福而又灿烂。

在凡是认识二哥和美丽的人眼里,二哥和美丽是幸福恩爱的。就连母亲都说:"你哥找了美丽,是上辈子修来的福气呀。"在母亲眼里,昔日假小子一样的美丽,成了最称职的儿媳妇。

姜萍早已嫁人,孩子都上小学了。她经常带着孩子回到军区大院父母的住处,过个周末什么的。偶尔,她会在院里碰到二哥。姜萍也下岗了,她没有摆摊,在政府机关找了份临时工来做。每次见到二哥,姜萍第一句话总是问候美丽,问长问短的。二哥就简单地答:"挺好,都挺好的。"二哥的回答是发自肺腑的。姜萍就感叹着说:"我真佩服美丽,我可做不到她那样。"二哥就笑一笑,挥挥手道:"都过去了。"姜萍就说:"石志,你要好好待美丽,你要是对她不好,我们这些同学都不会答应你。"二哥就深深地笑一笑。

有一天晚上,二哥洗漱完,都上床了。壮丁也在一旁的小床上睡熟了。美丽走进屋,从衣兜里掏出一个存折,递到二哥面前道:"给壮丁做手术的钱,咱们攒够了。"平时家里的开销进项,都由美丽负责，二哥只是当个甩手掌柜。他接过存折，看着那组数字，一连看了几遍，最后又揉揉眼睛，再看上一遍，不相信地说："这是真的？"美丽一把夺过存折："这还能有假，咱们家壮丁有救了。"说完她一头扎在二哥怀里，忍不住抽泣起来。自从把壮丁抱回来之后，就像有一块沉重的大石头压在他们心口，吃饭干活想着壮丁的病，就连做梦都是。他们终于挣够了壮丁的手术费。那天晚上，两个人一宿没睡，商量着壮丁住院的细节，也畅想着壮丁治好病后未来的模样。

壮丁手术这一天，父母、哥姐，还有孙大刚、姜萍，以及一些要好的同学、战友，都来到了医院。他们散落在手术室门外的两侧，盯着手术室上方"手术中"的电子牌。美丽一直泪眼婆娑着，她刚把壮丁送进手术室时，就哭过一次。壮丁躺在床上，被护士推进手术室时，美丽和壮丁似乎在经历一场生离死别，她央求着护士让自己再抱一次壮丁，再和壮丁说上几句话。当她伏下身子，把壮丁拥在怀里时，却一句话也说不出来了。泪水断了线似的从脸上流下来，反倒是壮丁，大人似的捧着美丽的脸说："妈妈，我从这个门进去，再出来就是个正常孩子了。"美丽听了，一边点头，一边流泪。壮丁就说："妈妈，你该高兴，冲我笑一个吧。"美丽控制着自己，在哭泣中冲壮丁挤出一个笑脸。壮丁被护士推进了最后一道手术门，门关上的一瞬间，所有人都看见壮丁在笑。壮丁的懂事，让在场的所有人都心碎了。

姜萍把美丽拉到一边，一直握着她的手，美丽仍然在哭泣着。姜萍就说："美丽，你命好，壮丁不会有事的。"美丽就把头伏在姜萍肩上，小声抽搭地说："姜萍，我问你，当年我把石志抢过来，你不恨我吧？"姜萍听了美丽的话，一下子把她抱住，拍着她的后

暗号

背笑着说："都八百年前的事了，你咋还长在心里呀。我说过，你和石志才是最般配的一对。"两个女人哭哭笑笑地拥抱在了一处。

几个小时后，"手术中"的指示牌终于熄灭了。手术室的门开了，两名护士推着壮丁走了出来。麻药劲刚过，壮丁似乎还没反应过来，他看看这个，又望望那个，目光最后落到了美丽的脸上。他咧开嘴笑着道："妈妈，我是一个正常的孩子了。"美丽又一次喜极而泣，一边点头一边说："我们家壮丁一直都是个正常的孩子。"

壮丁的手术很成功，出院不久，他就上了小学。快到小学三年级时，他的身体发育已经追上了同龄的孩子。有几次二哥和美丽去南方进货，我去学校接壮丁，看见他正在足球场上踢足球，他追赶足球的样子，就像一名勇士。

九

壮丁上小学四年级时，突然有一天放学哭着跑了回来，抱着美丽的大腿一边哭一边问："妈，同学说我不是你和爸亲生的，说我是从孤儿院抱回来的。"美丽听孩子这么说，立马就傻在了那里。自从把壮丁抱回来，她最担心的事还是发生了。她呼吸急促蹲下身来，望着壮丁那一张泪脸，终于说："他们是在胡说，他们才是从孤儿院抱回来的呢。"壮丁毕竟是小孩子，哄一哄劝一劝又和平常一样了。

晚上躺在床上的美丽却睡不着了，她一边翻腾着身子，一边冲二哥说："咱们得搬家，离开这里。"二哥觉得小孩子之间开一些玩笑，对这件事情看得并没么严重，便说："不至于呀，小孩子嘛。"

美丽听了这话,腾的一下从床上坐起来,鼻子不是鼻子、脸不是脸地说:"壮丁是我抱回来的,我就是他亲妈,我可不想白养他一场。从小拉扯到大,容易吗?要失去他,我可怎么活呀!"

在美丽的内心深处,壮丁毕竟是抱来的,她不担心这么小的壮丁会做出什么来,从抱壮丁那天起,她最担心的就是壮丁的父母反悔找上门来,把活蹦乱跳的壮丁带走。

美丽不听二哥的,她开始抽时间在铁西一带寻找房子了。铁西的房子很快就找好了,美丽趁二哥又一次去南方进货时,自己把家搬了。不仅搬了家,还把壮丁的学籍迁到了铁西的一所小学。上完货回来的二哥,见生米已经做成熟饭,只能接受了现实。

铁西这一带一切都是陌生的,别说让壮丁碰到熟人,就连二哥和美丽在这一带也没有熟人。美丽的心安下来,虽然每天去市场摊位要多跑半小时的路程,她从来不说一句怨言,整天乐呵呵的。

每到周末,美丽不论多忙,总是带着壮丁回到军区父母这里。在父母眼里,最疼的孙子辈就数壮丁了。他们眼见着小时候的壮丁,又瘦又小,三天两头生病,吃了不少苦。壮丁对爷爷奶奶也是百般依恋,一到周末,还没等二哥和美丽开口,他就闹着要看爷爷奶奶了。母亲每次见到壮丁,心里都不是个滋味,由壮丁又联想到二哥受过伤的身体。每次见到二哥都会说:"生意做得差不多就行了,世界上的钱没有挣完那一天。"二哥见母亲这么说,总是嘻嘻哈哈打个岔过去。母亲更心疼的是美丽,每次二哥一家人来,母亲早早地就要去厨房张罗吃的。美丽一进门就钻到厨房里,要帮母亲打下手。母亲就把她往外推,希望美丽多歇一歇。美丽怎么能闲得住呢,不顾母亲的劝阻,里里外外地张罗起来。有一天晚饭后,二哥带着

暗号

壮丁去院里玩去了,屋里剩下母亲和美丽一边收拾桌子一边聊天。母亲突然盯着美丽问:"美丽呀,你跟妈说句实话。"美丽就认真地说:"妈,你说。"母亲就低下声音说:"你嫁给石志后不后悔?"美丽吃惊地睁大眼睛,半晌才答道:"妈,你为什么要这么说?嫁给石志是我心甘情愿的,别说他受了这点小伤。当时我都想好了,就是他瘫在床上,只要他愿意,我也会嫁给他。"

母亲听了这话,眼圈潮湿了,她抹过眼泪就抓住美丽的手,感慨道:"石志能找到你这样的媳妇,是他上辈子修来的福哇。"美丽一下子伏在母亲怀里,带着哭腔说:"妈,你说错了,我能嫁给石志,是我的福报。"娘儿俩搂在一起,温暖地哭了一次。

壮丁上初中后,二哥和美丽又搬了一次家。这次搬家不是为了躲避什么,是他们在浑南新开发的小区买了一套属于自己的房子。浑南刚开发不久,许多住在老城区的人,看到了这里未来发展的前景,便一股脑地迁到了浑南。

二哥和美丽的服装摊也不干了,随着时间的推移,物流畅通了,倒买倒卖的生意不好做了。两人关掉服装摊前就在合计下一步的发展方向。二哥抓破脑袋把能干的职业都想了个遍,最后还是被美丽否定了。美丽就盯着天花板,拍着自己的腿说:"我还干我的老本行吧。"二哥不解地望着美丽,美丽就说:"养猪哇。"二哥这才猛地想起,在连队时,美丽养过猪,经常蹲在猪圈前和猪说话。

不久,二哥和美丽的养猪场就建了起来,进来一批猪崽,又进了母猪和种猪,有声有色地养起了猪。关于二哥和美丽养猪的恩怨、成败都够写成另外一个故事了,这里就不多说了。

一晃壮丁高中就要毕业了,选择志愿成了全家的头等大事。高考志愿表发下来那天，全家人召开了一次会议。美丽背着手在客厅里踱着步子，灯光下，她的鬓角已经依稀能够看到白发了。她突然立住脚，谁也不看地说："我早就想好了，壮丁要考军校。"

二哥听了，心里一惊，去看壮丁的脸。壮丁已经是大小伙子了，又高又大地坐在沙发上。壮丁的目光和父亲的目光撞在一起，站起身来说："爸，我妈没开口前，我就知道她要说什么了。"二哥就摆下手道："别光听你妈的，你现在是大人了，要相信自己。"

"什么相信不相信的，壮丁我和你说，军人是世界上最好的职业了，你爷、你奶，还有你爸、你妈都是军人。"说到这里，美丽变了语调道："要不是军队大裁军，兴许我和你爸还在部队上呢。"她说到这里，脸上突然绽放出花一样的笑容。似乎她又回到了年轻时代，提着两只老母鸡南下去看二哥，当年的情景一幕幕地又在她眼前浮现。

壮丁并没有反对美丽的决定，在高考志愿书上，从头到尾选择的都是各所部队大学。壮丁高考结束后，美丽只要一有时间，就站在小区门口等候邮递员的到来，每次见到邮递员，都大声地喊："有我家壮丁的信没有？"在她的期待中，八月中旬的一天，她终于从邮递员手中拿到了某军队院校的录取通知书。她拿到通知书，张着手，迈着和她年龄极不相符的步子，向家里奔过来，一边走一边喊："壮丁考上军校了。"她的喊声，整个小区的人都听到了。

送别壮丁那一天，是美丽兴奋又伤感的一天。一大早她就把壮丁叫了起来，牵着壮丁的手，来到了自己和二哥的卧室，还特意把门关上。唯独把二哥关在了门外。美丽要把藏在心里的秘密告诉壮丁，在这之前，她并没有和二哥商量。壮丁小时候，她怕失去他，

暗号

眼见着壮丁一天天长大了,她觉得自己不能再隐瞒孩子的身世,否则,她会寝食难安,觉得这样对不起她心爱的壮丁。当她开口说壮丁的身世时,壮丁摇着头,难以置信地说:"妈你疯了,说什么话呢。"美丽就从柜子底下拿出当年在民政局领到的收养证。壮丁把那张收养证放在眼皮子底下,翻来覆去看了半天,才说:"我不信,你就是我的亲妈。"说到这里,壮丁痛哭起来。美丽一把抱过壮丁,也哭泣着说:"正因为你大了,我才告诉你这些。妈是爱你的,你爸也爱着你。所以我才决定把真相告诉你。"接下来,娘儿俩抱着头痛哭起来。当一头雾水的二哥推开卧室门时,壮丁一把拉过二哥,三个人搂抱在一起。壮丁最后说:"你们就是我的亲爸亲妈,现在是,以后永远都是。"

壮丁出发前,美丽把他的身世告诉了他,了结了一直缠绕在美丽心里的结。

那天中午,二哥和美丽一直把壮丁送到站台上。壮丁隔着车窗冲父母挥着手,脸上流着不舍的眼泪。当二哥和美丽望着列车远去,铁路岔口又亮起了红灯,两个人这才转身向出站口方向走去。美丽还一步三回头地向列车消失的方向望去。二哥催促着说:"行了,壮丁又不是不回来了。"

美丽刚刚干了的眼睛又潮湿了,她扭身望着二哥的脸说:"还记得我送你执行任务那次吗?我也是这么送你的。我知道你那会儿心里没我,可我就是不服输,总觉得你早晚都会是我的人。"

二哥突然伸出手牵过美丽的手,用了些力气,开着玩笑道:"最后还是你赢了。"美丽偎在二哥身边,一脸天真幸福地笑着,似乎又回到了当年,她一次又一次地巴望着二哥的身影。

陈建国的编年史

1975

公元 1975 年春天,陈建国结束了六年的插队生活,回到了城里。这一年他 24 岁。

插队也称为知识青年下乡,接受贫下中农再教育。他高中毕业时,正是如火如荼的知识青年下乡运动的高潮,除了少数人接替了父母在工厂的工作,还有一部分家境条件好的,在部队有门有路子的去参军,其他的大部分应届毕业生都去乡下接受贫下中农再教育了。

陈建国生于 10 月份,他的名字也由此而来。他上初中后,最大的梦想是能成为一名军人。当然,这只是他的梦想而已。他出身不好,知道自己的政审无论如何也通不过。他的出身问题不是出现在父母一方,而是出在他叔叔身上。他的二叔,也就是他父亲的弟弟,当过半年的国民党兵。在他们这座城市解放前,他的二叔被国民党拉去当了差,半年后,这座城市就被解放军解放了,同时被

暗号

解放的还有他二叔。二叔离开国民党部队，又重新回到了人民中间。当了半年国民党兵的二叔，留下的唯一纪念就是一身土黄色的国民党军装，另外还有一条扎在腰间同样为土灰色的腰带，还有二叔在当兵期间的几个笑话。比如，每次开饭，都要围着饭菜的盆去抢饭，有一次他没抢到饭，却在菜盆里抢到了一顶帽子；还有，他们练习打枪，二叔怕枪响，每次打枪都会找两团棉花把耳朵塞上。第一次解放军攻城，他们这些新兵一听到解放军的枪响，就把脑袋扎到了工事的土里，屁股留在外面。直到解放军大喊着"缴枪不杀"冲过来，他们的头还在土里扎着……

当年二叔把半年当兵的经历一遍遍地讲给人听，听的人都把二叔这半年当兵的经历当成了笑话。后来就不一样了，他的成分就变成有颜色的"黑五类"了。最初在这座城市解放时，百废待兴，需要劳动者来重建城市，二叔去了一个能生产武器弹药的工厂，后来被人们称为513兵工厂。因为二叔当过兵，摸过枪，于是他就成了兵工厂一名光荣的工人。直到有一天，他被人从车间里揪出来，原因还是他的出身，他当过国民党的兵，谁敢说他不是国民党派来的特务？！

二叔就离开他热爱喜欢的兵工厂车间，来到了一个废品收购站，接受监督劳动。就是二叔这个小插曲，影响了陈建国的插队回城之路。

凡是插过队的人都知道，他们插队就是走过场，农村的生活和城里的工作不可同日而语，他们离家舍业的，从城里到农村当农民，过集体生活，大多时候都吃不饱饭，还有几个人能心甘情愿地在农村待一辈子？他们下乡后，便想方设法调回城里，有的两三年，多则四五年，轮人头也该轮到自己回城了，回城的知青都有政策，好坏都能分到一份工作。在陈建国所在的知青点，唯有陈建国一头在那里扎了六年，不为别的，仍然是二叔说不清的历史。

在知青点，他送走了一批，又迎来了一茬，再往下数，都是一帮小孩子，只有他这个胡子拉碴的老知青还在坚守着。就连大队老书记，见了他都唉声叹气。在这之前，大队每年都推荐他回城，每次问题都出现在城里招工的工厂，一见他的身份，便没有了下文。

他这次能够回到城里，完全是因为一次意外。冬天的时候，一帮孩子在河道里滑冰车，其中一个孩子掉到了饮牲口的冰窟窿里。正值他上工往农田里运粪，他当时并没有多想，完全是下意识地跟着跳进了冰窟窿里，折腾了有半小时，才把落水的孩子救了上来，自己早就瘫倒在冰面上。说来凑巧，他救的孩子的父亲是一位参加过抗美援朝的老兵。救人这件事，先是惊动了公社的广播站，他的事迹绘声绘色地在广播站广播了几次，又有县里、省里的记者来采访他。他的事迹登在了县报和省报上。一时间他成了当地的名人，都知道他是救人的英雄。

两个月后，正是城里工厂到知青点招工的时候，被救那个孩子的父亲，拿着陈建国填好的志愿，找到了公社的知青办，扬言这次再不把陈建国招到城里去，他就要护送陈建国回城，就像当年跨过鸭绿江一样一往无前。为了陈建国，老兵要再次战斗到底。

不知是老兵的话起了作用，还是他救人的先进事迹感动了工厂招工的负责人，总之，在1975年的春天，陈建国回到了城里，并被分配到了市著名的轴承厂。

轴承厂在市里也算是一个大厂，在城市的南郊占据了很大一片

225

暗号

土地,车间的厂房里有昼夜轰鸣的马达声。这里的工人有上千人,三班倒,每当接班时,进出的人流在厂门口汇集,几百口人进进出出,熟人打招呼的吆喝声、车铃的叮当声,热闹异常。

陈建国被分配到了铸件车间,说是铸件就是依据模具先把轴承的零部件生产出来,再由机加工车间、装配间、热处理车间等加工组合,轴承才能出厂。铸件车间是又脏又累的工种,先由炼钢锅把铁锭炼成钢水,他们再用特殊的工具把钢水舀到模具旁,倒到模具上,然后再淬火,打掉毛边。这样,一件初具模样的毛坯零部件就算完成了。

他从高中毕业就插队到了农村,六年的插队生活,他把农民种地的活路练就得驾轻就熟,什么时候往地里送粪,何时刨地、播种、锄草、收割,他熟得不能再熟了。生产模具的工作让他陌生,且笨手笨脚,看着师傅们把软如糖稀的钢水舀到模具上,轻轻一点,手腕一转,钢水服服帖帖。可轮到他操作,不是把钢水倒到模具外,就是倒多了,或者少了,成为残次品。被师傅一次又一次的呵斥和咒骂,他当初回到城里的兴奋心情一扫而空了。

铸件车间的主任姓康,小时候生过天花,留下了一脸坑洼,他在车间检查工作时,因为汗水的缘故,脸上的坑洼里便蓄满了亮晶晶的汗水,一闪一闪的,像被晚霞映照的湖面。康主任四十出头的样子,脾气暴躁,说话也粗门大嗓,看见陈建国几次操作失误之后,便又发了脾气,嘴里又急又快地说:"你是废物哇,你这么弄得浪费多少钢水,这不是成本呢?给你一周时间,要是还不合格,就把你退回知青点,我们不要你了。"

陈建国的心里就打了一个响雷,暴风雨随时要落下的样子,他的整个世界混沌一片，轴承厂要是不要他了，把他退回知青点，他将永无出头之日。从康主任发火那天开始，工友们下班了，他仍留在车间，往返于钢锅和模具之间，一次又一次地操练起来。他又怕又急，明明看着师傅们手腕一抖，流出的钢水又细又匀，可到他这里，手腕是僵硬的，心里想得明白，动作就是怎么也协调不起来。倒出的钢水，不是粗了就是细了，他只能一次次往返于炼钢锅和模具之间，一趟又一趟，晕头转向，汗水早就打湿了他的衣裤，头发也一缕一缕地趴在额前。不知跑了多少趟之后，他晕倒在车间的地上，手里端着的钢水，如天女散花般泼洒在不远处的地面上，溅起一片烟雾。

陈建国被人摇醒的时候，他看见了一张年轻女人的脸，这个女人正在用一条毛巾往他头上拧水。这张脸他见过，是隔壁调校车间的人，虽然他来到车间的时间不长，出出进进的，似乎见过这张脸。

年轻女人见他睁开眼睛，就叫了一声："你醒了。"他想挣扎着坐起来，头还是昏，没坐起来，又躺了下来。女人半跪在地上，把他的手拉过来，搭在自己的肩上，命令道："我送你去医务室。"

那天，轴承厂的许多工友看见，杜小花背着陈建国，风风火火地向医务室奔过去。

杜小花和陈建国就这么相识了。

陈建国在杜小花眼里，压根就不是在铸件车间干活的料。陈建国刚从农村回来，身体还很瘦，有些弱不禁风的样子。陈建国的气质还很文艺，这和他插队的六年生活有关系，他知道自己出身不好，回城几乎无望，为了消弭苦闷，他就不停地读书，希望通过不停地读书来排解内心的苦处。他不仅看文学书，也看哲学，甚至在一户

暗号

老乡家里，还见到了一本缺了皮的《圣经》。之前这里曾经有个基督堂，基督堂还有两个牧师，许多村民都是基督堂的常客。后来这一切都没有了，但村民还是很善良的，无私地把一本缺了皮的《圣经》借给他去读。陈建国这种无心插柳的做法，让他收获了从骨子里到外表的一种书卷气。正是这种书卷气，让杜小花对他顿生慈爱之心，或者说，心里有一种怦然心动的东西迸发出来。

杜小花长得和她的名字一点也不相符，她粗犷结实，不论干什么总是风风火火，熟悉她的人，只要一听到她由远及近"咚咚"的脚步声，便知道杜小花来了。她说话嗓门大，脾气直来直去，从不知道拐弯。杜小花逢人便说，自己出身三代工人，根红苗正，自己在五年前还当过兵，虽然一入伍就在炊事班当炊事员，后来当上了班长，还入了党，最后功德圆满，光荣地从部队退伍了，分配到了轴承厂调校车间。在轴承厂，调校车间是最俏的工作。调校车间和其他车间比窗明几净，噪声小，车间里每人手里一把卡尺，检测着完工的轴承，若有差错，还有技术人员对轴承进行调校。调校车间含金量高，工作环境好，是人人羡慕的地方。

自从上次陈建国昏倒，和杜小花认识之后，她总是放心不下书生一样的陈建国，平时有事没事都要从调校车间走出来，隔着门或窗子偷偷察看陈建国的工作状况。这一天，陈建国又一个不小心把熔化的钢水倒到了模具的外面，又是碰巧康主任到车间来视察，康主任脸不是脸、鼻子不是鼻子地冲陈建国说："真是个废物，陈建国呀，让我说你啥好呢？你是我见过的车间里最笨的学徒，我还是打个报告，把你退回农村去算了，你这个熊样只配在农村劳动。"

陈建国在康主任面前无疑受到了致命的打击，他脑子里一直想着康主任的话，弄不好就再次把他送回到农村。他在知青点待了六年，农村的苦他该受的都受了，他越不想回农村，越弄不好手里的工作。舀钢水的大勺，在师傅们手里就像个玩具，可在他手里成了笨重无比的炒菜勺，怎么都不能得心应手。他再次听康主任这么说，脸就白了，不知怎的，泪水也流了下来。他的样子，正巧被杜小花看到了。她突然冲进铸件车间，几步奔过来，横在陈建国和康主任中间，冲康主任没鼻子没脸地嚷道："你干吗要冲他这么说话，你骗小孩呢！陈建国是走正常程序回的城，分配的工作，你说给人家退回去就退回去呀，这是党的政策，又不是你自己家的锅碗瓢盆，你想怎么摔打就怎么摔打……"杜小花连珠炮似的抢白，让铸件车间汗流浃背的一些大老爷们儿目瞪口呆，都停止了手里的工作，定定地望着杜小花。康主任认识杜小花，杜小花是厂里的积极分子，经常上台演讲或者是领奖什么的，但他还是第一次面对杜小花，一时间，他没反应过来，有些不可理喻地望着她。

她身后的陈建国先反应过来，把手伸出来，想把杜小花拉开，他不想让杜小花为自己惹事，而激怒康主任，这样只能对自己更加不利。手伸出一半，又觉不妥，停在那里哀求道："杜小花，是我笨，康主任说我是应该的。你快回去上班吧。"

康主任这时也反应过来，跺了下脚，用手指着杜小花的鼻子道："杜小花，你算老几，在铸件车间没你说话的份儿。别说我训几句徒弟，就是开除他，也就是一句话的事。"康主任的正义凛然，让铸件车间所有的工人都松了一口气。他们熟悉的康主任又回来了，眼前的杜小花算什么，训她几句还不跟训孩子似的。

让所有人没料到的事情发生了，杜小花把腰叉了起来，昂起头，

暗号

摆出一副誓不罢休的架势嚷道:"姓康的,今天这么说,我杜小花还真就没完了。你训你的工人可以,你凭什么对我杜小花这么说话,你算老几!我杜小花三代工人,参军五年,光荣入党,根红苗正,我还怕你不成?你以为你是谁,你以为你的老底我不知道?!嗯,姓康的,你对别人吆五喝六可以,你对我杜小花试试?!"

让所有人没料到的是,康主任就像被一根鱼刺卡住了喉咙,张了张嘴,竟一句话也说不出来,半晌,有气无力地挥了一下手,竟然离开了车间。在车间工友们眼里,康主任走得一点气势也没有,竟有些灰溜溜的。

杜小花之所以敢对康主任如此叫板,是因为康主任的父亲。杜小花的家和康主任家住得不远,他们的父亲都是这个城市的环卫工人,不是扫大街的工种,而是掏大粪的,就是把他们辖区的公共厕所掏个遍,工作又累又脏。康主任父亲后来请了病假,在家休息,并不安心休息,去农村收购鸡蛋,倒腾到城里来卖,在当时这是投机倒把罪。后来被街道的人给抓了现形,还是杜小花的父亲带着一些环卫工人去说情,他父亲才没被处理。因为杜小花对康主任知根知底,才敢和康主任叫板。那一次,杜小花大获全胜。她转回头,对着陈建国说:"姓康的要胆敢再欺负你,就去隔壁车间找我杜小花。"说完,在铸件车间所有人的注视下,昂首挺胸地走了出去。

从那以后,车间里所有人都知道,陈建国和杜小花的关系不一般,杜小花是个人物,就连康主任都不敢惹。也就是从那天开始,康主任再也没找过陈建国的麻烦。一个月以后,陈建国终于能够熟练地把钢水倒进模具中,和其他人一样,成了一名合格的铸件工。

这段时间,杜小花似乎对陈建国很上心,隔三岔五,有事没事总要隔着车间的窗子注视一会儿陈建国。陈建国自然也发现了杜小花的目光,不知为什么,自从上次事件发生后,只要他看到杜小花的身影,心里就觉得很踏实,就是这种踏实感,让他很快消除了心里的障碍,成了一名合格的铸件工人。

一天,陈建国下班后,骑着自行车出了厂门口。杜小花扶着自行车,一条腿跨在自行车的横梁上,另一只脚立在地上,似乎她在这里已经等了许久了。她看见陈建国过来,似乎冲他笑了一下,然后喊一声:"陈建国,我在这儿等你一会儿了。"

陈建国面对着自己的恩人杜小花,一时不知说什么好。第一次他晕倒被杜小花背到医务室,还有当着全车间人的面抢白康主任,为他打抱不平,这两件事叠加在一起,早就在他心里喧闹起来了。他想感谢杜小花,又不知怎么感谢。他是个生性腼腆的人,平时就少言寡语,六年的插队生活,让他的孤独感有增无减。见杜小花这样说,他推着自行车,凑到杜小花面前,结结巴巴地说:"杜小花同志,我一直想感谢你,可没机会,今天要不我请你吃顿饭吧。"

他没料到杜小花竟然爽快地答应了。那天,人们看到,杜小花骑车在前面,陈建国跟上,两人一溜烟地向东方红饭店骑去。更让陈建国没想到的是,在买饭窗口杜小花却抢先一步,陈建国去拉杜小花,被杜小花一膀子扛出去几步开外。

那天,杜小花请陈建国吃了顿饺子,饺子是白菜馅的,有肉。陈建国回到家里才回过味来,他们的关系弄反了,他总是在杜小花面前被动,连请次客都没有成功。这让陈建国的心里很不好受。

从那以后,杜小花和陈建国经常出双入对地出现在大家的视线里。杜小花走在陈建国身边,总是挺胸抬头,脚步铿锵有力。陈建

暗号

国自从有了杜小花的关照,仿佛也找到了靠山,一颗不安的心终于有了着落。

关于两人恋爱的消息,在轴承厂不胫而走。轴承厂有上千号工人,不可能都认识两个人,但他们同车间的人,还是把这条消息传得沸沸扬扬。这条消息还是从康主任处传到陈建国耳朵里的,现在的陈建国已经是名熟练的铸件工了,用不着康主任操心了。这天,康主任背着手走到了正在休息的陈建国身边,上上下下把陈建国看了一遍,像不认识似的。陈建国不知自己哪儿又做错了,干巴巴地叫了声:"康主任。"康主任就在鼻子里哼了一声,做出想转身走开的样子,又停下来,后脑勺对着陈建国问了句:"你和那个杜小花谈恋爱了?"

这句话让陈建国脑子嗡地响了一声,这些日子他和杜小花走得是近了一些,每次都是杜小花主动的,这样或那样,都是杜小花安排,他就是个提线木偶,但他并没有觉得不适,而是很愉快的样子。他享受和杜小花的时光,可杜小花从来没和他说过两人的关系是谈恋爱呀。他在心里揣度过,要是和杜小花有什么自己会怎样。杜小花在任何人眼里都称不上美女,个子不高,还有些胖,眉眼堆在一起有些含混不清。但杜小花在他心里是霸气的,因为她的出身,三代工人,自己参过军,又是党员,这些条件足以让她熠熠生辉了。

康主任这么问,让他大脑短时间内出现了短路。他不知如何作答。康主任又扭过头说了句:"你要是娶了杜小花,以后的日子有你受的。"

他不知道康主任说这句话是何意,更不知道杜小花怎么让他不好受。后来,他把这一切都归结到上次杜小花为自己和康主任吵架的事件上,是康主任对杜小花怀恨在心。他只能这么去理解了。

两天后,杜小花在厂门口,突然袭击似的从侧面冲过来,蹿到他二八自行车的后座上,然后大声说:"今天咱们去城西公园。"那会儿,这座城市的公园并不多,城西有一个,城东有一个,虽然光秃秃的并没有什么,但每到下班或周末,还是会吸引来城市里的年轻人,走进公园谈情说爱。

陈建国在公园的一张排椅上,忍不住把康主任说过的话,一字不落地学给了杜小花。杜小花一听就像个炸雷似的从排椅上跳了起来,叉着腰站在陈建国面前,就像面对康主任一样,她先冲地上"呸"了一口,然后仰起脸冲远处道:"康麻子就是胡说八道,别以为他家里那点小九九我数不清,他也就是在背后贬低我,有本事当面说,我能把他家祖坟扒出来。"

杜小花发完火,目光突然变得柔和起来,含混不清的五官也呈现出一片柔美之色,半晌,她郑重起来,目光落到自己的脚尖上,柔着声音说:"陈建国,我打第一眼看见你,就稀罕上了你。车间里的人都在说我们谈恋爱,我们一起借坡下驴好不好?!"

杜小花说完,把目光火辣辣地落在他脸上,不大的眼睛里流露出的火热温情,炙烤着陈建国,让他呼吸急促起来。今天他和杜小花出来,骑行了一路,脑子里也斗争了一路,最后想起康主任说过的话,他想把这句话告诉杜小花,以此来挑明两人的关系。在他心里,杜小花不是个完美的爱人,但杜小花能保护他,让他在轴承厂站稳脚跟。因为杜小花的出现,康主任没再批评过他,更没有说过把他再次送回农村的话,杜小花在他心里是有多大的魔力呀。就凭这一点,他是在高攀杜小花了。

暗号

没料到杜小花站在他面前,用这种他陌生的口吻和同样陌生的表情,捅破了两人之间的关系。他的心跳得都要掉到地上了。此时,陈建国觉得自己是世界上最幸福的人。

接下来,一切都变得很通俗起来。他先是领着杜小花去见了父母,在见父母前,他把杜小花的情况向父母做了介绍。老实巴交的父母,对杜小花的情况是一百个满意,因为自己家庭的情况,受叔叔连累,家里三个孩子都下乡了,只有陈建国一个人回到城里,凭他们家的条件能交上这么根红苗正的女朋友,他们预料到,杜小花的出现,将是他们家转运的开始。杜小花站在他们面前,父母的目光殷殷切切地落在杜小花身上,他们和陈建国一样,虽然觉得杜小花不是十全十美的儿媳妇,但对他们家来说,根红苗正的杜小花已经足够了。

两个月之后,陈建国和杜小花结婚了。他们的婚礼通俗又朴素。在一个周末,陈建国用一辆自行车,把穿着一身大红的杜小花接到家里,亲戚朋友和家人聚在家门前,迎接着他们。母亲剪了几张大红喜字,张贴在门前和窗户上,给破败的小院增添了一丝喜庆。父亲用一根竹竿挑起一挂鞭,鞭炮的脆响和溅出的花花绿绿的纸屑,让他们的婚礼有了种仪式感。

陈建国家在一条胡同里,普通的两间平房,院内的一个角落里搭建了一个临时厨房,厨房里有一个铁皮围成的炉子,里面用黄泥压着蜂窝煤,火苗不紧不慢地燃着。做饭时,把压在煤上的黄泥扒去,火苗就大了起来,烟火气也随之而来。

因为陈建国的哥哥,还有一个弟弟,仍在农村插队,隔三岔五地要回来探亲,这间房子还得留出来。父亲在院里给他们搭建了一间小偏房,虽然剩下的空间走路都得侧着身子,但总算有了一个能住的地方。这让他们也心满意足了。

1977

被后人称为时代分水岭的 1977 年,如约而至地走进了陈建国的生活。

就是这一年,陈建国的生活发生了几件大事。

一直在乡下插队的哥哥和弟弟从农村回来了。哥哥原本以为自己会在农村待上一辈子,在绝望与无奈中,与一个农村姑娘结婚了,且生有一子,是个男孩,现已三岁。正当哥哥准备在农村插队一辈子时,上级给插队知青亮起了绿灯,下乡插队运动结束,已插队的知青可以返城自找工作。大哥带着嫂子和孩子回来了。弟弟也回来了,弟弟也不年轻了,时年二十五岁,还没有恋爱。单身一人的弟弟,许是在乡下待久了的缘故,总是眉头紧锁,神情不见一丝透亮,一副苦大仇深的样子。

哥哥一家老小和弟弟突然回城,一家便乱了。首先是住的地方,全家就那么两间房,一间是父母住,另外一间原来是留给哥哥和弟弟从乡下探亲轮流住宿,陈建国和杜小花的婚房是在院内一角临时搭建的。母亲一直在说:"你们哥仨都插队,只有你回来了,你哥和你弟不容易,回来得让他们有个正经房子住。"对哥哥和弟弟轮流住正经房子,陈建国没有意见。他插了六年的队,知道农村的苦。哥哥和弟弟好不容易从农村回来一趟,住在房子里是应该的。他和

暗号

杜小花住在冬冷夏热的临时房子里，他能忍。可现在不一样了，哥哥和弟弟同时从乡下回城了，就富余一间房，总不能让弟弟和哥哥一家挤在一间房里吧。

得知哥哥、弟弟即将回城的消息时，最愁苦的还是父母。他们几夜没有睡好，父亲站在巴掌大的小院里，用步子左丈量右丈量，地方还是那个地方，搭建的厨房，还有陈建国的一间婚房，实在是没有多余的立足之地了。

有天晚上，母亲把陈建国喊到了屋内，父亲坐在炕沿上，低着头抽烟。母亲看见他立在屋地中央就说："老二，我们要和你商量个事。"最后是父亲做出的决定，告知他，这间房子一间要留给大哥一家，另外一间留给弟弟。母亲这时插话道："眼前，你弟弟占一间房看着是有点浪费了，可你弟弟都二十五了，在乡下也待了六七年了，他还得成家，要是连个住的地方都没有，谁肯嫁给他呀？"三个孩子在父母心里，手心手背都是肉，对不起哪个，他们都心疼。陈建国对父母的决定没有意见，谁让他命好，提前回到了城里，又安排到了轴承厂上班，在外人眼里，他是一个体面的人。可两间房子让出来，父母住哪里？这可是核心问题。

父亲似乎猜出了他的心思，把烟头狠狠掐灭在刚吃完饭的空碗里，说出了最后的决定。父母要在他们临时搭建的小屋里再隔出两个人能躺下的地方。"目前只能这样了。"父亲的话说得斩钉截铁，不容置疑。

陈建国的眼前就黑了，他和杜小花临时搭建的房间，本来就不大，也就是几平方米的样子，两人在屋里，一个站在地下，另一个就得到床上去，两人一直感到压抑、憋屈。父亲又要在他们小屋里隔上一道，搭出另外一间房子，境况可想而知了。那天，他在父母面前没有提出异议，只是在心里重重地叹了口气。

　　回到小屋后，他就头痛似的躺在了床上。此时杜小花已怀孕在身了，肚子已开始显形了，她看到陈建国这样，知道他有为难的事了，便也偎到他身边，盯着他一双绝望的眼睛说："喂，怎么了，家里出啥大事了？"陈建国觉得不好张嘴，上上下下地用目光把这小屋子丈量了一次，心里就又凉了一些。杜小花还是那个脾气，伸手抓住他的领口急切地摇晃着说："咋的了，有事你就说，你一个人扛不住，不是还有我吗？"陈建国只好把父母的决定说了。杜小花一时也无语了，两人的目光在小屋里四处乱看，都能感觉到他们的目光被挤得没地方放了。杜小花首先想到了自己家，自己家也不比陈建国家好到哪里去。她上面还有一个哥哥，下面一个妹妹。哥哥在这之前从农村插队回来，早已结婚另过；妹妹也是这一批返城知青中的一员。她想逃回娘家，可娘家并没有她的容身之地。

　　在哥哥和弟弟回来之前，父亲带着陈建国在院内动工了。父亲搭建的临时房，其实早就有考虑，就是把原来临时房的外墙又往里收了收，向外又打了半步的样子，把墙封起来，留个门，就是另一间住处了。搭建好房子之后，陈建国看到，父母搭起来的房间，比自己住的还要小，不仅小，连个采光的窗子都没有，他提出要和父母做个交换，父亲严厉地看了他一眼，惜字如金地说："我和你妈能行。"虽然新搭建的房子逼仄窄小，但还能住，只是现实世界又小了一些而已。

　　哥哥一家和弟弟回到城里之后，整个小院就像下饺子一样，真没有任何空间了。每天母亲做饭，都是轮流到厨房里打饭回到房间

暗号

里吃，他们一家就像民工一样。

现实的世界让陈建国的心一点缝也没有，但在不远处，却有一盏灯燃了起来。那一年教委下发了通知，要在全国招收第一届统考大学生。以前也有大学生，都是以推荐为主，名额又少，压根轮不到他们出身不好的人。上学时，陈建国学习就一直很认真，成绩也不错。从下乡开始，只要有时间，读书就成了他的业余生活，除了熟读《圣经》之外，还读了许多文学名著，比如《巴黎圣母院》《复活》《安娜·卡列尼娜》等等。书给他灰暗的生活带来了另外一个世界，沉浸在陌生又遥远的世界里，对自己的现实生活就有了更多的体悟，总觉得自己的生命里，有一个遥远的远方在冲他招手。

全国恢复高考，对他来说就是一次新的希望。他看见轴承厂和他差不多年纪的年轻人，都淘弄了复习资料，只要有时间就看上几眼。有一天晚上，下班后他在床上和杜小花商量，把自己想考学的事和杜小花说了。杜小花听了他的决定，似乎被鞭子抽了一下，腾地从床上坐了起来，指着他的鼻子说："陈建国，你觉得这事可能吗？我肚子里的孩子马上就要生了，你去当大学生，这个家由谁来养活，让我一个人带孩子吗？"这些困难，他之前都想过，可不远处的光亮一直在闪烁，把现实的黑暗似乎也燃亮了。经杜小花这么一说，陈建国心底里的光亮又暗淡下去，他后悔让杜小花这么早怀上孩子了。

可第二天一早，迎着初升的太阳走在去上班的路上，心底里那个遥远的光亮又死灰复燃了。有一天中午，他跑进了新华书店，狠下心也买了一套高考复习资料，他知道当着杜小花的面是不能看书的，他把书藏到了父母床底下，每天晚上吃完饭，他总是撒谎说自己要去外面遛弯,把复习资料偷偷带出去,找一个亮一些的路灯底下去看书。

头几天还可以,时间久了,就引起了杜小花的怀疑,又一次质问他道:"陈建国,你总是躲着我,是不是背着我干见不得人的事去了?"陈建国头就摇成拨浪鼓似的说:"怎么可能,我哪有那份闲心。""那又是咋?是不是烦我了,我怀孕了,变得又老又丑,你看不上我了。"陈建国再次摇头,从认识杜小花那天开始,他从来没认为她是漂亮女人,但在他心里,她是个踏实的女人,是自己的靠山。

杜小花问不出个所以然来,就把疑惑的目光盯在陈建国脸上。陈建国被逼无奈只能撒谎说:"自己在家里待得太闷,就是出门找朋友散散心。"杜小花对他的谎话将信将疑,五月份一过,天一天比一天热了,逼仄的小屋挤上两个人的确有些憋闷。她现在肚子大了,行动越来越不便,每天下班回来,一回到屋里就想躺着,要是还有点精力,她还会做些针线活,为即将出生的孩子做些小衣服什么的。她知道,这些陈建国都插不上手,面对陈建国的谎言,她只能采取宁可信其有的态度。

高考那两天,陈建国为了隐瞒高考的真相,向康主任请了病假。总之,两天高考时间,很快就过去了。高考完成的陈建国,心里是敞亮的,远处的那盏灯越燃越亮了。那些天,他真的开始在外面遛弯了。天气热了,许多女人都穿上了裙子,露出了好看的腰肢,虽然整个城市的色调一如以前,但在他心里,一切都变得温暖起来,陈旧的城市,在他眼里也焕发出一派欣欣向荣的样子。

大约距离高考一个月后,他在车间突然收到了一封挂号信,是

暗号

他的录取通知书。是省内一所师范学院的大学录取通知书。填写志愿时,他是有所考虑的,首先不能离家太远,他要照顾这个家,另外,学习过程中不能产生太高的费用,他承受不起。思来想去,只有报考这所师范学院最稳妥,就在省里,还有,师范生是有伙食补助的,这样一来,就可以减少许多负担。那一天,他觉得光亮不仅仅是在远处燃着了,而是被他拥在怀里,自己就是一片光。

那天下班后,他没急于回家,先是在街上走,后来跑了起来,一直到力竭,兴奋劲过去,他才回到家里。他想考大学时,被杜小花扼杀了,并不等于自己功成名就,杜小花还能无动于衷。当他把录取通知书递到杜小花手里时,杜小花像不识字似的上下左右把通知书看了半晌,又看了半晌。他怕杜小花没看明白,还补充道:"我被师范学院录取了,以后毕业出来就能当老师了,大小也算个知识分子了。"他看见杜小花的脸由红转白,然后又看到杜小花的目光刺在他脸上,冷冰冰的,他不由得打了个寒战。接着他又看见杜小花把手里的通知书先是撕成两片、四片,到最后竟变成了纸屑,他哀号道:"那可是我的大学录取通知书哇。"

杜小花把录取通知书变成纸屑后,不紧不慢地扔到了床下的地上,异常冷静地说:"你想抛下我们娘儿俩自己去躲清闲,门都没有!陈建国我告诉你,咱们家不要什么狗屁大学生,是需要养家糊口过日子的男人。孩子生了要买奶粉,生病了要去医院,上学要交学杂费,哪个环节不需要钱?大学生算什么,当老师又能怎么样,还不是挣那点工资,还不一定有轴承厂的工资高。再说了,你去读大学,孩子就要出生了,扔下我们娘儿俩,你让我们怎么活……"

杜小花的条条理由,句句现实,把陈建国刚聚集起来的悲伤瞬间吹散了。那天晚上,他在曾经复习看书的路灯下又站了许久,直到街上再也看不到行人了,他才转身往回走。曾经心里的那盏明灯,在他眼前熄灭了。他又回到了从前。

那天晚上,他不知何时入睡的。他做了个梦,梦里有许多烟花燃烧起来,他从来没有见过这么绚烂的烟火,一簇又一簇,在远处,在身边,色彩缤纷地燃烧着。最后,他整个人也燃烧起来,自己也变成了一束烟花,升到了半空。转眼,烟花不见了,四周空荡荡一片,耳边是呼啸而过的风声,他的身体在下落,一惊,在梦里醒了过来。脸上是湿的,他摸了一把,才发现是泪水。

又一个月后,他们的孩子出生了。杜小花给这个女孩取了一个有时代特点的名字,叫陈丽娜。

1981

这一年陈建国三十岁,女儿陈丽娜已经三岁半了,上了幼儿园。就在陈建国三十而立这一年,他和杜小花所在的轴承厂发生了改变无数人命运的大事。

在这一年,中国改革开放的窗口已经打开,多年来的计划经济正悄然向市场经济过渡。在此大背景下,轴承厂的日子越来越不好过了,生产出的轴承卖不出去,在库房里堆积如山。一个工厂的货品卖不出去,直接影响了工人们的生计,于是工厂做出决定,裁减人员,缩小生产规模。经历过1981年的人都知道,在如此的背景下,中国大地迎来了第一批下岗潮。

暗号

许多下岗的工人大都是下乡插队的知青，从农村回到城里，日子还没过稳当。在农村插队的日子里，他们盼望着回城，哪怕有份废品回收的工作，他们也心满意足。在大政策的影响下，他们结束了上山下乡，从四面八方的农村背包拎伞地回到了城里。不料，屁股还没在好不容易找到的岗位上坐热，就迎来了下岗潮。

轴承厂做出了很人性化的规定，一面鼓励工人停薪留职，自主创业，另一面开始陆续劝一些上了年纪的工人提前退休。实在没人走的，便只能采取强制手段了。在那些日子里，哭爹喊娘、大吵大闹的工人屡见不鲜。中国内地刚刚改革开放，习惯了过稳当日子的人，谁也不想成为第一个吃螃蟹的人，他们不知道莫测的前途路在何方。

车间的段主任找到陈建国，告知这批车间裁减名单里有他时，他眼前的天就塌了。之前的康主任已经成为轴承厂的厂长了。段主任是以前的车间副主任。在陈建国之前，已经有工友哭着喊着离开了轴承厂。改革是国家的大事，势不可当，滚滚的改革车轮正奔向未来。作为一厂的工人，要顺应时代，个体只是时代的一粒尘埃，谁想阻止时代的车轮，必将被时代的车轮碾成粉末，并被时代所抛弃。这是康厂长在全厂改革动员大会上的讲话。康主任自从升任厂长后，便穿起了四个兜的中山装，上衣口袋里插了两支钢笔，一支笔是红墨水，另一支笔是蓝墨水，两支笔有不同的分工，主次缓急便跃然纸上。

陈建国哭丧着个脸回到家里时，正赶上杜小花去上夜班。自从他们有了陈丽娜之后，两个人的班就倒开了，一个白班一个夜班，保证家里一直有人照看孩子。陈建国一进门，杜小花就看出了不对劲，人本来已经走出院门了,又转身回来,盯着陈建国的眼睛问:"咋了?"陈建国没说话,巨大的打击让他欲哭无泪。在下班回来的路上,他脑子里一直盘旋着几个字:"我失业了。"他当然知道失业意味着什么,没了工作就没了收入。在这之前,他和杜小花还盘算着,离开这个临时搭建的房子,陈丽娜越来越大了,原本就拥挤的小屋,一家三口人更加捉襟见肘。陈建国的弟弟也已经结婚了,弟媳妇又很快怀了孕,小小的院落又该添丁进口了。小院就像个罐头盒,住在里头的人犹如沙丁鱼,陈建国和杜小花时常觉得憋闷得连气都透不过来,他们常常在半夜里,把头探出逼仄的小房子,冲着夜色深吸几口气。这样的日子久了,就像身上发霉了一样,哪儿都不舒服,想喊想叫,又不知去哪儿发泄。

杜小花就和陈建国合计,想到外面租个房子,离孩子将来的学校近一些,也想给陈丽娜一个自己的空间。毕竟是个女孩,和他们整天挤在一起,别说他们不方便,怎么说也得给孩子一个成长空间吧。

没料到的是,他们租房子的愿望还没有实现,陈建国便下岗了。刚缓过来的一点精神气,被一阵大风吹跑了。当杜小花得知陈建国被通知下岗的一瞬间,头发都立了起来。她还是胖,不论生孩子前,还是生完孩子后,因为胖,面目越发模糊不清。因为气愤,陈建国看到杜小花的五官都有些移位了,他关心地问了一句:"小花,没事吧?"杜小花缓了半晌才捯过一口气道:"这个康玉龙,我和他没完。"康玉龙就是康厂长的名字。

杜小花说完就噔噔噔地走了。从认识杜小花那天开始,他就在心里把她当成了守护神,杜小花说话了,他心里就会踏实一半。这次杜小花走了,他心里却没踏实下来,一直悬在半空。直到第二天

暗号

一早,他领着陈丽娜出门,送孩子去幼儿园。以前这个时候,应该是杜小花下班的时间,会与他们擦肩而过,杜小花会蹲下身来,把一张因熬夜而憔悴的脸贴到陈丽娜脸上,娘儿俩亲热一下,才会放开陈丽娜。因为杜小花没回来,陈建国牵着陈丽娜的手故意在门口磨蹭了一会儿仍不见她,只能带着孩子走了。

陈建国预料到杜小花回来晚的原因,一定是去找康厂长为自己的事交涉去了。自己虽然被通知在这批下岗的名单里,但还没有办理离岗手续,班还是要上的。他刚走进厂子大门,就看见厂部方向围了一堆人,大家伸着头,一边窃笑私语,一边向里面张望着。此时,正是白班工人上班、夜班工人下班的交叉时间,厂部门口的人越聚越多,用人头攒动来形容并不过分。

陈建国有种预感,这件事一定和杜小花有关,他的心又悬了起来。他挤进人群,果然看到杜小花站在厂部门口,叉着腰,蹦着脚冲里面喊着:"姓康的,你给我出来,厂里这么多人,凭啥让陈建国下岗啊?你家以前那点破事别以为我不知道,你要是敢让陈建国下岗,我就都给你抖搂出来。"

杜小花几乎是对着空气在喊,并不见康厂长的人影,有几个保卫科的人,把膀子横在杜小花面前。保卫科的几个人都是精壮大汉,杜小花想闯进厂部几乎不可能,她只能抻长脖子,使出浑身的力气冲里面喊:"我杜小花是谁呀,三代工人,当过兵,入了党,我怕谁?你们欺负谁,也不能欺负到我杜小花头上。"

她以前就是用这一着儿让陈建国起死回生的,最后在车间里站稳了脚跟。可现在不一样了,没人理会她的喊叫了,她的出身和光荣历史已经成为过去,全国都在改革开放,出身、历史都成了过眼云烟。

后来，聚在一旁的工人渐渐散去了，有的去车间上班，有的上了一宿夜班，要回家补觉了。人群散去之后，只有陈建国和杜小花面面相觑了，那几个保卫科的人还在，用高大粗壮的身体把杜小花挡在厂部门口。

杜小花见到陈建国后，眼圈突然红了，哽着声音说："建国，咱不怕，要是不把你这事办明白，我杜小花就死在这里。"说完回过头，倒退几步，低下头，开始助跑，用身体向几个保卫科的人撞去。那几个保卫人员似乎早有防备，他们的手拉起来，形成了一道人工屏障，虽然杜小花摆出了一副鱼死网破的样子，鱼被撞倒在地上，坚固的网子并没有破。

杜小花只能借势躺在地上，一边脚在半空中踢腾，双手在身体两侧乱舞。这时工会一个干部走出来，呵斥一声道："杜小花，别在这里无理取闹了，厂里的决定都是厂党委的决议，不是某一个人的意见。你再无理取闹，影响厂部正常办公，我们就要报警了。"

杜小花听到这里，从地上爬起来，顾不上一身灰土，拍打着手欲冲向那个工会干部，又被保卫人员拦了下来。杜小花不依不饶地说："姓杨的，好呀，你去报警，我杜小花不怕。我当了五年兵，又是党员，难道就找不到说理的地方？"杜小花更加剧烈地哭闹起来。那个工会干部转身向厂部里走去。在这一过程中，陈建国一直是一副不知如何是好的样子，他想上前去劝杜小花，可他知道杜小花的脾气，不达目的誓不罢休。就在他犹豫不决时，一辆警车拉着警笛呼啸着开进厂，一直到厂部门口才戛然停止。两个民警下来，要把杜小花带走。杜小花当然不同意，最后在保卫科和民警的共同努力下，杜小花才被塞到了警车里。杜小花这时还隔着车窗冲陈

暗号

建国喊:"建国,你带好孩子,你的事不解决,我就死在派出所。"

警车呼啸着驶离了厂部,留下呆若木鸡的陈建国。

直到晚上,杜小花才回到家里。一回到家,她两眼发直,一头栽倒在床上,瘪着嘴,酝酿了半晌,才"哇"的一声大哭起来,一副无法收拾的样子。半晌,她才边哭边说:"对不起呀建国,我没能保护你。"

后来陈建国才知道,工厂派出了代表去派出所解决她的事,商量的结果,有两个选择:承认错误,回家;如果执意闹下去,就是违反治安罪,不仅要被拘留,还要被开除厂籍。杜小花当然选择了前者。

就这样,陈建国失业了,离开了工作六年之久的轴承厂。

生活本来就捉襟见肘的一家人,陈建国一失业,杜小花的脸就绿了。她的大闹并没有保住陈建国的工作,反倒让她进了派出所,这样的结果,让杜小花遭到了当头一棒。那天,她从派出所回来,抱住陈建国大哭了一场,像个孩子,鼻涕蹭了他一肩膀。她一边哭,一边用手拍着他的后背说:"建国,都怪我,是我杜小花没有保护好你。"

杜小花这么一说,陈建国也流出了眼泪,昔日在心里坚如磐石的杜小花不见了,变回了一个无助的女人,这就是他的女人。

陈建国似乎就在那一天长大了,他要用肩膀和力气养活这个家,想到正在上幼儿园的陈丽娜那张眼巴巴望着他的小脸,陈建国有了重生一次的冲动。

离开轴承厂他就真的失业了。陈建国所在的城市并不大,能叫出名来的工厂就那么几家,这是全国的改革行动,国营老厂都在裁人整编,其他工厂也是一样,下岗的又不是他一个。

憋闷彷徨的陈建国看到也听到有许多下岗工人,摆起了自己的摊位,所卖的物品都是从南方某地进来的,有服装,也有电子产品,生意很兴隆的样子。他也曾到这些摊位前做了考察。眼见着别人做得顺风顺水,他动心了。工作没了,目前来看只有做小买卖这一条路了。他要学着别人的样子,摆一个服装摊,想要做服装生意就得到南方一个叫石狮的地方去进货。

他把自己的想法和杜小花说了。在陈建国失业的这些日子里,杜小花每时每刻都在牵肠挂肚,暗地里找了许多同学、熟人、战友,让他们给陈建国留意工作,消息却如泥牛入海,她为陈建国着急,为这个家焦虑。当陈建国把这个决定告诉她时,她觉得眼下也只有这条路可行了。杜小花内心急,外表仍大大咧咧的样子,他盯着陈建国的眼睛追问道:"做生意你行吗?"他已经没有退路了,用力点点头说:"别人行,我一定就行。"杜小花抬起手,轻拍了一下他的脑门说:"也是,活人不能让尿憋死。"

杜小花翻箱倒柜找出了结婚后的一些积蓄,薄薄的一沓钱放在两人面前,这点钱显然不够,杜小花回到娘家,向家人和亲戚朋友又借了一些。陈建国把这沓钱揣在腰里,杜小花不放心,在陈建国衣服内侧缝了个口袋,把钱缝在里面,又用手按了按,觉得万无一失了。

陈建国告别杜小花,他出发时,杜小花正是休班的时间,她把他送到了火车站。两人从相识到结婚也有六七年的时间了,确切地说,两人还没有真正地分开过。这是他们第一次分别。看见陈建国上车后,她鼻子一酸,眼睛就模糊了,朦胧中看见车窗后面陈建国

247

暗号

正在冲她招手,她蓄在眼里的泪水,就像决堤的洪水,欢畅地流了下来。

洪亮的轰鸣声牵引着陈建国驶远了,她还一个人站在空荡荡的站台上,冲着远去的列车方向,抽抽搭搭地哭泣着。

在陈建国南下的日子里,杜小花的心也飞走了。她一次又一次想象着陈建国满载而归的样子,七拼八凑的那些钱,足够买一堆花花绿绿时髦的服装。陈建国临走时说,把服装买回来,一定让她先选两件鲜亮的,让她也美一美。陈建国这么说,她才意识到,一年到头,她只穿过两种衣服,上班时是工作服,回到家就换上洗得发白的军装。她从部队复员回来也六七年了,带回来的两套军装都被她洗透亮了。时间进入1981年,在她眼里最显著的变化就是,大街上见到的人一下子时髦起来,穿着不再是以前的灰、蓝、黄这几种中性的颜色了,大红大绿,还有一些时髦款式的服装,开始在街上流行起来。她时常被大街上穿着米色风衣的小姑娘吸引,她们身材高挑,风衣穿在她们身上,有一种很飒的感觉。她意识到,该给自己换两套衣服了。

在陈建国外出的半个月时间里,她盼星星盼月亮,有几次还梦见陈建国突然出现在她面前,把一件时髦又鲜亮的衣服递到了她面前。然后,他们家也有了自己的服装摊位,一拨又一拨面目模糊的人,在他们摊位前排起了长队。

半个月后的一天晚上,她带着陈丽娜已经上床了。入睡前,她在给陈丽娜讲一个讲了无数遍的故事,陈丽娜的眼睛合上又睁开,最后都变成挣扎状了。就在这时,陈建国突然推门而入,他的样子吓了她一跳。眼前的陈建国又黑又瘦,脸上还满了胡子,眼窝深陷,嘴唇起了几个火泡。他的样子让她吃惊,她从床上坐了起来,惊呼道:"建国,你怎么了?"

陈建国突然咧开嘴,孩子似的"哇"的一声大哭起来,一边哭一边说:"我的钱在石狮被人偷走了。"他说到这里,还把走时穿的那件衣服亮了出来,只见缝钱的布兜外面,被划出了一条大口子。

陈建国顺利到达了石狮,去那里倒腾服装的人就像赶大集的人一样,批发市场人头攒动,各摊位、档口前,都挤满了几层人。这是全国各地前来批发服装的人,他们讨价还价,吆五喝六,神采飞扬地交易着这些新款的服装。他随着拥挤的人流,在每个档口前都走了一遍,问了价,最后在三个档口选好了自己看上的衣服。可到了交易时,他傻眼了,一直小心护着的衣服外侧,被人划了一道大口子,缝在里面的钱早就不见了踪影。

他走在石狮的大街上,像梦游一样,一切都是那么虚幻,像做梦一样。他多么希望这就是一场梦啊,醒来,缝在衣服口袋里的钱还在。

钱丢了,服装自然买不成了,发家过好日子的梦自然也破了。他想过一死了之,可一想起在家里眼巴巴等待他的杜小花和孩子,他又清醒了。流浪几天后,回家的愿望占据了他的内心。他来到火车站,才意识到,连返程的票钱都没有了。后来还是在车站遇到两个好心的同乡,他们给他买了回程的车票,他才失魂落魄地出现在杜小花面前。

那天晚上,他和杜小花抱在一起失声痛哭,三岁半的陈丽娜被父母这个样子吓着了,也加入了他们痛哭的行列里。他们一家的哭声惊动了整个院里的一大家子,所有亲人都出现在了他们面前。

暗号

陈建国做生意出师未捷，他们的日子还得过。像杜小花的口头禅一样：活人不能让尿憋死。

陈建国就此走上了一条找工作、失业、再找工作的道路。

1995

这一年陈建国四十四岁。

女儿陈丽娜十八岁。十八岁的陈丽娜这一年参加了高考。

女儿的学习成绩在全班一直很好，学习也很努力刻苦。从小就懂事的女儿，在学习和成长过程中，没让他们操过心。从小学一直到初中，女儿换过好几所学校。他们为女儿换学校不是自己的选择，完全是因为住址的变化。他们先是搬离了父母院子里那个临时房屋，在外面租了两间房子，也是平房，四处漏雨。他们进去后，拆了东墙补西墙，修补着过生活，总算熬过了陈丽娜上完小学三年级。这一年，陈建国放弃了在废品收购站的临时工作，在一个建筑工地找到一份看库房的营生，收入有所增加，他们又一次搬家。这次租住了一居室的楼房，陈丽娜因为上学，要吃好，休息好，才能保证她健康成长，于是把唯一的房间让给了女儿，他们在客厅里搭了一张床。从平房到楼房，他们的生活发生了质变，上厕所再也不用跑到胡同口去挤公厕了，房子也不再漏风漏雨。他们曾经无数次羡慕的别人的生活，终于在自己这里梦想成真。女儿又一次换了学校。后来，他们打游击似的又换了几处居住地，现在他们自己都有些记不清了，每次换房子，女儿都要跟着换一次学校。

陈丽娜随着父母一次次迁徙，一次次从熟悉的环境来到陌生的住处，身边的老师同学，从陌生到熟悉，再到陌生。一直到上高中，陈丽娜都没什么朋友，总是一个人独来独往。从儿时的话痨，变成了沉默寡言的少女，这一切并没有影响她的学习成绩，不论他们怎么搬家、换学校，女儿的学习动力一直很足，学习成绩一直保持在班上的前几名。这是让他们最为欣慰的地方。

女儿上高中后，陈建国离开了建筑工地，承包了邮局的一个报刊亭。那会儿报刊亭刚刚兴起不久，如雨后春笋似的在大街小巷的显眼处矗立起来。一个绿色的铁皮房子，小房子留有一道窄门，打开一扇窗口，窗口是活动的，晚上下班，可以把摊在外面的报刊杂志收起来，把窗子关上，门一锁，就真的成一个绿色小房子了。陈建国能有这样一个环境，是他向往的，他喜欢看书，更喜欢独处。每天清晨开始，他把报刊亭摆上，晨报和晚报便陆续送来，花花绿绿地摆在最显眼处。他坐在亭子里的小凳子上，从晨报看起，一直看到晚报，不仅了解了天下大事，还有本市的新闻，就像让脑子吃了早点，浑身热乎乎的。陈建国不仅看新闻，他还要看杂志，尤其是那些厚厚的文学杂志，他的报刊亭里订了许多这样的杂志，插在窗子里，也摆在明面上。在这期间不时有人来买报纸，把零钱递到他面前，随手抽走一张报纸，这时他的头都不抬一下。遇到对方拿了整钱，他才熟练地找零，让自己用最快的时间把目光收回来，落到自己看的书上。最初他卖报纸和杂志，一份报纸能挣几分钱，杂志从一角到几角不等，刨去电费、租赁报刊亭的费用，每个月的生活费总还是够的。后来，他看见其他亭子里不仅卖报刊、杂志，还顺带着卖起了冷饮。他也学着别人的样子，在小亭子里置办了一个

暗号

冰柜，也进了一些冷饮，效益果然不错。在他们这座北方城市，夏天总是很短暂，冬天一到，冷饮就没了市场。他又开始进一些零食，比如爆米花、棒棒糖，甚至卖起了香烟、打火机。这在他们最初和邮政局签订的租赁管理条例中是明令禁止的，这些报刊、杂志之外的东西只能偷偷地卖。其实邮政局的管理人员，偶尔来视察，也是睁一只眼闭一只眼。一个小小的报刊亭本来就没啥利润可言，生活都不容易，抬一抬手，别人的路好走，自己的心也安静。

陈建国的报刊亭位置不错，马路对面就是一个繁华的综合商场，商场里还有两家电影院，有年轻人看电影前，总会跑到他这里买点零食。有时夜场电影结束了，肚子饿，也会跑到他这里买两包泡面。亭子里也准备了热水，还有香肠，对方要在这儿吃，他就会供应热水。他的小亭子前总是客流不断，有时都半夜了，人们才散去。他从亭子里走出来，先是站在空地上抽支烟，静静地享受这片刻的宁静，城市不再热闹，他的大脑也安静下来。抽完烟，他把摆在窗前的报刊杂志收起来，再回身把窄窄的小门锁上，钥匙揣进裤兜，只有这时，他才意识到一天的工作结束了。走向不远处的一棵树下，那里用锁链锁着他的一辆自行车，他每天早晨来到报刊亭总会把自行车锁在这棵树上，下班时，才会让自行车和树得到解放。他骑上车回家的途中，整个城市已经进入了后半夜，街上偶尔驶过一辆汽车，车灯雪亮地照着前方的路，也偶有一两个行人，匆匆地从他身旁走过。

他回到家时，大多数时候，女儿房间的灯光还亮着。女儿上了高中，学业一下子就紧张起来，他把车推进楼门洞，这里的房子当然也是租的。放好自行车，他总会从楼门里走出来，再点上一支烟，站在小区院里，抬头看到了女儿房间的灯还亮着。放眼望去，每个楼栋几乎都有几盏不灭的灯在亮着,他知道,那一定是学生的房间。想到女儿为学习这般辛苦,自己心里就升起一种叫幸福的感觉,这些年来,这种幸福一直在他每根神经里弥漫着。他知道,不远的将来,女儿一定会成为一名大学生。

这些年来,他不断地做梦,每次的梦都和大学有关。自从杜小花把他的大学录取通知书撕得粉碎,他就经常做这样的梦。他如今已经四十出头,人到中年了,有时梦里还会出现坐在大学教室里的情景,虽然他一天大学也没上过。这就是他的梦,他知道这一切只能在梦里出现了,但女儿是现实的,马上就要圆他的梦了。一想到这一点,他心里就有种说不出来的感受,让他愉悦。

他抽完一支烟,又抬头看了眼女儿仍然亮着灯的窗口,才向楼上走去。这是一套两室一厅的房子,他小心地走进门厅,换上鞋,先是走到女儿的房间,轻轻推开一道缝,这是他每天的固定节目,女儿有时回头冲他打声招呼:"爸,你回来了。"有时女儿没发现他,并不回头。不管女儿回不回头,他只要看见女儿坐在桌前努力学习的样子,心里就踏实了,然后轻轻地带上门,回到自己的房间。杜小花早就睡下了,杜小花现在给人做保姆,照顾一个生病的老人。不仅洗洗涮涮、端屎端尿,还要准备一家的三餐,回来还要给女儿做饭。她承接这个主顾,就是为了多挣些钱。

四年前,杜小花也下岗了。1991年迎来了国企改革,因为轴承厂连年亏损,车间的设备不能更新换代,他们厂生产出的产品早就失去了竞争力。趁着这次国企改革,转成了股份制。由康厂长出面,带着几个人把轴承厂改成了私人企业,原来的大部分国营员工有的提前退休,有的被买断工龄,总之,大部分人都离开了工厂。杜小

暗号

花没想到自己堂堂一个国营厂的老工人,也有失业的一天。她挣扎过,哭闹过,还和一帮工人打着横幅在工厂门前静坐过,这一切都于事无补,什么都不能阻挡历史前进的车轮。后来还是被买断了工龄,失业了。

以前的轴承厂改制成了汽车配件股份有限公司,做起了汽车配件的生意,昔日的康厂长成了董事长。轴承厂成了另一方世界,自此和他们这些人没有一丝一毫的关系了。

失业的杜小花,已人到中年,除了有在国营厂工作的经验,还有参军五年的经历,其他就没有任何优势了。失业的杜小花也想过找一份体面的工作,政府机关、事业单位,她想都不敢想,再进国营厂更是不可能。这一次是国企改革,所有的国企工人都在大批失业。之所以改革,是因为企业不景气,大批的下岗工人和杜小花一样,都是投靠无门。思来想去的杜小花,只能走向服务行业。在餐厅里当过服务员,收入少不说,下班又晚,没法照顾即将高考的陈丽娜。最后,无奈的杜小花做起了家政,给人家当了保姆。保姆要求倒不高,只要心细、周到、有耐心,什么样的主顾都能伺候,收入也不是餐厅服务员能够相比的。

陈建国走进杜小花的房间,她已经睡熟了,一天的劳累只有在这个时间才能让她得以舒缓。杜小花在床上翻了一下身子,吧唧几下嘴,似乎有话要说,还是没说出来,翻了个身,给他在床上腾出一块地方,又接着沉入了梦乡。陈建国在床旁一边脱衣服,一边望着朦胧中的杜小花。昔日那个性情火暴、天不怕地不怕的杜小花不见了,换成了皮肉松弛、满头蓬乱的中年妇女,五官模糊在一起,身体还在不断地散发着二氧化碳。陈建国坐在床边,在心里叹了口气,这就是他们的现实,也是他们的生活。

正当二人把新的希望都寄托在女儿陈丽娜身上时,陈丽娜的高考志愿表上却填写了让他们始料未及的一所遥远的学校。在填写大学志愿时,陈丽娜压根没有征求过两个人的意见。在他们的观念里,女儿就是考不上清华、北大,也能考上省里的重点大学,没想到的是,当通知书送到家里时,他们才知道女儿被西南省份的一所不起眼的旅游学院录取了,不仅是旅游学院,还是导游专业。这所大学的录取分数线,远远低于陈丽娜的高考分数。当二人找到女儿质问这一结果时,女儿倒是很平静,似乎这一切早在她的掌控之中,她平静得有些冷酷地说:"我就是要考上一所离家越远越好的学校,然后再也不回来了。"

这句话是女儿这几年来和他们说得最完整也最响亮的一句话,这句话让两人瞠目结舌,他们用四只眼睛陌生地打量着他们以为很熟悉的女儿。

自从上了高中,女儿在家里就沉默了,他们所有的话,女儿都用最简短的字词来回答,说得最多的就是"嗯""啊""知道了"。他们那会儿觉得女儿学习压力大,没有更多的时间和他们交流。为了不让女儿在学习上分心,不到万不得已,他们也习惯了不和女儿说话,他们以为这样就是不打扰女儿。女儿越来越沉默,从学校回到家里,就把自己关到自己的房间,一大早背上书包又离开家门。上高中后的女儿,在他们眼里又孤独又独立,他们当时以为这是女儿成熟了、长大了的标志。

女儿这么回答后,杜小花拍手打掌地冲着女儿发火道:"你个没良心的!我和你爸咋的你了,我们省吃俭用,就是有一口好吃的

暗号

也留给你，就是为了你能考上一所好大学，为这个家增光添彩。你倒好，一下子考了那么远，又是这么烂的大学，你对我和你爸有意见，你可以说，干吗要这么折磨自己呀？"

陈丽娜看着目瞪口呆、失望至极的父母，仍然理性平静地说："我就是想走得越远越好，出去透口气。"

不久，女儿拖着自己的行李箱，到遥远的学校报到去了。两个人一直把女儿送到火车站，这是从小到大第一次和女儿分离，女儿一登上火车，两人站在月台上就红了眼圈。陈建国通过车窗追寻着女儿的身影，看见女儿把行李箱安顿好，他拼命地冲女儿挥着手，不知不觉，眼泪就流了下来。女儿仍然很平静的样子，他听不见女儿说什么，只从嘴形判断出女儿在说："爸，你回去吧。"

列车号叫几声开走了，望着长长的列车在他们眼前消失，杜小花泪流满面，一头扎进他的怀里，不停地用手捶打着他的前胸和后背，一边哭一边说："这个白眼狼，咱们白养她了，她走这么远就是想把咱们抛弃掉。十八年了，咱们算是白养这个小丫头片子了……"

陈建国望着远方的铁路交叉路口，神情惘然，他不明白，女儿为什么要这么选择。在他心里，学习成绩这么好的女儿，会有许多更好的选择。

不久，女儿给他们来了第一封信。信中没有更多的思念和缠绵，只是告诉他们，自己一切都好，让他们勿念，还说到了自己考这所学校的真实原因，她说："这么多年的生活让我感到压抑，我就是想来到远方透口气……"

难道这就是女儿真正的选择吗？

杜小花读着这封信，先是泪水涟涟。人到中年后的杜小花，经常用哭泣来表达自己的情绪，年轻时那个风风火火、天不怕地不怕、常常以复员军人自居的杜小花不见了。转身，杜小花就开始气愤难平了，她抖着手里的信，两眼充血地望着陈建国道："我看她就是瞧不起咱们这个家了，嫌咱们没有个正经工作，到现在连个房子还没混上，她是想离家出走，和咱们一刀两断。"说到这里，杜小花又悲痛欲绝地哭泣起来。

那天杜小花擦干眼泪，咬牙切齿地发誓道："陈建国，咱们以后就是不吃不喝，也要买一套属于自己的房子，不能让人瞧不起。"

女儿走了，生活还得继续。陈建国每天早出晚归地照料着他那间小小的报刊亭，这是他人生最美好惬意的时光。一间小小的报刊亭，挣不了多少钱，他整日坐在窄小的书报中间，从来没有感到这么踏实过。他有大量的时间读书看报，仿佛又回到了学生时代，他脑子里偶尔会冒出一个想法，就是，如果当年杜小花不把他的大学录取通知书撕得粉碎，自己的命运又会是什么样子呢？自己是当老师呢，还是跳槽干别的去了？自己会有一套属于自己的房子吗？女儿还会去那么远的地方上学吗？一切都不可知，只是个念头，从他脑子里一闪而过。

杜小花开始实施攒钱买房子的伟大计划了，这么多年他们都是租房子过，从最初四面透风的小平房开始，到租楼房，后来，随着孩子一天天长大，从上初中开始，他们围绕着学校周边开始寻找房源，从最初的一间到两间，女儿终于考上大学走了。杜小花决定，退掉他们现在居住的两居室，在郊区的棚户区找到了一间房子，租房费用一下子省了一大截。最初她给一户人家当保姆，后来她找了

暗号

三家做起了家政服务，有的打扫卫生，有的要求做午饭，还有一户是接孩子放学。杜小花开启了人生中最忙碌的一段岁月。

陈建国仍然雷打不动地照看着他的报刊亭，因为搬家了，他每天来往报刊亭都增加了许多时间，对他来说无非就是早出晚归一些。

有时他半夜回到家里，杜小花还没有回来，他知道杜小花这时还没有吃晚饭，便下碗面等待杜小花回来。有几次杜小花进门，头不梳脸不洗地坐下吃这碗面，面还没吃完，筷子就从她手里滑落了。杜小花已经睡着了。他看着如此劳累的杜小花也很心疼，叹口气，把杜小花扶到床上躺下，头刚挨着枕头，呼噜声便响了起来。有许多时候，他还没起床，杜小花已经起床不见了。

有两次杜小花回来得早一些，他们难得地有一些交流，他说："咱们年龄大了，别这么拼命了，买不上房子，租房子不也挺好吗？"

杜小花不说话，坚定地摇摇头，半响抽回鱼死网破的目光，叹口气道："建国，我现在后悔当初没让你上大学了。"

陈建国吃惊地望着杜小花，自从若干年前，她撕碎他的大学录取通知书，两人就再也没有在对方面前提过这件事。此时杜小花旧事重提，他不仅吃惊，还有一些委屈。

杜小花眼泪汪汪地望着他说："也许你上了大学，当年我们会难过一些，说不定现在早就有房子了。"

那天杜小花伏在他的肩头，泪水洒在他的肩膀上。他一句话也没说，只是一遍遍地拍着她的后背，以示安慰。

上了大学的陈丽娜，第一年的寒暑假都没有回来。从上大二开始，她明确告知二人，不要再给她寄生活费了，她说自己已经能够养活自己了。杜小花不相信女儿的鬼话，不仅写信批评了女儿的做法，还在信中告诉女儿，现在是学习长身体的时候，不能累着，一定要把学习搞好，平安地回来。虽然对考什么大学的愿望女儿与他们背道而驰，但事已至此，他们就有责任和义务全力支持女儿把学业学完。他们照旧给女儿寄钱，没料到女儿把几张汇款单都退了回来。

杜小花拿着那几张汇款单，又一次哭出了声。她咧着嘴，把模糊的五官挤在一起，求救似的望着陈建国说："建国呀，女儿这是要和咱们决裂了，她现在不求咱们，以后一定是不想再管我们了。"

陈建国对女儿这件事倒没有小题大做，他对女儿自力更生、勤工俭学的做法是支持的。两人因为不同意见还大吵了一回。这件事不论他们怎么争吵，都木已成舟，只能尊重女儿的选择。

有一天，杜小花兴冲冲地从床底下拿出几个存折，告诉陈建国，经过他们多年的努力，他们买房子的首付目标就要实现了。

2000

女儿上了四年大学，没有回来过一次，从大二之后也没要过他们一分钱。陈建国、杜小花虽然对女儿的行为感到困惑不解，但也没忘了和女儿的联系，女儿偶有书信往来，信的内容很简单，就是报平安的那一种。两人对女儿的状态似乎还是比较满意，他们想的是，女儿大了，知道为家里分担解忧了。不花家里的钱，是为了减轻他们的负担。

陈丽娜毕业后回来过一趟，当按着地址找到城乡接合部那个家时，女儿并没有进门，她站在门口，先是发出一声长长的叹息，陈建国和

暗号

杜小花还看见女儿的脸颊上流下了泪水。她弯下身子,给两人鞠了一躬,说了一句:"爸、妈,都怪女儿无能,没能让你们过上好日子。"女儿说完转身就向外面走去,杜小花追上女儿,拉着女儿的衣角说:"死丫头,都到家门口了,为啥不进门,你都四年没回家了。"

陈丽娜抹了一把脸上的眼泪,让自己的脸清爽起来,她努力平静着声音说:"妈,我出去奋斗几年,一定让你和爸住上新房子。"

女儿说完,就头也不回地走了。

杜小花带着哭腔冲着女儿的背影喊:"你这个没良心的,你这是瞧不上这个家了,我和你爸不用你管,管好你自己我就谢天谢地了。"

陈建国望着女儿远去的背影,心里像踢翻了一炉子铁水,一股焦灼的热血在胸膛里燃烧着。女儿越走越远,她长得和她妈一点也不一样,个高腿长,走路的姿势很好看,这一点像他。大学四年没见的女儿,现在转身又走了,他和杜小花的心情可想而知。

他和杜小花的日子过成这样,让女儿难过,甚至瞧不起,要是自己住了一套楼房,女儿能路过家门而不进吗?从那天开始,陈建国就下了决心,就是卖血卖肉也要买一套属于自己的房子。

从那以后,他和杜小花一有时间就到处看房子,一手的、二手的,他们几乎把他们居住的城市,从南到北,又从西到东跑了个遍,才发现,房价已不是几年前的样子了。那会儿他们千辛万苦攒的那点钱还够个首付的,如今,他们的积蓄多了一些,可房价的涨幅远远高出了他们的心理预期,有一套房子的梦想变得越来越遥远了。

他们的祖辈就生长在这个城市,他们不仅出生在这里,更是从小到大在这个城市里成长起来的。杜小花参军,陈建国插队,他们身在外地时,多么想早日回到这个城市呀,因为这里是他们的家,是生养他们的地方。人到中年,他们为生活几乎耗尽了青春和生命,回过头来,他们的家却没了。

每天奔波回来,他们像泄了气的轮胎一样,只有身体的躯壳还支棱着,他们的自尊心早就软塌塌地烂在地上,再也扶不起来了。

又是半年后,陈建国在晚报的夹缝里看到一套房源广告,说有事急售。既然急售,价格就不可能太高。一天傍晚,他和杜小花急匆匆地来到了欲售房的小区门口,他和房主提前约好了。房主也是个中年男人,脸色有些苍白,他把两人领进了小区。小区门口站着保安,虽然万事不问,但一脸严肃。正值夏季,小区绿化带花红柳绿地开着一些花朵,也有几排树正茂盛地生长着。两人租住过许多房子,还从来没住过这么像样的小区,两人在各自心里对这小区都暗生满意。

房主把他们领到房子里,这是一套两室一厅的房子,采光也很好,每个房间里都有窗子,还有一间客厅,在灯光下显得宽大无比。两人问询了价格,的确比市场上出售的房子便宜一些。房主的年龄和他们相差无几,身体很虚的样子,带他们转了这一圈,就倚在门框上很虚弱地喘息。房主告诉他们,这套房子是他三年前买的,自己前一阵子查出了肺癌,医生说,已经到中期了。他之所以卖这套房子,是为了治病,用房子换命。

陈建国和杜小花回到家里,为了买不买这套房子,半宿没睡。他们拿出存折,一点点算计,前前后后,左左右右,把他们的积蓄都加在一起,这套房子的首付款似乎已经够了。两人想起那套中意的房子,还有卖房的主人,觉得不把它买下来,对不起房子,更对不起房子的主人。

1 暗号

经过近一个月的忙碌,他们跑下了贷款,又到房产交易大厅做了变更手续。他们在这个城市里终于有一套属于自己的房子了。他们搬家那天,陈建国还给房间拍了许多张照片,第二天就冲洗出来,寄给了在北京一家旅游公司上班的女儿。

女儿上次离开家门之后,过了三个月才给他们写来了第一封信,告诉他们自己在北京的一家旅游公司找到了工作。她的身份是导游,专门做国际线路,还在信中说,以后会经常出国。

他们知道,女儿选择这样的工作,就是为了多挣一些补贴。女儿走时,立下了誓言,一定要为父母在这个城市买一套房子。陈建国把新家的照片寄给女儿一个月后,才收到女儿的来信,信自然是寄到了新家的邮箱里,写着某某小区、某栋、某单元和楼层。他们看着女儿信封上的字迹,似乎都和以前不一样了,是那么流畅和自信。女儿在信中说,这房子的贷款由她来还,不用他们操心。

在这之前,两人就合计好了,两人省吃俭用,每个月还两三千元的贷款已经够了,他们不想连累女儿。他们深知,女儿出生在他们这个平凡的家庭里,他们从小到大都没有帮上女儿,现在人到中年了,又怎么忍心拖累女儿呢?

女儿当年以高分报考了旅游学院,这件事让他们百思不得其解,女儿明明可以考上更好的学校。他们当时问过女儿,女儿只回答:"想去远方透口气。"虽然过去几年了,女儿已经毕业并找到工作了,透口气的想法只是一种说法,一定还有其他原因。这个谜团仍然困扰着陈建国。

女儿在北京有了工作,他们又喜迁新居,本来应该是件高兴的事。杜小花却觉得胸闷,里面还丝丝拉拉地有些疼,中年人无小病,她说了自己的病情后,陈建国就催她去医院检查。杜小花仍然大大咧咧的样子,说自己雇主的女主人出差,她要负责接送孩子,还要打扫卫生、做饭,没时间去医院,自己找了些药,混搭着吃下去。直到有一天,自己在雇主家虚脱,是雇主把她送到了医院。检查结果让两人震惊,杜小花得了乳腺癌,并到了晚期的程度,已转移到肺部。这样的结果对他们来说,不亚于晴天霹雳。

经过几天的应激反应,冷静下来的陈建国做出如下决定,为了不影响女儿的工作,杜小花的病情暂时不告诉她。还有,就是他要把刚买的房子卖了,为杜小花治病。前房东为了治病就是这么做的,如今他也要效仿前房东,走出这一步了。

当杜小花听到陈建国要把房子卖了为自己治病,当下就急了。她把不大的眼睛瞪圆,脸色更加铁青,咬着牙道:"陈建国你敢!你要是把房子卖了,我就和你拼命。"

陈建国没料到杜小花的反应会这么大,从认识杜小花那天,不论大事小情,都是杜小花站在他身前,似乎她才是一家之主。杜小花就像一个大丈夫,家里所有拿主意的事都是她做主。他还从来没有当过一次家。他见杜小花这样,便哀求道:"小花,你就听我一回吧。你不在了,要这个房子还有什么用?"

杜小花的眼睛又一次变小了,突然就流出了眼泪,身子一软,伏在了陈建国怀里,同样软着声音说:"建国,我得有个家呀,我不想当孤魂野鬼。"

杜小花的一句话,使得陈建国的眼泪一下子就下来了,他抱紧杜小花的身子,悲怆地喊了一句:"小花,是我陈建国无能,没能让你过上好日子。"

暗号

　　杜小花伸手抚摩着陈建国的脸，挤出一丝微笑道："胡说什么呀，当初嫁给你是我自己愿意的，我从来没后悔过。"

　　病还得治，最后两人商量采取保守治疗，一边去医院开西药，一边找到了一个中医诊所。那位中医的办公室里，挂了许多名号很大的锦旗，比如，"华佗再世""妙手回春"等等。什么事情都有奇迹发生，他们把所有的希望都寄托在了保守治疗上。

　　起初陈建国让杜小花在家吃药静养，没过一段时间，杜小花又找到了一位新的雇主，工作还是帮人做饭带孩子。陈建国说过她，她笑一笑说："没事，这么多年我都习惯了，我出去散散心，还能顺手把药钱挣出来，这不是一举两得嘛。"

　　她这么坚持，陈建国也不好说什么，虽然担心，但也只能由着她去了。他知道，自从认识杜小花，什么事都是她说了算，当然包括她自己的事。

　　杜小花的身体越来越瘦了，每天回到家第一件事就是直接扑倒在床上，喘息好一阵子。陈建国看到她这个样子，又心疼又着急。有天晚上，两人躺在床上，他拉过她瘦骨嶙峋的手，摩挲着说："小花，别再出去了，在家里养养吧，我一个人够用了。"她的手在他手掌心里弯曲了一下，轻轻摇摇头说："我从嫁给你那一天开始，就在心里发过誓了，这辈子要保护好你。你这个人生性老实，是个做学问的人，现在我保护不了你了，但也不能拖累你。"

　　他听了她的话，泪水又忍不住流了出来。她侧过身子，半依在他怀里，叹口气说："我这辈子做过的最糊涂的事就是不该把你的大学录取通知书撕了，应该让你上大学。你天生就该和文化打交道。建国，我对不起你。"

这回轮到他摇头了，更紧地攥住她的手说："不说过去的事了，现在咱们不挺好的吗？"

她不再说什么了，借着窗外朦胧的光线打量着他们的房子，久久地，喃喃道："真好，咱们现在终于有个家了。楼房，有电梯，我不在了，等你老了也能住。"他一把拉过她，把她瘦弱的身体拥在怀里。她在他耳边轻声说："咱们闺女还没看到咱们的新房子呢，她要是再回来，一定不会转身就走了。"两人的泪水混合在一起。

陈建国带杜小花又去医院做了一次复查。医生当着他们的面告诉他们，杜小花的身体已经很不好了，癌细胞扩散的速度很快，已经扩散到全身了，下一步，只有止痛这一个办法了。

那天回到家里，杜小花很平静，吃了止痛药，很平静地望着他。他说："要不给女儿打个电话吧，让她回来一趟。"她没点头也没摇头，用目光环顾着这个家，嘴角抽动一次，带着遗憾说："建国，咱们这房子多好哇，我还没住够呢。"

陈建国给女儿打电话，女儿告诉他，自己正在欧洲带个旅游团，半个月以后才会回国。因为女儿在国外，他把杜小花的病情还是咽了回去。

杜小花终于放弃了保姆的工作，每天他把她照料好，吃完止痛药，才去报刊亭照料他的生意。报刊亭是他个人承包的，晚去早走，倒是没有人对他有意见。他知道杜小花来日无多了，他尽可能抽时间多陪陪她。他每天坐在报刊亭里，心不再静了，经常愣神，有人买报纸、杂志，叫他几声才反应过来。他的思绪总是会飘到以前刚认识杜小花那会儿，那会儿他们是甜蜜的，虽然住在临时搭起的小房里，杜小花从没抱怨过他什么。那会儿，他无心感受到杜小花

暗号

的苦,直到现在,那种痛苦似乎才在心底苏醒过来,痛苦像海浪一样把他吞噬了。日子刚刚好过一些,可她就要离开这个世界了。想起当年杜小花精力充沛、走路带风的样子,有谁能相信她会病倒呢?

一天下午,他正坐在报刊亭里发呆,突然电话亭里的公共电话响了,这是一部公共电话,有人打电话,他也算多了份收入。电话是一家医院急诊科打来的,一个医生急切地告诉他,他的爱人杜小花出车祸了,现在急诊室抢救……

他奔到医院急诊室时,杜小花的身上插满了管子。她的意识还清醒,见到他,示意他把自己脸上的氧气面罩取下去。他把头伏在她嘴边,她微弱断续地说:"建国……这是我……为你做的最后……一件事了。"

他瞪大眼睛吃惊地望着杜小花,杜小花脸上不见一丝痛苦。她慢慢地把嘴咧开,牵动着脸上的肌肉,冲他谜一样地笑着。渐渐地,笑容从她脸上退去,盯着他的目光中,那最后一丝光亮也熄灭了。

他在她的床前大喊了一声:"小花呀——"

事后他才了解到,那天中午,杜小花拄了根木棍过家门前的一条马路,那是一条主路,总是车水马龙。在她过第三遍马路时,一辆轿车避让不及,发生了车祸。

交警队通过现场勘查和调取监控,对杜小花的行为疑惑不解,她为什么要反复过马路?不论什么行为,车祸就是车祸,因为杜小花在红灯时横穿马路,行人与车辆各负一半的责任。肇事一方按照自己所负的一半责任,通过保险公司进行了赔付。

只有他知道,杜小花这么做是为了什么,直到生命的最后,她还想为他做最后一件事。

处理完杜小花的后事，他把她的骨灰带回家里，端正地摆放在客厅最显眼的位置。骨灰盒上贴了一张杜小花的照片，这张照片是女儿考上大学那一年拍摄的，杜小花虽然心有不甘，但还是满脸喜悦。此时，杜小花就是这样又不甘又喜悦地望着他和这个她还没有住够的家。他和她凝视着，她的一生浓缩成了几个片段，一遍遍在他眼前回放着：她把他背到厂医务室；她为他和康主任吵架；还有下岗时，她大闹厂部门口……最后一个画面停留在急诊室的病床上，她冲他耳语，告诉他，这是她为他做的最后一件事。他的泪水一直在流。她走了，他的半个魂也被抽走了。

　　女儿陈丽娜从欧洲回来后，还是从北京风尘仆仆地赶了回来。这是她第一次走进这个新家的门，眼里的一切都是新鲜的，当她看到客厅里端正摆放着的母亲的骨灰盒时，她先是怔了有几十秒钟，然后大叫一声扑过去，像一只受伤的鸟，折翼在母亲面前。

　　待一切都复归平静，剩下女儿和父亲四目相对时，他开口了："我想问你一件事。"说到这里，他看了眼杜小花的骨灰盒，又补充了句："这也是你妈想问你的话。"

　　女儿点点头，做出肯定的表情后，他说："当年以你的学习成绩，本来可以考上一所更好的大学，你为什么执意报考离家那么远的一所旅游学院？"

　　陈丽娜平静地望着父亲，拢了一下头发，低下头说："对不起，我辜负了你们的期望。当初我不懂事，只是觉得咱家的日子过得憋屈，选择的学校就是想离家越远越好。选择旅游专业，也是想着以后能天南海北地走，再也不回这个家了。"

　　女儿说到这里，扑到父亲身边，抱住父亲又一次痛哭起来，一

暗号

边哭一边说:"爸、妈,我错了……"

后来,他流着泪冲女儿说:"对不起呀丽娜,你爸妈没本事,从小到大带着你在这个城市流浪,连个家都没有。"

父女俩又一次哭成了一团。

2005

五十四岁的陈建国又迎来了一场灾难。在这之前的几年,报刊亭的生意就难以维系了。他先是听说,本市有些报刊亭已陆续倒闭了。报纸、杂志还在印,可买报和看杂志的人群大不如以前了,靠卖冷饮、香烟的生计已违背了报刊亭的初衷。

时代在变化,生活在改变。他从工作那天开始,以为能在轴承厂工作一辈子,没想到,不仅他下岗了,连轴承厂都不存在了。他成了社会上的一个流浪儿,自从有了报刊亭,他喜欢这样的环境,一个人静静的,有看不完的书报,还能思考点什么。他又一次以为能干一辈子,没料到,他又一次失业了。

当他看到几个工人三下五除二地把报刊亭拆成几块,扔到货车上拉走时,他的心一下子就空了。那辆货车,在红绿灯处拐了个弯就不见了。他呆呆地站在原地,竟一时不知自己在哪儿。一缕阳光照在他的脸上,热烘烘的。他伸手去摸,发现脸上潮湿一片。

红灯变绿灯,几排停下的车又向前驶去。他呆呆地看着,这红绿灯和连接着的路,就像自己的人生,无论如何生活还得往前走。

他拍了一下自己的脸,在一个绿灯路口向前走去。